제가 한번 읽어보겠습니다

제가 한번 읽어보겠습니다
잘 팔리는 책들의 비밀

2021년 12월 6일 초판 4쇄 발행

지은이	한승혜
펴낸이	조시현
편집	박은희
펴낸곳	도서출판 바틀비
주소	04019 서울시 마포구 동교로8안길 14, 미도맨션 4동 301호
전화	02-335-5306
팩시밀리	02-3142-2559
페이스북	www.facebook.com/withbartleby
블로그	blog.naver.com/bartleby_book
이메일	btb21@naver.com
출판등록	제2021-000312호

책값은 뒤표지에 있습니다.
잘못된 책은 구입하신 서점에서 바꿔드립니다.

한승혜 지음

제가 한번
읽어보겠습니다

잘 팔리는 책들의 비밀

바틀비

○

책과 인생에 대한 건강한 수다

장은수(출판평론가, 편집문화실험실 대표)

건강하고 용맹하다. 씩씩하고 신랄하다. 한 쪽 한 쪽 넘길 때마다, 성실한 자료 수집과 건전한 태도에 바탕을 둔 저자의 힘찬 문체에 기분이 절로 좋아진다. 드디어, 한국의 사이토 미나코가 나타났다. 일찍이 일본의 문학평론가 사이토 미나코는 『취미는 독서』에서 일본 열도를 뒤흔든 21세기 베스트셀러 40권을 소개한 후, 그 헛헛한 성공 요인을 냉소와 풍자의 언어로 날카롭게 소개한 바 있다. 이와 쌍을 이루는 책이 나온 셈이다.

저자와 마찬가지로, 사이토 미나코 역시 평론가들은 베스트셀러를 읽고 나서 책을 비판하는 대신 베스트셀러를 읽는 독자만 비난한다면서, 문학을 읽듯 꼼꼼하게 베스트셀러를 읽으면 어떻게 될까 하고 궁금해한다. 이 책을 쓴 저자 역시 비슷하게 출발한다. 대중들이 열광하는 베스트셀러를 '직접' 읽

고 나서 버릴 건 버리고 얻을 건 얻는 '비판적 독해'를 시도하
겠다는 것이다. 이로부터 이 책의 몇 가지 특징이 나왔다.

이 책은 무엇보다 『미움받을 용기』에서 『반일 종족주의』
에 이르는 최근 5년 동안의 베스트셀러 28종에 대한 종합 안
내서이다. 베스트셀러를 열심히 읽고 내용을 충실히 소개한,
이런 종류의 책은 극히 드물다. 베스트셀러의 주요 내용은 흔
히 출판사가 뿌린 보도자료를 조합한 몇몇 언론 기사의 변형
'복붙'인 경우가 많고 카드뉴스, 구절 발신 등 마케팅 활동에
포함된 몇몇 구절들의 무한 공유인 경우는 더 흔하다. 검색 등
을 통해서 발품을 들이면 꼼꼼한 소개가 없지는 않겠으나, 이
책처럼 동시에 여러 책을 한곳에서 소개하는 '베스트셀러 포
털'은 거의 찾아보기 힘들다.

둘째, 이 책은 베스트셀러에 대한 비판적 독법을 보여주
는 나침반 역할을 한다. 저자가 공들여 읽어서 밝힌 것처럼, 상
당수 베스트셀러들은 내용이 너무 부실하다. 텍스트 앞뒤가
잘 안 맞는 자기모순이 흔하고, 그럴듯한 말로 독자를 홀리지
만 주장의 근거가 아주 박약하며, 때때로 낮은 사회적 책임과
결여된 역사의식마저 드러내며, 무엇보다 유치찬란하기 그지
없다.

저자의 베스트셀러 비평은 칭찬과 비판 모두 상식에 기

댄다. 감식이 지나친 명분에 사로잡히지도, 과도한 목적의식에 노출되어 있지도 않다. 피부에 닿는 느낌만큼만, 생각이 닿는 벽만큼만 이야기하되 말을 남기지 않는 듯하다. 좋은 미덕이다. 덕분에 저자의 글에서 관념으로 빠지지도, 성찰을 그치지도 않는 솔직한 감칠맛을 느낄 수 있다. 캐나다의 정치학자 마이클 이그나티에프는 "서로의 차이를 인정하는 선에서 기본적 욕망에 충실하며 '나란히' 살아가는 사람들의 느슨한 결속"을 "평범한 미덕의 공동체"라고 정의한다. 내 생각에, 저자는 바로 이 공동체에 속해 있다. 이 책에는 자기애를 그치지 않으면서도 공동체를 위해 친절하고, 관용하고, 공감하고, 배려하고, 신뢰하고, 연민하고, 협력할 줄 아는 보통 시민의 독서가 담겨 있다. 이 점이 부쩍 매력적이다.

마지막으로, 출판 전문가 입장에서 볼 때 흥미로웠던 것은, 이 책에 보통의 독자들이 베스트셀러에 접근하는 통로들이 드러나 있다는 점이다. 가령, '맘카페 베스트셀러'가 어떻게 만들어지는지, '카드뉴스'가 어떻게 독자들 반응을 이끌어내는지, 그럴듯한 '좋은 말'을 공유하는 SNS '구절 놀이'가 어떤 인상을 불러일으키는지 등에 관한 생짜 정보를 읽는 것은 솔깃하고 쏠쏠한 재미를 준다. 저자가 일상에서 직접 경험하고 통찰을 건져 올린 에피소드들은 '책과 인생에 대한 건강한 수다'와 함께 이 책의 흥미를 북돋우는 매력점을 이룬다.

한편, 이 책을 읽으면서 새삼 확인한 것은 '베스트셀러'와 '베스트셀러 현상'은 다를 수 있다는 점이다. 일반 독자는 베스트셀러 도서 자체에 관심을 두지만, 기자나 비평가 같은 전문 독자는 베스트셀러를 유발한 사회적 요인, 베스트셀러에 드러난 욕망의 지형도 등에 더 주의를 기울인다. 이 탓에 기묘하고 흥미로운 일이 벌어지는데, 전문가들 사이에서 베스트셀러는 소개될 뿐 '거의' 읽히지 않는다는 점이다. 베스트셀러 대부분이 '책의 역사'에는 들지 못하고 '독서의 문화사'에만 속하는 이유이기도 하다.

도서평론가 같은 '책의 양치기'들은, 원고 청탁 등 특별한 의뢰를 받는 경우가 아닌 한, 베스트셀러보다는 '양서'를 읽고 소개하는 데 더 많은 에너지를 할당한다. 이들은 강자를 물고 늘어져서 사회적 관심 자본을 몰아주는 대신 나중에 정전(正典, canon)으로 자리 잡을 만한 '좋은 약자'를 응원하는 일을 임무로 여긴다. 베스트셀러에는 한 사회의 욕망이 한동안 집중되면서 만들어지는 '시대의 베스트셀러'도 있으나, 카프카의 소설이나 니체의 철학책 같은 당대의 처참한 실패작이 인류의 문화유산이 되어 두고두고 읽히는 '역사의 베스트셀러'도 있다. 양자가 한 몸으로 존재하는 우연한 행운이 따르면 좋겠지만, 역사의 베스트셀러는 대부분 '안목 있는 소수'가 오랫동안 입에서 입으로 전하는 행위를 통해 만들어진다. 따라서 평론가들이 '시대의 베스트셀러'보다 '역사의 베스트셀러'에 주로 언어를 투자하는 것은 직무유기라고 할 수만은 없다.

동시에 그렇기에 베스트셀러를 읽고 나서 그 가치를 따져보는 이 책의 도전성에 높은 평점을 주고 싶다. 책은 간절한 상품, 즉 필수재가 아니다. 수업이나 수험 같은 실용적 목적을 위해 필요하지 않을 때, 책과 관련한 정보를 뒤지고 내용까지 확인해서 책을 읽는 사람은 소수에 불과하다. 물론, 출판 전문가들은 이들을 중요하게 생각한다. 사회적 독서를 유발하는 힘이 있는 '방아쇠 독자'로서 이들의 영향력을 무시할 수 없기 때문이다.

그러나 독자들은 주로 '책 읽은 지 오래되었는데, 요즘 어디 좋은 책 없을까' 하는 '어쩌다 독자'다. '어쩌다 독자'는 세상에 소문난 책, 또는 이름 높은 저자의 책 중에서 마음을 끄는 책을 충동적으로 고른다. 내용이 좋거나 자기한테 적합해서 읽지 않고, 읽고 나서 좋아할 이유를 찾거나 인생 밑줄을 끄집어낸다. 베스트셀러는 사회적 가치가 이미 검증되었기에 선택에 따른 부담이 별로 없다. 독서의 주요 기능 중 하나가 모두의 관심사에 참여하는 것인데, 베스트셀러 읽기는 구절 공유, 책 수다 등 사회적 대화에 끼어들 때 상대적으로 유리하기 때문이다.

　문제는 오늘날 '베스트셀러가 베스트셀러를 만드는 것'이 너무 심해졌다는 점이다. 이제 베스트셀러는 독자들 사이에서 탄생하는 대신 자주 출판사의 완력에 의해 만들어진다. 단기 집중 구매, 서평 몰이, 댓글 몰아주기, 셀러브리티 공유 등 마케팅 활동을 통해 베스트셀러 목록에 일단 올려야 독자들 관심을 끌 수 있고, 독자들 관심을 끌어야 책이 팔리는 현상이 갈수록 뚜렷해지고 있는 것이다. 네트워크 효과, 즉 정보의 '확증 소비'를 특징으로 하는 초연결사회이기 때문이다. 다량으로, 지나치게 자주 쏟아지는 정보는 사실상 아무 정보도 아니다. 정보 샤워 속에서 살면 살수록 머릿속은 멍해져 자율적·주체적 선택은 불가능해지고, 독자들은 책을 고를 때 '굿즈 제공', '리커버 특별판', '독자 서평' 같은 확실한(?) 가치를 주는 정보에 목을 맨다. 베스트셀러 목록은 그중에서 가장 강력하다. 읽고 공감할 내용이 있어서 베스트셀러에 오르는 게 아니다. 차라리 그나마 믿을 수 있는 책이 베스트셀러라서 그 책을 읽는다 해야 하리라. 출판사는 독자의 심리적 난관을 철저히 파고들어 공략한다.

　이 때문에 출판계 내부를 잘 아는 이들은, 이제는 '베스트셀러 현상'을 분석하고 이야기하는 데 좌절감을 느끼면서 입을 굳게 다무는 중이다. 오늘날 베스트셀러는 대중의 욕망을 겉으로 드러내는 뢴트겐 광선은커녕, 마케팅 전략 수립을 위한 케이스 스터디 자료 뭉치 비슷해지고 있다. 심지어 베스트셀러의 양서 여부를 판단하려는 대형 서점에서 6개월 또는 1년마다 나오는 베스트셀러 분석 자료 역시 책을 읽었다고 보기에는 미심쩍은 구석이 많다. 내용과 독자를 동시에 읽으면서 만든 정치한 분석 자료라기보다 마케팅 언어의 반복에 그치는 경우가 흔하기 때문이다. 베스트셀러를 읽고 양서 여부를 판단하는 일을 아무도 떠안지 않는다면, 베스트셀러가 베스트셀러를 만드는 이 기형적 현상은 더욱더 심해지지 않을까. 이제는 누군가 베스트셀러를 직접, 자세히 읽고 옥석을 가려줄 의무를 떠안을 때가 왔다. 이 책에서 저자가 기꺼이 그 일을 감당해준 것이 기쁘다.

책이 뭐라고

"베스트셀러 같은 것 좀 읽지 마십시오!!"

이 책은 페이스북에서 전체공개로 돌아다니던 한 글에서 출발했다. 해당 글의 작성자는 중년의 전문직 남성으로 페이스북상에서 꽤나 유명한 일명 '셀럽'이었다. 그는 요즘 젊은이들이 형편없는 책만 본다면서, 제발 베스트셀러 같은 것은 보지 말고 헨리 데이비드 소로의 『월든』이나 조지 오웰의 『1984』 같은 고전 명작 좀 읽으라며 안타까운 호소를 하고 있었다. 거기에 상당히 많은 사람들이 "정말 맞는 말씀입니다!!", "베스트셀러 따위 대체 왜 보는지 모르겠어요", "어휴 난 그런 책 거들떠도 안 봐" 등의 댓글을 달며 동조하고 있었다.

그 광경을 본 순간 내가 느낀 가장 큰 감정은 다름 아닌 놀라움이었는데, 글의 작성자나 댓글을 단 이들이나 베스트셀러에 대해 너무도 단정적이었기 때문이다. 일단 '베스트셀러'의 기준부터가 모호했다. 베스트셀러는 그 이름처럼 시장에서 현재 가장 잘 팔리는 책들을 의미한다. 그런데 잘 팔린다는 점 이외에 해당 책들에 어떠한 공통점이 있나? 조남주의 『82년생 김지영』과 백세희의 『죽고 싶지만 떡볶이는 먹고 싶어』와 유발 하라리의 『사피엔스』를 어떤 공통점으로 묶을 수 있느냔 말이다.

사실 세상에는 단순히 '잘 팔린다'는 이유만으로 무언가를 거부하는 사람들도 있기 마련이다. 유행하는 것, 많은 사람들의 선택을 받은 것에 이유 없는 거부감을 느끼는 그런 종류의 사람들. 예를 들어 내 주위에는 자신은 '천만 관객 영화' 따위는 절대 보지 않는다는 데 자부심을 가진 사람들이 존재한다. 그들은 그런 유치한 영화 대신 장 뤽 고다르와 아녜스 바르다의 영화를 보라고 말한다. 물론 대다수의 사람들에게는 조금 이상한(?) 사람들이 하는 쓸데없는 이야기로 치부될 뿐이다.

그런데 희한하게도 출판시장으로 오면 이런 흐름이 조금 달라진다. '천만 관객' 류의 대중적인 영화를 깔보거나 무시하는 것은 어디까지나 변방의 소수의견인 반면, 출판시장으로 오면 굉장히 보편적이고 일반적인 견해가 된다. 첫머리에 언급한 셀럽의 글과 거기 달린 댓글들이 유난하고 예외적인 케이스가 아니란 이야기다. 이 차이는 어디서 오는 것일까?

어쩌면 이는 영화와 책을 대하는 사람들의 태도가 근본부터 다르기 때문인지도 모르겠다. 사람들은 대개 영화나 TV 드라마 등의 영상 매체는 단순한 '오락'으로 생각하는 데 반하여 책과 같이 활자를 기반으로 하는 매체는 굉장히 엄숙하고 지적이며 고상한 것으로 치부하는 경향이 있다. 그렇기에 책을 읽는 행위 자체가 자기계발과 자기수양의 일환이 되는 것이다.

매해 많은 사람들이 1년간 몇 권의 책을 읽겠다고 결심하는 것이나, 책 좀 읽어야 하는데 맨날 놀아서 죄책감이 든다고 입버릇처럼 말하는 것 또한 이러한 흐름의 연장선상이라고 할 수 있다. 지인 중 하나는 어느 날 갑자기 새 삶을 살겠다면서 서점에 가서는 책을 왕창 사들이기도 했다. 구매 기준은 따로 없었지만 리스트에서 일련의 공통점이 보였는데, 그것은 바로 어렵기로 소문난 소위 '있어 보이는' 책들이었다.

상황이 이렇다보니 책 자체를 바라보는 대중의 기준이나 시각이 영화를 볼 때와는 사뭇 달라지는 것도 납득이 간다. 영화나 드라마는 소위 '대중성'이 높은 것이 큰 강점이 되는 반면, 책은 그 반대가 되는 것이다. 소위 말하는 벽돌책, 두껍고 어려운 책을 보는 것은 고상하고 지적인 행위가 되며, 쉽고 대중적인 책을 보는 것은 연령이나 수준에 맞지 않는 교과서를 보는 것처럼 부끄러운 일이 된다. 물론 모르는 것을 배우는 것은 결코 부끄러운 일이 아니지만, 그와는 별개로 우리 사회에서는 암묵적으로 책에도 일정한 '수준'을 정해두고 특정 수준에 미달하면 부끄럽게 여기는 경향이 있는 것이다.

한편으로는 '노는 것'에 대한 반감 또한 이와 같은 베스트셀러 경시 풍조를 한몫 거들고 있다. 비단 한국만의 문제인지는 모르겠으나 우리 사회에는 즐기는 것을 죄악시하는 분위기가 존재한다. 하다못해 재충전을 위해 주어진 휴가마저도 얼마나 '알차게' '바쁘게' 보냈는지가 중요하니 말이다.

여가시간에 텃밭을 가꾸는 등의 육체노동을 하거나 거의 극기훈련에 가까운 고강도 스포츠를 하며 보내는 사람들이 얼마나 많은지를 떠올려보라. 휴일마다 아무것도 못하고 잠만 잤어! 하고 억울해하는 사람들은 또 얼마나 많은가 말이다. 이런 상황이다보니 별다른 지식이 담겨 있지 않은 에세이나 소설책을 읽는 것은 시간을 낭비하는 무용한 행위라며 깔보고 무시하는 현상이 존재하지 않나 싶다.

베스트셀러에 대한 사람들의 뿌리 깊은 불신과 힐난은 다름 아닌 이러한 차이에서 나온다. 대중적인 책은 누구나 풀 수 있는 쉬운 문제처럼 내용도 알맹이도 없는 얄팍하고 저급한 것이 되며, 그런 책을 읽는 것은 자신의 수준이 낮음을 선언하는 행위가 되어버리고 마는 것이다. 그렇다면 실제는 어떠할까. 베스트셀러에 오른 책들은 정말로 쉽고 부실하며 알맹이가 없는 책일까?

해당 질문에 대한 답을 하기 전에 우선 책에 대한 나의 견해를 먼저 밝혀두고 싶다. 어디까지나 개인적인 의견일 뿐이지만 나는 책이 그리 고상한 것도, 대단한 것도 아니라 생각한다. 책이란 기본적으로 종이에 활자를 기입하여 누군가의 생각을 담아낸 틀에 불과하다. 어려운 것도, 엄숙한 것도, 부담스러운 것도 아니라는 이야기다.

나는 책 한 권을 읽는 것이나, 영화를 한 편 보는 것이나 게임을 하는 것이나 본질적으로는 크게 다르지 않다고 본다. 어쩌면 맛있는 음식을 한 끼 먹는 것과 비슷할지도 모르겠다. 세상에 존재하는 다양한 음식만큼 세상에는 다양한 책이 존재한다. 사람마다 입맛이 다른 것처럼 책에 대한 기호도 매우 다를 수 있다. 누구나 취향에 맞는 음식을 먹을 권리가 있는 것처럼 누구나 자신이 원하는 책을 마음껏 읽을 권리가 있다. 이것이 책에 대한 나의 기본적인 생각이다.

물론 음식의 세계에 보다 '고급스러운' 음식이 존재하는 것처럼, 상대적으로 더 유익하고 완성도 높은 책이 존재할 수는 있다. 한식 자격증을 보유한 전문 조리사가 정성을 들여 차려낸 진수성찬과 집에서 계란과 참기름에 대충 비벼 먹는 밥이 동급의 요리라고는 결코 말할 수 없을 것이다.

하지만 알다시피 사람들은 음식을 단순히 '고급스럽다'는 이유만으로 먹지는 않는다. 예를 들어 초등학생 때 학교 앞에서 종종 먹었던 떡볶이를 떠올려보자. 흐물흐물해서 녹아 없어지기 직전인 밀가루 떡에 알 수 없는 애매한 맛의 양념, 전반적으로 썩 위생적이지 못했던 조리 환경, 아무리 잘 봐줘도 지금 기준에서 도저히 '맛있다'고 평하기 어려운 맛.

그러나 옛 동네를 지날 때면, 어쩌다 어린 시절이 떠오를 때면 희한하게도 그 맛없는 떡볶이가 생각나는 순간이 종종 있는 것이다. 세상 어떠한 진수성찬과 고급진 요리도 이러한 추억을 대신할 수는 없다. 이처럼 우리는 때때로 전혀 대단치 않다는 사실을 알면서도 특정 메뉴를 좋아하거나 그리워하고는 한다. 미슐랭에서 별을 받은 음식점이 백종원이 운영하는 식당보다 더 뛰어난 맛에 놀라운 퀄리티를 가진 것은 자명하지만, 때로는 백종원이 운영하는 식당이 더 큰 만족감을 줄 수도 있는 것이다. 살다보면 드라이에이징 스테이크보다 아빠가 끓여준 콩나물국이 더 맛있게 느껴지는 날도 있는 법이다.

책 또한 어쩌면 이와 마찬가지가 아닐까 한다. 책뿐만 아니라 세상의 모든 콘텐츠가 다 그렇다. 우리는 때로는 욕을 하며 카타르시스를 느끼기 위해, 때로는 위로를 얻기 위해, 때로는 타인이 무슨 생각을 하는지 알기 위해, 때로는 지식을 얻기 위해, 때로는 나를 확인하기 위해, 때로는 단순히 재미를 위해 얼마든지 어떤 방식으로든지 콘텐츠를 소비할 수 있다. 그다지 작품성이 높지 않다는 사실을 알면서도 어린 시절 읽었던 해적판 만화나 무협지를 떠올리며 비슷한 콘텐츠를 향유할 수 있는 것이다.

그럼에도 불구하고 사람들은 그 사람이 어떤 의도로 그 책을 읽는 줄도 모르고 쉽게 비난을 하곤 한다. 함부로 지적 능력이 떨어진다거나, 취향이 저급하다거나, 책을 모른다거나 하는 식으로 업신여기기도 한다. 책을 읽지 않는다고 비난하는 것을 넘어 '잘못된' 책을 읽는다고 호되게 야단을 친다. 이는 미슐랭 투 스타 음식점에 가지 않고 동네 분식집에서 떡볶이 따위나 먹는다며 호통을 치는 것이나 다름없는 행위다. 떡볶이는 대중적이고 천박하고 맛없는 음식인데 대체 왜 저런 음식을 먹는지 모르겠다고, 당신은 취향이 엉망이라고 비난하는 것이나 마찬가지인 셈이다.

이런 말들은 오만하기도 하지만 실제로 베스트셀러를 읽는 독자들에게 어떠한 긍정적인 효과도 끼치지 못한다. 오로지 출판시장의 양극화를 부추기는 불쏘시개가 될 뿐이므로 더욱 경계할 필요가 있다.

　사람들이 왜 베스트셀러를 사는지 생각해보자. 답은 간단하다. 무슨 책이 좋은지 알 수 없으니까. 왜 알 수 없을까? 책이란 어렵고 신성한 것이란 인식이 너무도 공고하니까. 엄숙하고 자기수양에 가까운 독서란 떠올리는 것만으로 골치가 아파지기 마련이다. 그렇기에 왠지 부담스러워서 멀리하다보면 점점 더 무슨 책이 있는지, 자신이 어떤 종류의 책을 필요로 하고, 무슨 책이 자신에게 맞는지 알 수 없게 된다.

　이런 상황에서 낯설디 낯선 책의 세계로 들어선 초보 독자가 믿을 것은 결국 많은 이들의 선택을 받은 베스트셀러 혹은 이전에 어디선가 이름을 들어본 유명 작가가 쓴 책이다. 음식에 비유해보자면 낯선 지방에 가서 점심으로 무얼 먹을까 고심하던 사람이 고민 끝에 '그나마' 검증된 프랜차이즈 식당으로 향하는 것과 비슷하다. 많은 사람들의 선택을 받은 상품은 그만큼 안전하다 여기는 것이다. 그렇게 베스트셀러라서 베스트셀러가 되는 순환 구조가 만들어진다. 이러하다보니 아무리 한쪽에서 베스트셀러 따위 읽지 말라고 해봤자 공허한 외침으로 끝나고 마는 것이다.

　물론 이런 이야기를 하면 글의 첫머리에 언급했던 남성을 비롯하여 억울한 목소리를 낼 만한 사람들이 있을지도 모르겠다. 특히 출판계 종사자들. 아니 그럼, 힐링 에세이나 함량 미달 자기계발서 따위가 많이 팔리는 현상이 바람직하다는 건가요? 마케팅으로 뜬 이상한 책들 때문에 출판시장이 양극화되고 있는데 그럼에도 욕하지 말라는 그런 이야기인가요? 꼭 읽어봐야만 비판할 수 있나요? 음식이랑 똑같다고 이야기하는데 수준 미달의 음식, 썩은 재료로 만든 상한 음식을 먹는 것도 취향으로 인정해줘야 하나요? 하면서 말이다.

당연히 아니다. 나 역시 현재의 출판시장에 문제가 있다고 생각한다. 베스트셀러에 오른 책들은 대충 보기에도 거기서 거기인 듯 비슷해 보이며, 때로는 검증을 거치지 않은 사짜의 지식을 바탕으로 한 건강 잡서부터 짜깁기 일색인 함량 미달 자기계발서까지 두루 포함되어 있다. 이런 책들만이 날개 돋친 듯 팔리는 와중에 공들여 만든 양서가 초판도 판매되지 못한 채 쌓여 있는 모습을 보면 안타까움에 눈물이 날 지경이다. 이런 현상에 대한 비판이야 당연히 필요하다. 다만, 왜 문제인지, 뭐가 문제인지부터 인지하고, 비판을 할 때 하더라도 정교하고 정확하게 하자는 그런 말이다.

음식도 먹어보고 지나치게 짜다거나, 달다거나, 싱겁다거나, 조미료가 많다는 등의 지적을 할 수 있는 것처럼 책에 대해서도 그렇게 이야기하는 분위기가 조성되어야 한다. 그런데 수많은 지식인 및 출판 관계자들은 베스트셀러를 아예 책으로도 취급하지 않는다. 베스트셀러를 구매하는 독자는 독자라고도 생각하지 않는다. 어휴, 저런 책이나 읽다니, 이것 참 큰일이로다! 하고 통탄하고 끝날 뿐이다. 만약 정말로 어떤 책이 문제가 된다고 생각한다면, 그 책이 어째서 문제인지, 무엇 때문에 그러한지를 설명해야 독자들도 납득할 것 아닌가. 그러한 책 대신에 무언가 대안을 제시해야 할 것 아닌가. 덮어놓고 읽지 말라고 일갈하거나 베스트셀러 독자들을 싸잡아 무시하는 것은 오히려 기존의 인식, 책이란 신성하고 고상한 것이라는 인식을 부추길 뿐이며 고로 출판시장의 양극화에 더욱 박차를 가하는 행위가 될 뿐이다.

이 책을 쓰기 시작한 동기는 그와 같은 비난에 맞서고 싶다는 데서 출발했다. 베스트셀러에 대한 비판을 하더라도 적어도 정식으로 읽은 뒤에 제대로 된 비판을 해야 한다는 말을 하고 싶었다. 또한 만약 정말로 그 책들에 어떠한 문제점이 있고 실제로 대중에게 해로운 영향을 끼치고 있는 것이 사실이라면, 덮어놓고 읽지 말라고 하는 대신 정식으로 각을 잡고 비판하는 작업이 필요하다고 생각했다. 책 자체는 비판할 수 있되, 책을 읽는 독자를 비판해서는 안 된다는 이야기를 하고 싶었다.

한편으로는 그렇게 함으로써 사람들에게 많이 읽히는 책이 어떤 책인지, 그게 과연 무슨 내용인지 독자들에게 더 자세히 알려주고 싶다는 생각을 했다. 누구든 원하는 책을 원하는 방식으로 읽을 수 있지만, 적어도 그 책이 무슨 책인지는 알고 읽어야 한다고 생각했다. 초등학교 앞 분식집에서 팔던 떡볶이를 그리움과 향수에 취해 먹을 수는 있지만 그게 '왜' 맛있는지를 이해할 필요가 있으며, 그걸 미슐랭 투 스타 레스토랑으로 착각해서는 안 된다는 이야기를 하고 싶었다.

그렇기에 독자들에게 보다 정확한 책읽기의 방법을, 당신이 읽었던 책을 이렇게 바라보는 사람도 있음을 알려주고 싶었다. 그렇게 함으로써 사람들이 책은 엄숙한 것이라는 부담감에서 벗어나 더 자유롭고 다양한 책에 접근할 수 있으면 좋겠다는 생각을 했다. 무슨 책을 고를지 몰라 무작정 베스트셀러부터 읽기 시작한 사람에게 당신이 읽은 그 책이 세상의 전부가 아니라고, 세상에는 더 다양하고 재미있는 책이 많다는 것을 알려주고 싶었다.

그러한 생각으로 1년간 28권의 베스트셀러를 직접 읽은 결과물이 바로 이 한 권의 책이다. 참고로 우리나라에는 도서의 판매량을 정식으로 집계한 자료가 없다. 출판사들 역시 무슨 연유인지는 모르겠지만 대개 판매 부수를 알려주기를 꺼려

한다. 다른 목적에 이용할 것도 아니고 그저 몇 부 팔렸는지만 알고 싶을 뿐이라고 설명해도 당신이 대체 누군 줄 알고 정보를 주나요?! 하고 간첩 대하듯이 매섭게 대응한 곳이 한두 군데가 아니었다. 앞서 이야기한 것처럼 어떤 책이 '베스트셀러'인지 그 기준부터가 불분명한 것이다. 아마 이 또한 제대로 된 책을 고를 수 없도록, 대형 서점의 베스트셀러 순위에만 기대도록 독자를 현혹하는 또 하나의 요인이 아닌가 싶다.

따라서 인터넷 서점에 남아 있는 기록이나 신문 기사 등의 자료에 의거해 어디까지나 '어림짐작'으로 베스트셀러를 선정할 수밖에 없었는데, 이 책을 쓰면서 가장 아쉬웠던 부분이라 할 수 있다. 교보문고와 YES24, 알라딘 등 인터넷 서점의 자료를 활용하였으며 출판 트렌드 및 독자의 기호가 실시간으로 변한다는 지점을 고려하여, 가능한 5년 이내의 도서를 선정하고자 하였다.

처음에는 오로지 많이 팔렸다는 기준으로 고른 책들이었으나, 한 권 한 권 읽다보니 일련의 공통점이 보였다. 일단은 '쉽다'는 점, 주로 특정 장르에 치우쳐 있다는 점. 어렵고 현학적인 학술서보다는 대중의 눈높이에 맞춘 읽기 편한 에세이나 대중소설이 많았다. 메시지도 대개는 비슷하다는 사실을 알 수 있었다. 그러한 공통점에 따라 해당 책들을 하나의 챕터로 묶었다.

그렇다고 모두가 천편일률적으로 똑같은 책이었냐 하면 그렇지는 않았다. 첫인상과는 다르게 꽤나 완성도 있는 작품도 있었고, 완성도는 떨어지지만 매우 자극적이고 말초적인 재미를 주는 책들도 있었다. 각각의 책들이 모두 다른 가르침을 주었다. 좋은 쪽으로든 나쁜 쪽으로든.

나는 모든 책은 나름의 의의를 가지고 있다고 생각한다. 베스트셀러는 베스트셀러대로, 고전은 고전대로. 하다못해 사람들이 종종 무시하곤 하는 힐링 에세이조차도 의의가 있을 수 있다고 여긴다. 누군가 그 책을 읽고 진심 어린 위로를 느꼈다면 그 자체는 가치가 있는 일이 아닌가 싶다. 물론 형편없는 짜깁기, 자기복제에 불과한 표절 서적 등은 예외이다. 썩은 재료로 만들어낸 불량 만두처럼 그 근본부터가 잘못되었으니 말이다. 하지만 그러한 책들조차 '제대로만' 읽어낸다면, 즉 비판적 시각을 바탕으로 읽을 수 있다면 그 시간이 결코 헛되지 않다고 생각한다.

여기까지 읽고 그래서 대체 베스트셀러를 읽으라는 거야, 말라는 거야, 하는 의문을 품을 사람들이 있겠지만, 역시나 앞서 했던 말을 반복할 수밖에 없겠다. "그때그때 달라요." 베스트셀러라고 무조건 나쁜 것도 아니요, 베스트셀러라고 무조건 믿을 만한 것도 아니다. 어떤 책은 그야말로 우연히 베스트셀러가 되기도 하고, 어떤 책은 시대를 잘 타고 나서 베스트셀러가 되기도 한다. 때로는 대중성과 완성도를 고루 갖춘 특이한 케이스도 있다.

따라서 이 책을 쓰며 내가 내린 결론은, 그저 많이 읽고 어떤 책이 더 나와 맞는지를 알아보는 선구안을 기르는 수밖에 없다는 것이다. 독서 또한 다른 활동과 마찬가지로 일정한 실력을 필요로 한다. 결국 일정한 '독서력'을 갖추지 못한 사람들은 접근성이 쉽고 가벼운 책부터 읽게 되는데, 그 과정에서 베스트셀러를 읽게 되는 것은 어쩌면 자연스러운 수순인지도 모르겠다.

그러므로 출판 관계자들은 양서가 외면받는 사이 '얄팍한' 책들만 팔린다고 너무 절망하지도 말 것이며, 평소 양서를 열심히 읽는 독서가들 역시 읽어보지도 않았으면서 덮어놓고 베스트셀러 독자들을 무시해서도 안 될 일이다. 베스트셀러밖에 모르는 사람들에게도 늘 읽던 순위권의 책들만 읽기보다는 조금씩 독서의 장르를 넓혀보기를 권하고 싶다.

이 책이 책을 읽는 이들에게는 더 많은 책으로의 사다리가, 책을 쓰는 이들에게는 더 좋은 책으로의 발판이 될 수 있기를 바란다.

차례

○

추천의 글 책과 인생에 대한 건강한 수다   4

프롤로그 책이 뭐라고   11

1 진화하는 자기계발서

01 의지로 가능하기만 하다면야 - 『미움받을 용기』   33

02 자기계발을 하지 말라는 자기계발서   42
     - 『신경 끄기의 기술』

03 무엇을 위한 자존감인가 - 『자존감 수업』   51

04 진짜로 변화하고 싶다면 - 『아주 작은 습관의 힘』   60

2 정말 힐링이 될까요

05 정말 힐링이 되나요? - 『고요할수록 밝아지는 것들』   77

06 마케팅의 귀재가 말하는 힐링 - 『언어의 온도』   87

07 이렇게 지겨운 사랑 얘기 - 『모든 순간이 너였다』　　96

08 사춘기는 계속된다　　105
　- 『죽고 싶지만 떡볶이는 먹고 싶어』

09 매뉴얼을 실천으로 옮기려면　　114
　- 『무례한 사람에게 웃으며 대처하는 법』

10 굿즈가 되어버린 책　　124
　- 『곰돌이 푸, 행복한 일은 매일 있어』

3 대중이 사랑한 이야기

11 궁극의 데우스 엑스 마키나　　139
　- 『돌이킬 수 없는 약속』

12 북유럽에서 다시 태어난 포레스트 검프　　149
　- 『창문 넘어 도망친 100세 노인』

13 휠체어를 타고 온 왕자님 - 『미 비포 유』　　159

14 중년 남성을 위한 위로 - 『오베라는 남자』　　169

15 추리소설의 도의 - 『봉제인형 살인사건』　　177

16 좋은 게 좋은 거 아니겠어요 - 『아몬드』　　188

17 세상 밖으로 나온 여성들 - 『82년생 김지영』　　197

4 브랜드가 된 작가들

18 어른에게도 동화가 필요해 - 『나미야 잡화점의 기적』　213

19 웰컴 투 하루키 월드 - 『1Q84』　225

20 무책임한 상상력의 끝에는 - 『고양이』　237

21 시드니 셸던의 후예들 - 『아가씨와 밤』　249

22 이토록 달콤한 고통 - 『낭만적 연애와 그 후의 일상』　259

23 이해할 수 없는 것들 - 『직지』　269

5 책을 읽는 이유

24 그래서 우리는 소설을 읽는다 - 『사피엔스』　285

25 한 사람을 위한 마음 - 『팩트풀니스』　296

26 공부하는 마음 - 『라틴어 수업』　306

27 독서는 공부에 도움이 되는가 - 『공부머리 독서법』　316

28 그것은 자유가 아니다 - 『반일 종족주의』　327

에필로그 누구나 한때는 초보였다　341

1

진화하는
자기계발서

한때 자기계발서 열풍이 불었던 시절이 있었다. 이제는 고전이라고 할 수 있는 『부자 아빠 가난한 아빠』를 비롯하여 『카네기 인간관계론』, 『성공하는 사람들의 7가지 습관』, 『아침형 인간』 등 인생의 성공 비법을 담은 온갖 비밀 전서들이 차고 넘쳤으며 사회적으로도 자기계발서를 권장하고 장려하는 분위기가 있었다. 모두 부자가 되십시오. 성공에 한 발자국 더 다가서십시오. 그걸 위해 이 책들을 읽으십시오. 사람들의 자기계발서에 대한 인식도 나쁘지 않았다. 자기계발서를 읽는 사람은 부지런하고 성실한 사람으로 인식되었다.

그러나 금융위기를 거치면서 자기계발서에 대한 사람들의 인식은 꽤나 변화했다. 사람들은 『부자 아빠 가난한 아빠』를 읽는다고 부자가 되지 않는다는 사실을, 『아침형 인간』으로 살아봤자 남들에게 일찍 일어난다고 으스댈 수 있다는 것 말고는 별로 좋은 점이 없다는 사실을 깨달았다. 한편으로는 자기계발서가 개인의 노력을 지나치게 강조하며, 공동체 의식 대신 각자도생의 세계관을 주입한다는 비판도 늘어났다. 그러면서 사람들은 자기계발서에 싫증을 내기 시작했다.

재미있는 것은, 그럼에도 불구하고 오늘날 베스트셀러 순위에 여전히 많은 자기계발서가 올라 있다는 사실이다. 물론, 예전처럼 '무조건 노력해라', '최선을 다해라'라는 메시지는 먹히지 않으므로 약간의 변형을 거친 상태로. 예를 들면 인간관계로 고민 중인 사람을 위해 '미움받을 용기'에 대해 이야기한다든지, 자존감이 부족해서 고민하는 이들을 위해 '자존감 수업'을 한다든지, 매번 생각이 너무 많아 고민인 사람에게는 '신경 끄기의 기술'을 전수한다든지 하는 방식으로. 아니 이것들은 심리학 서적 아니에요?라고 말하는 사람이 있겠지만, 기본적으로는 '변화를 도모하는 어떤 가르침'을 준다는 측면에서 자기계발서에 해당한다고 할 수 있다.

그렇다. 변화를 원하는 사람들이 자기계발서를 읽는다. 성공하고 싶어서, 돈을 벌고 싶어서, 똑똑해지고 싶어서, 인기가 많아지고 싶어서 등등. 무엇이든 답이 될 수 있지만 모든 욕구의 근원에는 '달라지고 싶다'는 욕망이 자리하고 있다. 지금보다 더 나아진 나. 더 성실하고, 더 열정적이고, 더 확신을 갖고 움직이는 나. 혹은 더 신중하고, 더 통찰력 있고, 더 많은 것을 알게 된 나. 어찌 됐든 지금과는 다른 나, 달라진 자신. 이러한 욕구를 지니고 자기계발서를 읽는 사람들 자체를 비난할 수는 없다. 이 세상에 더 나아지고 싶지 않은 사람도 있나? 게다가 엄밀히 따지면 독서라는 행위 자체가 근본부터 자기계발적이라고 할 수 있다.

모든 책은 어떤 의미를 가지고 있기 마련이고, 그것을 읽는 사람은 자기 나름의 무엇인가를 배우고, 깨우치고, 느끼게 된다. 따라서 자기계발을 하려는 욕망이나 이러한 필요에 부합하려는 시도 자체를 비판할 수는 없다. 문제는 사람들의 욕망을 이용하여 실질적으로는 도움이 되지 않는 피상적인 이야기만을 가볍게 풀어내고 대중을 현혹하는 함량 미달의 자기계발서가 차고 넘친다는 사실이다. 이런 책들은 인생의 수많은 변수를 지나치게 단순화할 뿐만 아니라 개인의 노력 혹은 정신승리만을 막연하게 강조하여 때로 읽지 않느니만 못한 결과를 초래하기도 한다.

그렇다고 자기계발서를 읽는 것이 100퍼센트 쓸모없고 무용한 행위는 아니다. 사람에 따라 특정 자기계발서를 읽고 큰 도움을 얻을 수도 있다. 다만 그와 같이 책을 읽고 실질적으로 자신에게 필요한 도움을 얻으려면, 무엇이 납득 가능하고, 무엇은 그렇지 않은지, 책에서 어떤 부분은 유용하고, 어떤 부분은 그렇지 않은지를 판가름하고 판단할 수 있는 비판적인 시각이 필요하다. 이 챕터는 그런 시각이 필요한 사람들을 위해, 유명한 자기계발서를 읽고 진짜로 그 책들이 삶에 도움이 되는지 살펴보는 장이다.

의 지 로
가 능 하 기 만
하 다 면 야

『미움받을 용기』,
기시미 이치로, 고가 후미타케, 인플루엔셜, 2014

책이라면 일 년에 한두 권 읽을까 말까 한 사람이라도 『미움받을 용기』에 대해서는 들어본 적이 있을 것이다. 『미움받을 용기』는 2014년 발간 이후 지금까지 150만 부 이상 판매되었으며, 5년여 지난 현재까지도 꾸준한 판매량을 보이고 있다. 어찌나 화제가 되었는지 후속작이었던 『미움받을 용기 2』는 2016년 출간된 지 한 달 만에 15만 부가 팔렸다. 어지간한 베스트셀러라도 20~30개 수준이기 마련인 인터넷 서점 서평은 무려 1,000개가 넘는다.

본래 인간관계와 심리를 다루는 서적이 잘 나간다는 사실을 감안하더라도 『미움받을 용기』의 인기는 그만큼 독보적인 데가 있었다. 무엇이 『미움받을 용기』를 이렇게 특별하게 만들었을까. 아마 대부분은 '누가 나를 싫어하는 것 같아서 스트레스 받아. 누구에게 미움받는 건 괴로워. 어디 이런 심리에 대해 말해주는 책 없을까?' 싶은 생각으로 뭔가 근사한 해답을 기대하고 이 책을 찾았을 듯하다. 실은 제목부터가 결정타다. '미움받을 용기'라니, 남에게 미움받을까봐 전전긍긍하는 현대인들의 가슴속에 그대로 날아와 꽂힌다.

그러나 어떤 해답이나 구원을 갈구하는 마음으로 책을 주문했을 사람들은 첫 장을 펼치자마자 깜짝 놀랐을 확률이 높다. 내용은 둘째치고 일단 책의 스타일이 독특하기 때문이다. 이 책은 처음부터 끝까지 문답 형식, 마치 희곡과도 같은 대화문으로 이루어져 있다. 첫 장면은 한 청년이 철학자를 찾아오는 것으로 시작한다. 자신감이 부족하고 시기심이 강해 열등감과 자기혐오에 시달린다는 청년이 '풍문으로 전해 들은' 철학자의 주장에 동의할 수 없다며 시비를 걸어오는 것이다. 청년은 계속 이의를 제기하고, 철학자는 그런 청년의 말을 반박하면서 설득해나간다. 그것이 『미움받을 용기』의 기본 구조다.

즉 대부분의 자기계발서들이 직접적으로 무언가를 주장하는 데 반해, 이 책은 철학자와 청년의 대화라는 간접적인 수단을 통해 우회적으로 전달한다는 것이 특징이다. 페이지가 넘어감에 따라 독자를 대변하는 역할인 청년은 철학자의 주장에 감화되어간다. 독자의 실제 생각이 어떤지는 관계없이.

그렇다면 청년이 '풍문으로 전해 들은' 철학자의 주장은 무엇이었을까. "자고로 인간은 변할 수 있으며 세계는 단순하고 누구나 행복해질 수 있다"는 것이 철학자의 믿음이며 그의 세계를 지탱하는 기본 축이다. 이는 오스트리아의 심리학자인 알프레트 아들러의 심리학에 근거한 것인데, 아들러는 모든 것은 우리의 의지로 극복 가능하다고 이야기한 바 있을 정도로 의지의 중요성을 설파했던 학자이다. 과연 스스로를 갈고 닦아 더 나은 사람으로 거듭나기를 강조하는 자기계발의 신념에 걸맞은 이론이 아닐 수 없다.

우리는 과거의 경험에 '어떤 의미를 부여하는가'에 따라 자신의 삶을 결정한다네. 인생이란 누군가가 정해주는 것이 아니라 스스로 선

택하는 걸세. 어떻게 사는가도 자기 자신이 선택하는 것이고.(37쪽)

인간은 언제든, 어떤 환경에 있든 변할 수 있어. 자네가 변하지 않는 것은, 스스로 '변하지 않겠다'고 결심했기 때문이네.(62쪽)

이처럼 아들러의 심리학에서는 자유의지와 노력이 중요성이 강조되는데, 철학자에 빙의한 저자 기시미 이치로가 아들러의 이론을 빌어 인간관계 및 내적 고민에 시달리는 현대인들, 즉 청년을 위해 말해주는 조언을 요약하자면 이렇다.

첫째, 모든 것은 의지의 문제다. 과거에 무슨 일이 있었든 그 또한 내가 의미를 부여하기 마련이다. 고로 바꿀 수 없는 것은 잊어버리고 바꿀 수 있는 것을 바꾸는 방향으로 최선을 다하자.

둘째, 사람 간에 적절한 거리감은 필수이며 타인의 마음은 내가 어쩔 수 없는 부분이다. 나는 그저 최선을 다해 나의 삶을 살면 된다.

셋째, 인생은 어차피 이어져 있는 길이 아닌 매 순간 순간의 연속이다. 잃어버릴까 두려워 갖는 것을 포기하거나 실패가 두려워 도전조차 하지 않는 것은 어리석은 행위다. 지금, 바로 이 순간을 최선을 다해 누리자.

결국 책의 메시지는 '최선을 다하자'는 것으로 함축된다.

모든 것을 의지의 문제로 치환한다는 점에서 많은 이들을 분노케 할 만한 주장이다. '아니 내 마음이 내 뜻대로 안 돼서 찾아온 건데 고작 해줄 말이 의지를 가져라라니! 그게 그렇게 쉽냐고요, 오늘부터 내 의지대로 하겠다, 그런 생각을 한다고 의지가 막 생기냐고요!' 뭐 그런 마음일 것이다.

실제로 청년은 몹시 분개하며 각종 반론을 펼친다. 너무하는 것 아니냐고 화를 낸다. 그러나 책에서 등장하는 아들러의 이론, 아들러를 인용한 기시미 이치로의 주장은 현실에 좌절하거나 굴복하지 말고 희망을 가지라는 말을 하기 위한 밑거름에 가깝다. '누구나 행복해지는 것이 가능하다. 따라서 당신도 마음만 먹으면 행복해질 수 있다'를 이야기하기 위한 것이다. 즉, 의도 자체는 나쁘지 않다는 말이다.

이는 현재 '노오력' 담론에 가해지는 많은 비판과 다르게 어느 정도는 의미 있는 이야기다. 타인의 시선이 신경 쓰이거나, 과거의 잊을 수 없는 상처로 괴로워하거나, 실패할까봐 도전조차 하지 못하고 있다거나 등등 불안에 떨고 있는 사람들에게 좌절하지 않고 용기를 내라는 실질적인 조언이 될 수도 있다. 실제로 어떤 큰 실패를 겪은 뒤 "난 아마 안 될 거야", "이제 끝이야" 하고 엉엉 울고 있는 사람에게 우리가 해줄 수 있는 말이 달리 무엇이 있겠는가. "아니야, 과거는 과거일 뿐이야. 지금부터가 중요해" 아니겠는가.

이 책이 사랑받을 수 있었던 이유는 아마 많은 사람들이 이러한 아들러 심리학의 기본 이론 및 철학자의 주장에서 타당성을 느끼고 일견 위로를 얻었기 때문일 것이다. 타인의 마음은 타인의 것이므로 내가 어쩔 수 없다, 나는 나의 길을 걷자. 오늘날 타인의 시선을 의식하고 인정욕구에 시달리는 많은 사람들에게 타인은 신경 쓰지 말고 스스로를 위해 살라는 것 또한 꽤나 합당한 조언으로 느껴진다.

문제는 모든 이론이 그렇듯이 타당하지 않은 부분 또한 포함되어 있다는 사실이다. 애초에 단일한 심리학 이론으로 수많은 변수를 지닌 사람들을 정의하고 조언을 건넨다는 자체가 무리수이다. 이런 류의 자기계발서의 가장 큰 문제점은 제각기 너무나 다른 사람들에게 지나치게 획일화된 조언을 강요한다는 데 있다. 이 책 역시 마찬가지다.

우선 과거의 특정 경험을 통해 생겨나는 트라우마는 아무런 의미가 없다는 주장부터가 그러하다. 물론 과거의 안 좋은 경험에 사로잡혀서 제자리에 주저앉아 있을 수만은 없는 노릇이다. 가까운 누군가 그러고 있으면 때로는 독한 소리라도 해서 일으켜야 할지도 모른다. 하지만 과거의 경험이 극복은 될 수 있을지언정 그의 주장과 같이 아무런 영향을 미치지 않는 것은 결코 아니다. 과거는 흔적을 남긴다. 어떤 사람들은 과거에 사로잡히지 않기 위해 부단히 노력을 해야 한다. 그리고 이것이 의지의 문제만으로 해결되지 않을 때도 있다. 아니 매우 많다.

또한 나는 나, 타인은 타인이므로 나의 의지는 내가 조절하고 타인의 의지와 행동에 대해서는 무작정 마음을 비우라는 요구 또한 자칫하면 악의적인 착취의 관계, 또는 학대가 녹아있는 관계를 그대로 방치하고 포기하게 만들 우려가 있다. 그와 더불어 '타인의 시선을 의식하지 않고 자기 자신에 충실한 삶'을 위해 '자기수용'과 '타자공헌'의 태도를 강조하는 것 역시 지나치게 단순하고 획일화된 조언이다. 예를 들어 철학자는 가족의 도움 없이 홀로 집안일을 하는 어머니의 사례를 두고 이렇게 말한다.

> 어느 가정에서 저녁식사를 마쳤는데, 식탁 위에 그릇이 고대로 놓여 있네. 아이들은 각자 방으로 들어가고, 남편은 소파에 앉아 TV를 보고 있어. 아내(나)가 뒷정리를 시작했지. 그런데 가족들은 그것을 당연하게 여기고 도와주려는 시늉도 하지 않아. 그러면 보통은 "왜 도와주지 않는 걸까?", "왜 나만 일해야 하는 거지?"라고 불만을 갖게 되지. 그럴 때 그릇을 치우면서 '나는 가족들에게 도움을 주고 있다'고 생각해보라는 걸세. 설령 가족들로부터 '고맙다'라는 말을 듣지 못하더라도 말이야. 남이 내게 무엇을 해주느냐가 아니라, 내가 남을 위해 무엇을 할 수 있는가를 생각하고 실천해보라는 걸세.(275쪽)

이보세요, 기시미 이치로 양반, 입장을 바꾸어 생각해보세요. 댁이 혼자서 집안일을 하고 있는데 식구들이 누워서 TV

만 보고 있다고 생각해보란 말입니다. 아, 나는 가족들에게 도움을 주고 있어서 행복하다, 이런 생각이 과연 들겠습니까?란 말이 절로 나온다. 그야말로 전국의 주부들이 들고일어날 만한 주장이다. 지금까지 이런 논조에 의해 희생된 개인이 얼마나 많았던가.

물론 세상에는 봉사활동을 즐겨 하는 수많은 이들을 비롯하여 아무도 인정해주지 않는 상황에서도 기쁜 마음으로 일을 하는 사람들이 존재한다. 따라서 가족을 위해 아주 기쁜 마음으로 집안일을 하는 사람이 있을지도 모른다. 실제로 봉사와 공헌활동에서 발생하는 일련의 만족감이 있고, 그 과정에서 심리 치료가 진행될 수 있는 것 또한 사실이다. 하지만 그렇다고 하여 이것을 유일한 해결책이자 '올바른' 방법인양 단정 지어 이야기해선 안 된다는 이야기다.

이는 자칫 부당하게 희생되는 사람들을 위한 나쁜 변명으로 이용될 여지가 있다. 조직과 단체에서 불합리하게 희생되고 있거나 착취당하는 개인은 '나는 공동체에 도움이 된다'는 자기다짐을 할 것이 아니라 그것을 수면 위로 끌어올려 모두가 인식하게 만들어야 한다. 그러한 활동에 반드시 분노와 원망 같은 부정적 감정이 동반될 필요는 없으나 무조건적인 순응은 단순한 정신승리 이상도 이하도 될 수 없다.

결국 아들러의 이론을 기반으로 한 기시미 이치로의『미움받을 용기』는 비록 일부 귀담아들을 만한 조언이 있다고 하더라도 위와 같이 구멍이 숭숭 뚫린 또 하나의 '이론'에 불과하다. 사실 '의지'만으로 모든 것이 가능하다면야 괴로워하는 사람들이 이렇게나 많을 일이겠는가. 300페이지 가득 반복되는 "'내'가 바뀌면 '세계'가 바뀐다. 세계란 다른 누군가가 바꿔주는 것이 아니라, 오로지 '나'의 힘으로만 바뀔 수 있다"와 같은 이야기가 막연한 희망과 헛된 용기로 그치지 않으려면, 세계와 구조에 대한 성찰이 반드시 동반되어야 한다. '나' 하나만의 노력으로 바꿀 수 있는 것은 어디까지나 제한적이다.

자 기 계 발 을
하 지 말 라 는
자 기 계 발 서

『신경 끄기의 기술』,
마크 맨슨, 갤리온, 2017

주변에 힘든 일을 토로하는 사람이 있다면 대부분은 위로와 공감으로 화답할 것이다. 아주 심각한 문제가 아닌 이상 그 위로와 공감은 대개 이런 말로 끝나게 될 것이다. "많이 속상했겠다. 그래도 어쩌겠니. 신경 쓰지 말고 잊어버려." 그러나 우리가 쉽게 내뱉는 이 '신경을 쓰지 말라'는 조언은 사실 대단히 실행하기 어려운 요구이다. 잠이 오지 않는 밤, 자야 돼, 자야 돼, 되뇔수록 정신이 점점 말똥해지는 것과 비슷하다. 신경을 쓰지 말아야겠다는 생각을 할수록 오히려 신경을 쓰게 된다.

그래서 때로는 머릿속의 스위치를 기계처럼 딱 꺼버릴 수 있으면 얼마나 좋을까 하는 상상을 하기도 하는데, 아마도 그런 생각을 한 것이 비단 나뿐만은 아니었던 모양이다. 『신경 끄기의 기술』이란 책이 등장하자마자 베스트셀러에 오른 것을 보면. 한국에는 그다지 알려지지 않은 작가 마크 맨슨의 『신경 끄기의 기술』은 2017년 10월 발매된 이후 1년 남짓한 사이에 자그마치 35만 부가 판매되었다.

저자인 마크 맨슨은 (저자 소개에 따르면) 200만 명이 넘는 구독자를 보유한, 미국에서 가장 영향력 있는 파워블로거 중 하나라고 한다. 그는 학창 시절에는 마약 문제로 퇴학을 당한 문제아이자, 대학 졸업 후에도 특정한 직업 없이 친구 집 소파를 전전하던 백수였으나, 어느 날 '놀라운 깨달음'을 얻고 글쓰기에 매진한 결과 오늘날의 베스트셀러 작가로 재탄생했다.

현재는 (이 역시 저자 소개에 의하면) 메이저 언론에 버금갈 정도의 미디어 파워를 자랑하며, 대중으로부터 인생의 해답을 갈구하는 이메일을 매일 수천 통씩 받는 데다가, 50개국 이상을 바쁘게 누비며 전 세계에 자신만의 중요한 가치를 찾는 방법을 설파하는 파워 인플루언서가 되었다고 한다. 그렇다면 이 '어마어마한' 인물의 성공 비법을 한번 들어보도록 하자.

마크 맨슨은 세간에 이야기되는 자기계발 요령 대부분이 우리에게 '부족한 것'에 초점을 맞추고 있다고 말한다. 그렇기 때문에 자기계발 지침을 많이 접할수록 우리는 스스로의 부족한 점을 절실히 느끼게 되고, 결국 행복에서 멀어지게 된다는 것이다. 자야 돼, 자야 돼 생각할수록 잠이 달아나는 것처럼 부자가 되는 비법을 배우다보면 돈이 없다는 사실을 절감하게 되고, 거울 앞에 서서 예쁘다고 주문을 걸수록 스스로의 못남을 인지하게 되며, 연애와 인간관계에 관한 조언을 접할수록 부자연스럽게 남들을 의식하다 관계를 망쳐버리는 식으로 말이다.

따라서 그는 행복하게 잘 살기 위해서는 많은 것을 버리고, 또 포기해야 한다고 말한다. 인생에서 가장 중요한 것만 남기고 나머지는 지워버리라고 이야기한다. 심지어 첫 장의 제목은 무려 '애쓰지 마, 노력하지 마, 신경 쓰지 마'인데, 과연 '노오력'과 자기계발 요구에 질려버린 현대인의 심금을 울릴 만한 멘트다.

아마 많은 이들이 지금까지의 뻔한 말들이 아닌 특별한 가르침 혹은 위로를 기대하며 이 책을 펼치지 않았을까 싶다. 표지에는 "자기계발의 상식을 뒤집은 책"이라는 홍보문구가 쓰여 있으며 저자 역시 자기계발 산업에 대해 끊임없이 부정적인 멘트를 던진다. 그는 자기계발의 구루들 대부분을 허세꾼이라며 강하게 비판한다.

그러나 재미있는 사실은 실제로 책을 읽어보면 그의 메시지 대부분이 본인이 비판하던 뻔한 자기계발 지침과 그다지 다르지 않다는 점이다. 첫 장에서는 "자기계발서 따위 읽지 마라!", "노력하지 마라!", "애쓰지 마라!"고 강조해놓고선, 이후 총 8개의 장에 걸쳐 최선을 다하라는 메시지를 설파한다. 결과가 좋지 않더라도 좌절하지 말라고, 올바르고 건전한 가치관을 형성하라고, 원하는 결과를 얻으려면 그에 합당한 노력을 기울이라고, 선택한 결과에 대해서는 철저히 책임을 지라고, 자신에 대한 끝없는 의구심을 가지라고, 어설픈 거짓말로 세상과 타협하지 말라고, 마지막으로 어차피 유한한 인생임을 유념하여 열심히 살라고.

이처럼 자기계발을 부정하는 듯하지만 누구보다도 자기계발적인 마크 맨슨의 면모는 5장 '선택을 했으면 책임도 져야지'에서 가장 선명하게 드러난다. 그는 과거 불행한 상황에 놓였던 여러 인물의 사례를 들며 '비록 너의 잘못이 아니더라도 상황을 수습할 사람은 오직 너뿐이니, 스스로 책임지는 삶을 살라'고 강조한다. 결국 기존 자기계발서의 논조를 그대로 답습하는 셈이다. 그러면서도 논리와 근거는 자신이 비판하던 기존 다른 자기계발서들 대비 빈약하기 그지없다. 우선 첫 장에 등장하는 찰스 부코스키의 사례를 보자. 맨슨은 유명한 소설가이자 시인인 찰스 부코스키를 두고 이렇게 말한다.

> 부코스키가 성공한 진짜 이유는 자신의 실패에 초연했기 때문이다. 그는 성공 따위에는 신경을 끄고 살았다. 유명해진 뒤에도 시 낭송회에 만취한 채로 나타나 독자에게 막말을 퍼부었다. 공공장소와 맞지 않는 옷을 입고, 여자에게 추파를 던지고 치근덕거렸다. 유명해지고 성공했다고 해서 부코스키가 훌륭한 인간이 되지는 않았다. 그가 훌륭한 인간이 됐기 때문에 유명해지고 성공한 것도 아니었다.(19쪽)

이 사례는 심각한 논리적 오류를 보여준다. 찰스 부코스키가 시 낭송회에 만취한 채로 나타나 독자에게 막말을 퍼부은 것은 그가 실패에 초연했다는 사실을 드러내는 것이 아니라 그저 무례하고 괴팍한 그의 성격을 보여주는 일화일 뿐이다. 찰스 부코스키가 훗날 성공한 요인이 그날의 황당한 사건 때문이라고도 말할 수 없다. 따라서 '실패에 연연하지 말라'는 마크 맨슨의 주장과 찰스 부코스키의 사례는 전혀 논리적으로 부합하지 않는다.

이뿐만이 아니다. 그는 심리학자인 윌리엄 제임스의 사례를 들며 '자신을 둘러싼 모든 것에 책임을 지라'고 말한다. 어린 시절부터 병약했던 윌리엄 제임스는 세계적인 작가인 동생 헨리 제임스나 앨리스 제임스와 달리 별다른 인정을 받지 못하고 실패만 거듭했다고 한다. 결국 아버지의 인맥을 동원해 들어간 하버드 의대에 적응하는 데까지 실패해 아마존의 열대우림으로 도피했다가, 서른 살 즈음 뉴잉글랜드로 돌아온 뒤 자살을 시도하게 되는데, 죽기에 앞서 딱 1년만 삶에서 일어나는 모든 일을 100% 책임지며 살아보기로 마음먹었다고 한다.

마크 맨슨은 윌리엄 제임스가 훗날 미국 심리학의 아버지가 되고 당대의 가장 영향력 있는 지식인이자 철학자, 그리고 심리학자가 될 수 있었던 요인을 그날의 작은 실험 덕분이었다고 주장한다. 재미있는 것은 그런 결심을 한 뒤 어떤 행동을 했는지에 대해서는 아무런 언급이 없다는 점이다. 실험의 구체적인 내용 및 모든 인과관계가 생략되어 있다. 결국 모든 것을 자기의 책임으로 삼으면 성공할 수 있다는 주장 또한 그 근거가 불명확하다고 할 수 있다.

책 속에 등장하는 모든 사례가 이런 식이다. 대부분 출처조차 없으며 주장하는 바와 그를 뒷받침하는 사례가 전혀 어울리지 않는다. 더군다나 빈약한 논리에서조차 일관성을 찾아보기 어렵다. 앞에서는 모든 고민의 근원이 쓸데없는 가치를 추구하고 허황된 문제를 좇는 것에 있으므로 코앞에 있는 '진짜 중요한' 것에만 신경을 쓰라고 말하다가, 뒤에 가서는 다시금 눈앞의 가벼운 일들에 흔들리지 말고 궁극적이고 장기적인 '진짜 목표'를 추구하라는 식이다. 대체 '진짜 중요한 문제'와 '진짜 목표'가 무엇인지 알 수가 없다. 일관된 하나의 논지 없이 기존 자기계발서의 주장을 반대로 하려고만 드니 생기는 문제다.

극단적 사례를 통해 지나친 비약과 단정을 일삼는 것 역시 문제다. 마크 맨슨은 5장 '선택을 했으면 책임도 져야지'에서 파키스탄 소녀 말랄라의 이야기를 자신의 인생에 책임을 지는 멋진 사례로 소개한다. 열두 살●의 말랄라는 여자아이들은 학교에 다닐 수 없도록 한 탈레반의 조치에 공개적으로 반대하다가 머리에 총을 맞았던 유명한 인물로, 이후 혼수상태에 빠져 사경을 헤매다 깨어난 후 오늘날까지 이슬람 국가가 여성에게 자행하는 폭력과 억압에 반대하는 목소리를 내고 있다고 한다. 마크 맨슨은 만약 말랄라가 당시 탈레반의 조치에 굴복한 뒤 침대에 누워 '난 아무것도 할 수 없어'라거나 '난 선택권이 없어'라고 말했다면 오늘날의 베스트셀러 작가나 노벨평화상 수상자가 되지 못했을 것이라며, 말랄라가 오늘날의 성장에 도달한 것은 어려운 상황에서도 위험을 무릅쓰고 용감한 선택을 감행한 덕분이라고 추켜세운다.

정말 어처구니가 없는 이야기다. 물론 말랄라의 용기와

●　심지어 이 주장은 사실관계도 틀렸다. 1997년에 태어난 말랄라는 2012년에 피격을 당할 당시 열다섯 살이었다.

결의는 칭송받아 마땅하지만, 모든 사람이 말랄라처럼 행동할 수는 없으며, 그러기를 종용해서도 안 된다. 말랄라는 하마터면 죽을 뻔했다. 어린 소녀가 머리에 총을 맞았고, 기적적으로 살아난 뒤로도 오랫동안 협박에 시달렸다. 그녀가 한 행동은 정말 용감했지만 지금까지 살아남은 것은 그야말로 엄청난 행운이 함께한 아주 희귀한 케이스라고 하지 않을 수 없다. 그럼에도 마크 맨슨은 겉으로는 신경 꺼, 애쓰지 마,라고 말하는 듯하면서 그 안에서는 오히려 여느 자기계발서와는 비교도 안 되는 수준의 초인적인 노력과 능력을 요구하고 있는 것이다.

결국 마크 맨슨의 책은 '자기계발 따위 집어치워라!'라는 말로 오늘날 범람하는 자기계발서에 지친 사람들에게 신선한 아이디어를 주는 듯했지만, 그 정체를 알아본 결과 실상은 어떤 자기계발서보다도 독하게 자기계발을 종용하는 책이었다는 사실을 알 수 있었다. 아마 대부분의 독자들이 자기계발서의 상식을 뒤집었다는 책 소개를 보고 이 책을 집어들었을 텐데, 그런 책이 실제로는 영웅과 천재가 되라는 이야기일 줄은 꿈에도 몰랐을 것이다.

그에 더해 책 표지를 화려하게 장식한 '아마존 베스트셀러'나 '뉴욕타임스 베스트셀러'라는 타이틀 역시 일종의 권위를 선사했을 텐데, 그런 점에 있어 이 책을 읽은 35만 명의 가여운 독자에게 애도를 표하는 동시에 당부의 말씀을 드리고 싶다. 앞서 프롤로그에서 언급한 바 있지만 '베스트셀러' 타이

틀이나 '있어 보이는' 라벨을 너무 믿지 마시라. 한국의 베스트셀러가 반드시 좋은 책이라는 보장을 해주지 않는 것처럼 아마존이나 뉴욕타임스에서 베스트셀러가 되었다는 문구 역시 '잘 팔렸다'는 것 외에 그 책에 대해 무엇도 보장해주지 않는다.

무 엇 을
위 한
자 존 감 인 가

『자존감 수업』,
윤홍균, 심플라이프, 2016

얼마 전 흥미로운 광경을 보았다. 자기계발 강사인 한 유튜버가 비판에 대응하는 장면이었다. 그는 그동안 출간한 저서가 다른 유명 서적들의 저작권을 침해했다는 논란에 대하여, 모든 것이 시기와 질투가 넘치는 자존감 낮은 이들의 음해일 뿐이라며, 그럼에도 자신은 그런 공격과 비난에 끄떡없다고 말했다. 이때 그가 아무렇지 않다는 증거로 내세운 것이 다름 아닌 자존감이었다. 그에 따르면 자신은 자존감이 높아서 무슨 말을 들어도 상처를 받지 않고 어떠한 타격도 입지 않는다는 것이다. 이것이 비판에 대한 올바른 대응인지, 그의 말이 진실인지의 여부를 떠나 이 장면은 상당히 많은 함의를 지닌다. 현재 우리 사회에서 '자존감'의 위치를 보여주는 것이다. 자신이 뛰어나다는 근거로 자존감이 높다는 말을 하는 것도 그렇고, 타인을 공격하면서 자존감이 낮다는 이야기를 하는 것도 그렇다.

　　바야흐로 자존감의 시대다. 자존감은 이제 미와 부, 그리고 명예와 같이 모두가 바라 마지않는 가치가 되었다. 부유한 것은 좋고 가난한 것은 나쁘다는, 아름다운 것은 좋고 추한 것은 싫다는 보편적인 인식처럼, 높은 자존감은 추앙받아 마땅한 장점이, 반대로 낮은 자존감은 치명적인 결격 사유가 되었다. 자존감은 현대인의 새로운 덕목이다. 그런데 재미있는 점은 이 '자존감'의 실체를 제대로 아는 사람이 거의 없다는 데 있다. 자존감이 높다는 건 어떤 것이냐고 물으면 모두가 다른 이야기를 한다. 자존감을 자신감이나 자존심과 혼재해서 사용하는 경우도 적지 않다.

2016년 9월 발간된 윤홍균의 『자존감 수업』은 출간 즉시 베스트셀러에 올랐고 2년 동안 80만 부가 판매되었다. 그야말로 센세이셔널한 반응이었다. 현재까지도 심리 분야에서 꾸준히 판매고를 올리고 있는데 이대로라면 아마 '자존감 분야'의 고전으로 자리매김할 듯하다. 무명 저자의 데뷔작이 그토록 뜨거운 관심을 받았다는 것은 사람들 사이에 자존감에 대한 욕구가 그만큼 높았다는 사실을 방증한다. 과거에는 주목은커녕 인지조차 되지 않았던 자존감이라는 개념이 오늘날 사람들이 가장 욕망하는 가치 중 하나가 된 것이다.

현직 정신과 전문의로 활동 중인 저자는 환자를 상담하는 과정에서 자존감에 관심을 갖게 되었다고 한다. 괴로워하는 환자들을 보며 정서적 안정에 자존감이 매우 중요하게 기능한다는 사실을 인식했고, 결국 자존감을 본격적으로 다루는 책까지 쓰게 되었다는 것이다. 그렇다면 자존감이란 정확하게 무엇을 뜻하는 것일까.

책에서 이야기하는 자존감의 기본 정의는 '자신을 어떻게 평가하는가'이다. 물론 흔히 쓰이는 말과 같이 '자신을 존중하고 사랑하는 정도'라는 의미도 맞다. 스스로를 얼마나 쓸모 있는 사람으로 여기는지, 얼마나 자신을 사랑하는지, 얼마나 자신의 욕구를 충족시키며 살고 있는지가 자존감을 평가하는 중요한 척도가 된다.

　이러한 개념에 의거하면 자존감이 사는 데 큰 영향을 미친다는 세간의 이야기가 맞다. 자존감이 높으면 행복하고 자존감이 낮으면 불행한 게 당연하다. 자신의 욕구를 충족시키지 못하면서, 혹은 자기 자신을 쓸모없는 존재라고 여기면서, 또는 자기 자신을 미워하면서 지내는데 행복할 리가 있겠는가. 따라서 자존감이 심하게 떨어진 사람들은 정신적 문제를 겪으며 괴로워하는 경우가 많다. 혹은 정신적 문제를 겪으면서 자존감이 떨어지기도 한다. 마치 닭과 달걀의 관계처럼 무엇이 먼저인지 명확히 구분 지을 수 없지만.

　저자는 책에서 자존감이 생에 끼치는 영향, 자존감이 낮을 때 발생하는 문제, 자존감이 낮아지는 이유, 자존감을 높이기 위한 구체적인 해결책을 순서대로 제시한다. 그야말로 '자존감 수업'이라는 제목에 걸맞은 구성이다. 평소 자존감이라는 키워드에 관심이 많았던 사람이라면 흥미를 느낄 만한 대목이 제법 되며, 오랜 기간 수집한 다양한 사례들은 맞아 맞아, 나도 이런 적 있어 하고 읽는 이들의 공감을 자아낼 만하다. 특히나 많은 사람이 고민하는 부모 자식, 부부, 연인, 친구, 직장 동료 등의 인간관계와 자존감을 연결 지어 풀어내는 이야기들은 이 책이 80만 부나 팔린 이유를 쉽사리 납득시킨다. 문제는 이 책이 쓰여진 최초 목표, 즉 책을 읽음으로써 실제로 자존감이 향상될 수 있는가를 따져볼 때 여러 가지로 고개를 갸우뚱할 수밖에 없다는 사실이다.

우선 각 챕터의 말미에 나오는 '자존감 향상을 위해 오늘 할 일' 코너부터가 그렇다. 대부분이 일기 쓰기, 자신에게 편지 쓰기, 스스로의 내면을 살펴보기 등 소소한 과제에 집중되어 있는데, 그중에는 '스스로에게 기분 좋은 선물을 하라'(60쪽)는 조언도 있다. 자기를 돌보고 스스로에게 선물을 하는 것은 물론 의미 있는 일이다. 하지만 지나치게 대책 없는 느낌이 들기도 한다. 대다수의 현대인들이 금전 문제 때문에 고민한다. 이런 상황에서 자존감을 높이겠다고 자신을 위한 선물을 산다면 결국 돈을 쓰게 되고, 일시적으로는 기분이 좋아질 수 있으나 궁극적으로는 더 큰 스트레스로 이어질 확률이 높다. 영화 〈종이 달〉의 주인공은 매일 지루한 일상 속에서 자존감이 떨어지다 못해 무기력을 겪고 이런 스트레스를 자신을 위한 선물을 사는 것으로 풀다가 결국 파멸하고 만다. 물론 저자의 말은 과소비를 하라는 것이 아니라 참지만 말고 가끔씩 기분 좋은 소비를 하라는 이야기였을 테지만, 그것을 일반화시켜 얄팍하게 뭉뚱그린 조언을 하고 있으니 곤란한 것이다.

세상만사를 자존감의 프레임으로만 바라보는 것도 문제다. 아무리 자존감을 테마로 하는 책이라는 점을 감안하더라도 살면서 겪는 모든 문제의 원인을 자존감 부족으로 설명할 순 없다. 이를테면 인간관계에서 갈등이 일어나는 이유, 분노·슬픔·괴로움 등의 모든 감정이 생겨나는 이유가 오직 자존감이 부족한 탓만은 아닐 것이며, 자존감을 채운다고 무조건 해결되지도 않을 것이다. 그럼에도 저자는 자존감을 마치 만능열쇠처럼 다룬다. 심지어는 직장 동료와의 바람이나, 부부 사이의 다툼까지도 모두 자존감 때문이라 말한다. 누군가에게 인정받고 사랑받고 싶은 마음을 가족이 충족시켜주지 않으니 외부로 눈을 돌리게 된다는 식이다.

물론 자존감은 개인의 정서와 안정감에 상당한 영향을 끼치므로 내면의 자존감이 타인과의 관계에 밀접한 영향을 미칠 수도 있다. 가족 구성원과 문제가 생겼을 때 돌파구를 외부에서 찾는 것 또한 있을 수 있는 일이다. 그럼에도 모든 행태를 자존감과 연결시키는 것은 여전히 무리수이다. 저자는 연인 관계에서 먼저 떠나는 이는 자존감이 부족한 사람이며 남겨진 사람은 자존감이 충만한 사람이라 이야기하고 있으나 인간은 그렇게 단순한 존재가 아니다.

불명확한 근거에 기댄 일반론 역시 빈번하게 등장한다. 사람들이 많은 심리학 서적 중에서도 이 책을 고른 이유는 아마도 정신과 전문의라는 저자의 이력에 신뢰를 느꼈기 때문이었을 것이다. 달리 말하면 독자들은 자존감과 관련하여 전문가 입장에서 충분한 근거를 갖춘 제대로 된 설명을 듣고 싶어 한다는 뜻이다. 그럼에도 저자는 대다수 평범한 연인들은 3~6개월 정도 지나면 안정을 찾는다거나, 사귄 지 1년이 지나도록 싸움이 줄어들지 않는다면 둘 다 자존감 문제가 있을 가능성이 있다는 식으로 말한다.

'평범한' 연인들이란 과연 어떤 연인들을 말하며 3~6개월 정도의 기간이란 대체 어떠한 통계를 기반으로 도출한 결과일까. 1년이라는 구체적인 숫자는 또 어디에서 나왔나. 자존감이 높은 사람은 화를 내지 않는다, 싸우는 사람은 자존감이 낮은 사람이다, 행복한 커플은 싸우지 않는다, 자존감이 낮은 사람이 바람을 피운다, 남성은 인정을 원하고 여성은 공감을 원한다 등 뚜렷한 근거 없이 편견과 선입견을 바탕으로 개인적 감상과 유추에 기댄 주장이 적지 않다. 물론 자기계발서에 등장하는 대부분의 주장은 어느 정도 일반론일 수밖에 없다. 문제는 '정신과 전문의'라는 저자의 직업으로 인하여, 독자가 저자의 개인적인 의견을 과학적으로 검증된 사실처럼 받아들일 우려가 있다는 점이다.

그러나 이런 모든 요소를 넘어, 이 책이 결정적으로 문제시되는 지점은 애초에 자존감을 바라보는 시선 자체가 지극히 기능적이라는 데 있다. "자존감이 가장 강력한 스펙"(31쪽)이라는 말처럼 이 책에서 자존감은 철저하게 도구이다. 공동체와 사회를 위한, 그 속의 행복한 개인으로 지내기 위해 자존감에 대해 고민하는 것이 아니라, 나 개인이 어떻게 하면 잘 지낼 수 있는지, 어떻게 하면 남들에게 사랑을 받을 수 있는지, 어떻게 하면 성공할 수 있는지를 판가름하는 잣대인 것이다. 이 때문인지 저자는 오늘날 자존감에 버금가게 중요시되는 공감능력 또한 일종의 '스펙' 취급한다. 삶에 냉소적인 태도를 보이다보면 공감능력이 떨어지기 쉽고, 삶이 지루해지기 쉬우므로 스스로의 활력을 위해 취미생활이나 연애를 통해 일정한 수준의 공감능력을 유지해야 한다는 식이다.

인간이 본래 이기적인 존재라는 사실을 감안하더라도 애초에 자존감을 높이기 위한 '방법'으로서 공감능력을 기르라고 설파하는 것과, 이 공감능력을 기르고 유지해야 하는 이유로 재미와 활력을 꼽는 것은 지나치게 세상을 기능적으로만 인식하는 자기 본위의 태도가 아닐까. 더군다나 공감능력과 관련하여 '마음의 온도를 유지하기 위해' 권하는 방법이 취미생활 혹은 연애라니. 자신의 감정뿐 아니라 타인 역시 지극히 도구적으로 대하는 시선이다. 이는 결국 이 책 자체가 감정을, 자존감을 그저 자기계발의 한 요소로만 바라보고 있다는 사실을 암시한다.

이와 같은 자기계발의 세계관에서는 자존감 부족 또한 개인의 잘못으로 귀결될 수밖에 없다. 자존감이 떨어지는 것도 개인의 책임이고 높은 자존감을 회복시키기 위해 노력해야 하는 것도 개인의 몫이다. 애초에 우리의 자존감을 낮아지게 만든 세계와 구조적 환경에 대한 고민은 거의 없다. 이러한 경우 자존감을 높이기 위한 셀프 치료 요법만을 지속적으로 강조할 수밖에 없으며 그 방법 또한 결과적으로는 공동체에 적합한 인간형으로 스스로를 맞추는 데 초점이 집중되게 된다. 이를

테면 '자신이 속한 곳에서 가치 있는 사람이 되려면 어떻게 해야 하는지' 적어보라면서 그 예시로 가족은 대화와 문안 인사, 아파트 입주민은 눈 치우기, 회사원은 지각 안 하기와 실적 올리기(119쪽)를 드는 식으로 말이다.

결국 자기 할 일을 잘하고 성실하게 살면, 즉 공동체에 기여하고 그로부터 인정을 받는다면 자존감이 올라간다는 말인데, 그 공동체의 지침이나 문화 자체가 근본적으로 잘못되었다는 생각은 왜 하질 않는 것일까? 타인의 인정을 받고자 연연하지 않는 것이 좋다고 하면서 왜 나의 다양한 정체성과 역할을 생각하고 그에 대한 수행을 해야 하는 것일까?

이러한 생각을 하다보면 책에서 주장하는 대로 무조건적으로 자존감을 높이는 것이 좋은지부터 의문을 품게 된다. 자존감을 높여야겠다고 무작정 생각하기 전에, 자존감의 진정한 가치는 무엇인지, 자존감을 높여야 하는 목적은 무엇인지에 대해 먼저 생각해봐야 할 때가 아닌가 싶다.

진짜로
변화하고
싶다면

『아주 작은 습관의 힘』,
제임스 클리어, 비즈니스북스, 2019

나는 페이스북 중독자다. 하루에도 몇 번씩 들여다보지 않으면 좀이 쑤시고, 한번 접속했다 하면 좀처럼 시선을 돌리지 못한다. 이렇게 버려지는 시간이 하루에 얼마나 되는지 모르겠다. (물론, 요즘은 기술이 좋아져서 알려고 들면 알 수 있지만 충격받을까봐 일부러 찾아보거나 기록하지는 않고 있다.) 페이스북을 통해 재미있는 세상 소식도 듣고, 친구들도 만나고, 아이들 사진도 기록하고, 좋은 일이 있으면 자랑하기도 하고, 이래저래 쓸모가 많지만 그래도 매일매일 공중에 사라져버리는 시간을 생각하면, 그 시간에 할 수 있었던 일을 생각하면 이렇게 살아도 되나 싶은 생각이 든다. 처음 페이스북에 가입한 게 2006년이었으니, 그간 페이스북을 했던 시간만큼 공부를 했다면, 혹은 글을 썼다면, 또는 다른 일을 했다면 아마 지금쯤⋯ 아니다, 헛된 공상은 그만두기로 하자.

　　하여간 이런 나라고 페이스북을 줄여보려는 시도를 하지 않은 것은 아니다. 어플을 삭제하기도 하고, 아예 비활성화를 한 적도 있고, "당분간 들어오지 않겠습니다!"라는 자못 비장하지만 남들은 코웃음을 칠 선언을 해보기도 하고, 핸드폰에 있는 잠금 기능을 통해 하루에 일정 시간 이상은 사용하지 못하도록 설정한 적도 있다. 그러나 전부 그때뿐이었다. 잠깐 좋아지는 듯싶다가도 금세 제자리. 어플이 없으면 웹으로 들어가서 확인하고, 비활성화 조치는 얼마 못 참고 바로 해제했으며, 다시는 오지 않을 것처럼 엄숙하게 군 것이 무색하게 다시 돌아와버렸다. 이쯤 되면 뭐, 아침에 금연 시도했다가 저녁나절 편의점으로 담배를 사러 달려가거나 혹은 다이어트 하겠다는 결심 직후 냄비에 라면 물을 올리는 수준이다.

습관이라는 게 이렇게나 무서운 것이다. 롤러코스터의 노래 가사는 정말 진실이었다. 그러나 짐작컨대 이처럼 '몹쓸' 습관으로 괴로워하는 것은 비단 나만이 아닐 것이다. 습관은 고치기 어려우므로 습관인 것. 한번 몸에 배면 쉽사리 바꿀 수 없다. 식습관, 생활습관, 언어습관, 수면습관 등등. 우리의 생활은 전부 자잘한 습관이 모여 이루어진다. 실상 외면적으로든 내면적으로든 변화를 원한다면 습관을 바꾸는 것이 최우선이다. 다이어트를 하고 싶다면 운동하는 습관을 만들거나 식습관을 바꿔야 하고, 공부를 잘하고 싶다면 공부하는 습관을 들여야 한다. 유명한 작가가 되고 싶다면 매일 글 쓰는 습관을 만들어야 한다. 그런 만큼 습관은 자기계발의 고전적인 테마이기도 하다.

그렇지만 나는 습관에 관한 책을 한번도 읽어본 적이 없다. 이유는 다른 자기계발서를 읽지 않았던 것과 같은데, 한마디로 너무나 당연한 이야기들이기 때문이다. 좋은 습관을 만들어야 하고, 그 습관을 지키기 위해 노력해야 하고, 그러면 인생이 변화한다는 그런 뻔한 말과 뻔한 교훈일 거라 생각했기 때문에. 그보다 더 중요하게는 책을 읽어서 습관을 바꿀 수 있다는 생각을 하지 않았기 때문이다. 그걸 몰라서 못 고치는 사람도 있나? 습관은 의지의 문제이지 지식의 문제가 아니라고 생각했다. 책을 읽는다고 의지가 생기지 않는다. 물론 동기부여가 될 수는 있지만, 커피를 마신 뒤 아주 잠깐 머리가 맑아지는 듯한 일시적 효과일 뿐이라 여겼다.

처음에는 제임스 클리어의 『아주 작은 습관의 힘』역시 습관에 관한 그저 그런 책일 것이라고 생각했다. 2019년 봄 비즈니스북스를 통해 나온 이 책은 등장하자마자 베스트셀러에 올라서더니 몇 달 사이에 누적 판매 부수 10만 부를 가볍게 넘어섰다. 10만 부면 이 책에 등장하는 다른 책들에 비해 그다지 대단한 판매량이라고는 할 수 없다. 그런데 문득 인터넷 서점의 후기가 눈길을 끌었다.

사실 대부분의 자기계발서들은 많이 판매된 만큼 불만족스러워하는 댓글이 꽤 많다. 무엇보다 '누구나 할 수 있는 너무 뻔한 말'이란 비판이 반드시 따라오기 마련이다. 그런데 이 책에 대해서는 그런 것이 없었다. 기획된 서평단이 아닌 실제 구매자의 후기 대부분이 만족스러워하는 모습을 보였다. 그렇게 평가가 좋았기에 궁금증이 생겼다. 어쩌면 페이스북 중독을 고칠 수 있을지도 몰라! 하는 희망과 함께.

저자 제임스 클리어는 본래 촉망받는 야구 선수였다. 그런데 고등학교 2학년 때 어디선가 날아온 야구 배트에 머리를 맞는 사고를 당한다. 바로 병원으로 실려갔고 다행히 생명에는 지장이 없었으나 두개골이 산산이 쪼개지고 한쪽 눈알이 튀어나오는 심각한 부상을 입는다. 첨단 의료기술의 도움을 받아 서서히 회복하는 데는 1년이 걸렸고, 복귀한 뒤 그의 기량은 당연하게도 예전과는 아주 달라져 있었다. 1군에서 2군으로 밀려났고, 그 안에서도 후보 선수가 되었다. 일생을 야구 선수로서 살아오던 그는 충격을 받고 좌절하지만, 절망으로 끝나지 않고 나아지기 위한 훈련을 거듭한다. 대학생이 된 그는 바로 야구에 몰두하는 대신 사소한 생활습관을 만들기 시작한다. 일찍 자고 일찍 일어나는 규칙적인 생활을 하고, 방을 깨끗이 치운다. 또렷한 정신과 상쾌한 몸으로 수업에 집중한다. 매일 웨이트 트레이닝을 게을리하지 않는다. 그런 과정에서 그의 신체는 운동에 더 적합하게 바뀌고 집중력은 향상되었으며, 결국 야구 선수로서 뛰어난 활약을 하고 학업 성적도 좋아 최우등으로 대학을 졸업하게 된다.

여기까지는 많은 자기계발서에서 볼 수 있는 흔한 '노오력'의 서사이다. 성공을 위해 어떤 능력이 필요하다는 것을 깨달았고 이 능력을 향상시키려면 무엇을 해야 할지 고민을 했으며 그 결과 어떤 행위를 반복하게 되었고 그것은 습관이 되어 결론적으로 성공에 도움이 되었다!는 뭐 그런 이야기. 다만 차이점은 이 책의 경우 이러한 성공의 서사를 바탕으로 원하는 습관을 만드는 구체적인 방법에 대해 아주 상세하고도 체계적으로 기술하고 있다는 점이다.

제임스 클리어에 따르면 좋은 습관을 형성하는 방법은 총

4단계로 나뉜다. 물론, 나쁜 습관을 제거하는 방법 역시 총 4단계로 나뉘며, 좋은 습관을 만드는 방법을 정반대로 하면 된다.

좋은 습관을 만드는 법

1. 분명하게 만들어라 – 구체적인 습관의 목표를 정하고, 그것을 명시하라.
2. 매력적으로 만들어라 – 하고 싶은 행동을 해야 하는 행동과 짝짓고, 습관을 행동으로 옮기기 직전 또는 직후에 좋아하는 무언가를 하라.
3. 하기 쉽게 만들어라 – 아주 쉬운 단계부터 실행하라.
4. 만족스럽게 만들어라 – 습관을 완수하면 스스로에게 보상을 주고, 습관을 추적하고 기록함으로써 스스로에게 동기부여를 하라.

나쁜 습관을 버리는 법

1. 보이지 않게 만들어라 – 신호에 노출되는 횟수를 줄이고, 나쁜 습관을 하게 만드는 환경에서 벗어나라.
2. 매력적이지 않게 만들어라 – 나쁜 습관으로 인해 초래하게 될 결과, 나쁜 습관을 버림으로써 얻게 될 이득을 생각하라.
3. 하기 어렵게 만들어라 – 나쁜 습관을 실행하기까지의 과정에 마찰을 증가시켜라.
4. 불만족스러운 것으로 만들어라 – 나쁜 습관의 대가를 공적

이고 고통스러운 것으로 만들어라.

구체적으로 예를 들자면 이런 것이다. 흔히 어떤 습관을 만들고자 할 때 우리는 굉장히 원대한 목표를 세운다. "내일부터 하루에 5km씩 뛰겠어!" 하는 식으로 말이다. 그러나 익히 경험해보았다시피(?) 그런 목표는 실행하기 힘들고, 고로 얼마 안 가 목표 자체를 포기하기 쉽다. 따라서 습관을 만들고 싶다면 쉽고 간단한 것부터 시작해야 한다. 우선 5km를 뛰는 대신 500m를 걷는 것부터 실행한다. 500m를 걷는 데는 보통 5분 정도 걸리므로 아주 쉽게 도전할 수 있다.

이 목표 역시 '하루에'라는 두루뭉술한 기준 대신 '매일 퇴근 후 귀가 전 집 근처 공원에서'라는 식으로 구체적인 시간과 장소를 정해둔다. 혹시라도 걷거나 뛰기 불편한 신발을 신었으면 마음이 멈칫거릴 수 있으므로 이를 방지하기 위해 옷차림과 신발을 걷고 뛰는 데 적합한 것으로 바꾸거나, 그것이 어렵다면 들고 다닌다. 또한 맥주를 마시는 것을 좋아한다면 500m를 다 걸은 뒤 맥주를 마시겠다는 식으로 좋아하는 것과 만들고 싶은 습관을 서로 엮는다. 매일 걸었던 일지를 기록한다. 이것이 자신이 원하는 특정한 습관을 만드는 하나의 패턴이다. 제대로 유지만 된다면 500m 걷기는 장차 5km를 넘어 10km 뛰기로까지 발전할 가능성이 충분하다.

나쁜 습관을 제거하는 것 역시 마찬가지다. 물론 좋은 습관을 만드는 것보다는 조금 더 어렵다. 매일 밤마다 맥주를 마시는 습관을 끊고 싶다면 우선 맥주를 사다놓는 행위를 중단한다. 혹은 냉장고 속 맥주를 전부 상온에 꺼내둔다. (과연 차갑지 않은 맥주를 마시고 싶은 사람이 있을까?) 맥주를 마시기 전 맥주를 마신 미래의 자신을 상기한다. (배가 나올 것이다.) 매일 얼마만큼의 맥주를 마셨는지 기록하고, 맥주를 마실 때마다 1캔당 플랭크를 5분씩 해야 한다는 것을 떠올린다.

제임스 클리어는 '습관' 자체에 집중하는 대신, 해당 습관을 통해 장기적으로 '어떤 사람'이 되고 싶은지 인지하고 있는 게 중요하다고 말한다. 단순히 "다이어트를 하고 싶다. 그러므로 매일 500m씩 걷겠다!"라고 목표를 정할 게 아니라 "꾸준히 운동하는 사람이 되고 싶다", "매일 걷는 사람이 되고 싶다"는 식으로 보다 구체적인 정체성을 정하라고 말한다.

얼핏 뻔한 이야기로 느껴질 수도 있으나, 누구나 머릿속으로는 막연히 그려왔던 사실을 체계적이고 구체적으로 정리하고 있다는 점에서 높은 점수를 주고 싶다. 특히나 흥미로운 지점은 책에서 어떠한 습관도 특정하여 일방적으로 강요하고 있지 않다는 사실이다. 그는 '좋은 습관'을 만들고 '나쁜 습관'을 없애는 방법에 대해 말하고 있지만, 무엇이 좋은 습관인지, 무엇이 나쁜 습관인지는 구체적으로 정해두지 않았다.

자신이 되고 싶은 정체성에 도움이 된다면 좋은 습관, 그것을 저해한다면 나쁜 습관이다. 새롭게 만들고 싶은 습관은 좋은 습관, 없애고 싶은 것은 나쁜 습관이다. 이는 『성공하는 사람들의 7가지 습관』, 『아침형 인간』 등과 같이 대놓고 특정한 행동 패턴을 따르도록 종용하는 여타의 자기계발서와 대조적이다. 클리어의 책은 보다 명확하고 구체적으로 '습관' 그 자체를 다루고 있기 때문에 사람에 따라 자신의 목표에 맞추어 무한대로 응용 가능하다.

다만 우려되는 지점은 이 책 역시 결국은 대다수 자기계발서와 마찬가지로 자기 자신을 구원하는, 스스로가 나아지는 것에만 초점을 맞추고 있기에 그 과정에서 의도치 않게 타인을 배척하는 논리로 이용될 가능성이 있다는 것이다. 예를 들어 제임스 클리어는 좋은 습관을 만드는 4가지 방법 중 하나인 '매력적으로 만들어라'라는 장에서 자신이 선망하는 가치를 지닌 집단에 들어가라고 말한다.

공부를 잘하고 싶으면 우등생 집단과 어울리고, 책을 읽고 싶으면 독서 클럽에 들어가라는 식이다. 부자가 되고 싶으면 돈을 잘 버는 친구들을 사귀어 그들이 돈을 벌기 위해 무엇을 하는가를 살피고 다이어트를 하고 싶은 사람이라면 식도락 모임에는 얼씬도 하지 말라고 말한다. 물론 일리가 있는 주장이지만 그와 같이 '습관'과 '목표'에 치중하다보면 결국 다른 사람들과의 관계 역시 어떤 수단으로서 바라보게 될 확률이 있으며, 자신의 목표에 어긋나는 사람을 가차없이 끊어내게 될지 모른다. 궁극적으로는 그것이 목표에 한 발짝 더 다가서는 길이라도 말이다.

그럼에도 습관에 대해 고찰하고 그것을 실행하기 위한 교본으로서는 굉장히 훌륭한 가이드북이라는 이야기를 해야겠다. 모든 자기계발서는 궁극적으로 습관에 대한 책이다. 내적으로든 외적으로든 변화가 일어나야 하는데 그러한 변화는 하루아침에 일어나는 것이 아니라 작은 습관이 누적되어 만들어진다. 그런 면에서 제임스 클리어의 『아주 작은 습관의 힘』은 굉장히 모범적인 자기계발서에 해당한다.

실제로 나는 이 책을 읽고 평생토록 목표 삼았으나 한번도 제대로 지키지 못했던 '일기 쓰기'라는 새로운 습관을 만들 수 있었다. 그간 일기를 쓰면서 내면의 생각을 좀 더 자세히 풀어놓고, 날로 희미해지는 기억력을 보완하고 싶다는 생각을 해왔다. 그러나 『안네의 일기』의 영향인지, 혼자 쓰고 혼자 읽는 일기임에도, 뭔가 그럴듯하고 거창한 제대로 된 글을 적어야만 할 것 같은 압박감에 일기를 쓰지 못했고, 쓰더라도 며칠 못 가 그만두고 말았다. 무려 30년 가까이 말이다.

그러나 책을 읽은 뒤 단 한 줄이라도 매일 써보자는 목표를 가지게 됐고, 그 결과 놀랍게도 무려 1년 가까이 일기를 쓰고 있다. 정말 피곤하거나 쓰기 싫은 날에도 그럼 '오늘은 너무 피곤해서 일기를 쓰기 싫다'라는 한 줄만이라도 적자는 마음을 먹으니, 그 뒤로는 다른 이야기까지 쓸 수 있었다. 한 줄은 때에 따라 열 줄로 늘어나고, 그 과정에서 나 자신도 생각지 못했던 좋은 아이디어가 나오기도 하고 생각을 정리하는 시간도 될 수 있었다. 가끔 바빠서 공백이 생기는 경우에는 내 이럴 줄 알았다고 포기해버리는 대신 이제부터라도 쓰면 된다는 식으로 다시 빈칸을 채워나갔다. 이것은 내가 이 책을 읽고 얻게 된 작은 성과다. 그렇다면 이 책을 읽게 된 또 다른 계기인 페이스북이라는 습관은 어떻게 됐냐고? 당연한 이야기지만 실패했다. 매일 실패를 거듭하고 있다. 언젠가는 성공하길 바란다.

2

정말
힐링이 될까요

언제부터인가 '힐링'이라는 말이 유행하기 시작했다. 여기도 힐링, 여기도 힐링. 영어 heal에서 유래한 말 힐링은 말 그대로 '치유'라는 뜻이다. 여기에서의 치유는 RPG 게임 속 힐러의 역할과는 다르게 주로 정신과 마음의 치유를 의미한다.

유행어 역시 시대의 흐름을 따라간다. 2000년대 노무현 시대의 '웰빙'이라는 단어가 금세 사라지고, 이명박 정부 시절 새롭게 등장한 힐링이라는 단어가 여태껏 명을 지속하고 있는 현상은 여러모로 의미심장하다. 웰빙 역시 여유를 되찾아 건강에 이로운 삶을 지향한다는 데서 힐링과 맥락이 통하는 부분이 있으나, 여기에는 어디까지나 물질적 풍요가 뒷받침되어야 한다. 유기농 식품, 슬로우 푸드, 주말농장… 웰빙을 생각하면 떠오르는 키워드들이다. 유기농 식품은 일반 가공 식품보다 비싸고 슬로우 푸드를 만들어서 먹는 데는 그럴 만한 정신적 여유와 시간이 많이 필요하다. 즉, 웰빙 식품과 활동을 소비하고 즐기기 위해서는 경제력과 시간적 여유가 뒷받침되어야 하며, 결국은 아무나 못 한다는 말이다.

힐링은 웰빙과 다르게 별다른 도구가 필요 없다. 마음의 상처를 다독이고 정서적 스트레스를 없애는 게 다이다. '다 잘 될 거야. 나는 사랑받을 가치가 있는 사람이야'라는 메시지를 전달하는 노래를 듣고, 책을 읽고, 영화를 보며 마음속 여유와 느긋함을 찾는다. 그러나 그와 같은 달콤한 속삭임은 영화를 보고 돌아서는 순간, 책장을 덮는 순간 곧 사라져버릴 일시적 위안인 경우가 많다. 그런 면에서 힐링은 넘쳐나는 자기계발서의 또 다른 얼굴이라고도 할 수 있다. 자기계발서가 '노오력'으로 능력을 증진시키는 것에 대한 이야기라면, 힐링은 '노오력'으로 멘탈을 치유하는 '정신승리'로 귀결되는 것이다.

한편 이와 같은 '정신승리'는 당연하기도 하다. 경쟁은 점차 치열해지고, 인터넷의 발달로 타인과 자신을 실시간으로 비교 가능한 세상에서 우리는 과거에 비해 물질적으로는 풍요로워졌어도 정서적으로는 점점 더 연약해지고 있다. SNS에는 관심을 갈구하는 사람들이 넘쳐나는데, 그런 이들을 보고 있자니 마음이 언짢은 한편 왜 나는 저렇게 되지 못할까 하는 생각에 은근 부아가 치밀어 오른다. 계속해서 등장하는 아름다운 이미지들은 시기심을 자극하고, 현실과 이상의 괴리가 반복되는 사이 자괴감을 느끼게 된다. 그런 과정의 반복 속에서 점차 정서가 망가진다. 그렇게 망가진 정서가 구원을 찾아 도달하는 지점이 다름 아닌 '힐링'이다.

그처럼 힐링은 시대의 키워드가 되었다. 웰빙과 같은 한 시절의 유행이라고 치부하기 어려울 정도의 존재감을 갖게 되었다. 오늘날 베스트셀러의 절반이 자기계발서라면, 나머지 절반은 힐링 서적이라 해도 좋을 정도이다. 어지간한 책들이 1쇄를 다 판매하기 어려운 시절에 무명의 저자가 쓴 힐링 에세이들은 몇십만 부씩 대박을 낸다. 말랑말랑한 제목과 표지에 독자들은 서슴없이 지갑을 연다. 그만큼 힐링에 대한 사람들

2장_ 정말 힐링이 될까요

의 욕구가 강하다.

　이번 챕터에서는 오늘날 인기를 끄는 소위 '힐링 서적'들을 살펴본다. 사람들에게 인기를 끄는 힐링 서적은 어떤 것들이 있는지, 무슨 내용이 적혀 있는지, 가장 중요하게는 실제로 '힐링'에 효과가 있는지.

정 말
힐 링 이
되 나 요 ?

『고요할수록 밝아지는 것들』,
혜민, 수오서재, 2018

아이를 키우면 지역의 맘카페에 가입하는 것이 필수적이다. 육아팁을 비롯하여 유용한 지역정보를 얻을 수 있으며, 아이가 크면서 더 이상 필요 없게 된 옷이나 신발을 저렴한 가격에 득템할 수도 있다. 물론 아이 관련한 것만이 전부는 아니다. '해당 지역에 거주 중인, 아이를 기르는 이'라는 공통점으로 묶여 있을 뿐 각양각색의 사람이 모인 공간이니 고민을 토로하는 상담글이나 재미있는 드라마, 영화 후기를 비롯하여 온갖 잡다한 이야기가 올라온다. 개중에는 책을 추천하는 또는 추천해달라고 하는 글도 꽤 된다.

다년간의 관찰 결과 맘카페에서 자주 회자되는 책은 무조건 베스트셀러가 된다는 확신을 얻었다. 아니 거꾸로인가. 베스트셀러이기에 맘카페까지 진출했다는 것이 더 정확할 수 있겠다. 육아와 살림으로 마음의 여유가 없는 엄마들의 경우 아무래도 책을 읽을 시간을 확보하기가 어렵고, 그런 가운데 선택을 받았다는 것은 어지간히 유명한 책일 가능성이 높기 때문이다.

주로 거론되는 것은 어린이책 및 육아서가 대부분이지만 간혹 성인용 책이 등장할 때도 있다. 그런데 놀랍게도 어림잡아 10권 중 7~8권은 혜민 스님의 책에 대한 것이다. 추천한다는 사람들의 후기를 보면 이 이상 감동적이고 따뜻한 책이 있을 수가 없다. "내용이 너무나 와닿아요", "요즘 하던 생각을 글로 보니 정말 위안이 되네요", "간만에 스님 좋은 말씀 읽으며 힐링합니다."

2008년 하버드대 출신의 승려로 처음 유명해지기 시작한 혜민 스님은 지금까지 총 4권의 책을 펴냈다. 2012년 내놓은 첫 책 『멈추면 비로소 보이는 것들』은 교보문고 기준 그 해 최고의 베스트셀러가 되었으며 총 300만 부가 팔렸다. 이후 2년에 한 번 꼴로 펴낸 새 책들 역시 매번 초대형 베스트셀러가 되었다. 그때마다 스님의 유명세는 더욱 높아졌다. 2020년 5월 기준 페이스북 '혜민 스님' 페이지의 팔로워는 무려 51만 명이며, 페이지가 아닌 '혜민' 개인 계정의 친구와 팔로워는 합쳐서 20만 명이다. 인스타의 팔로워는 15만, 유튜브의 구독자 수는 7만 명이 채 못 된다. 중복자가 상당하겠지만, 어쨌든 이 숫자를 모두 합치면 93만 명. 그야말로 이 시대의 슈퍼 인플루언서라 할 수 있겠다. (문재인 대통령의 페이스북 페이지 팔로워가 80만 명이라는 사실과 비교하면 이 숫자가 얼마나 대단한지 알 수 있다.)

그렇다면 궁금해지지 않을 수 없다. 슈퍼 인플루언서는 어떤 좋은 말씀을 하시는 것인지, 왜 사람들이 그토록 열광하는 것인지. 그런 까닭으로 2018년 12월에 출간된 혜민 스님의 『고요할수록 밝아지는 것들』을 읽어보았다.

『고요할수록 밝아지는 것들』은 총 6장인데 각 장마다 3편의 짧은 에세이가 실려 있으며, 이 에세이들이 끝날 때마다 수 페이지에 걸쳐 격언 수십 개가 실려 있다. 에세이 부분은 주로 자전적 이야기이다. 승려가 되기까지의 과정과 미국 유학 시절의 고충, 어린 시절 할머니와의 추억 등으로 이루어졌는데, 특별히 문제시되는 내용은 없지만, 솔직히 말하면 별다른 임팩트가 있다고도 할 수 없다. 인터넷 블로그 등에서 쉽게 찾아볼 수 있는 개인의 일기 같은 느낌이 들기도 한다. 한마디로 초대형 베스트셀러치고는 매우 평이하다.

그런데 어쩌면 이러한 '평이함'이 외려 강점이 되었을는지도 모른다. 앞서 언급했다시피 혜민 스님의 책을 특히 선호하는 맘카페 회원들의 경우 대개는 시간적·심리적 여유가 없기 때문이다. 하루 종일 집 안을 쓸고 닦고 아이를 돌보는 와중에 길고 복잡하고 오래된 문장을 통해 삶의 비밀을 은유하는 고전이나 학술적인 지식을 포함하는 인문교양서 등을 읽을 만한 여유가 어디 있겠는가. 그런 상황에서 '읽기 편한', '어디선가 본 듯한', '블로그 글 같은' 혜민 스님의 에세이가 인기인 것은 어쩌면 당연하다.

물론 평이하다는 것은 나의 견해일 뿐, 스님의 팬인 독자들 입장에서는 에세이의 내용 자체가 매우 흥미로울 수도 있겠고 말이다. 좋아하는 사람에 관한 정보라면 무엇이든 알고 싶은 법. 그러므로 어린 시절의 경험담을 듣고서는 아 어쩜 스님도 열등감을 느끼신 적이 있구나, 아 스님도 고민을 하시는구나, 하며 공감을 할 수도 있고, 유학 시절 룸메이트와 밥솥의 밥을 해먹는 문제로 다투었던 대목에서는 아하, 스님은 밥솥에 밥을 해두고 3~4일 동안 두고두고 드시는구나, 친구가 하루 지난 밥은 먹기 싫다고 해서 싸웠구나, 하며 친근감을 느낄 수도 있다.

문제는 격언 부분이다. 에세이 한 꼭지가 끝나면 거기 어울릴 듯(하다고 저자나 출판사가 판단했을 법)한 격언이 20~30개가량 등장하는데, 이 격언들의 정체가 도무지 불분명하다. 어디서 퍼온 것인지, 스님이 하신 말씀인지, 혹은 즉흥적인 창작인지 알 수가 없다. 대개는 스님이 트위터에 적었던 내용을 그대로 옮긴 것일 텐데, 그렇다고 명시하지도 않았을 뿐더러 성경이나 유명한 고전의 글귀를 제외하고서는 대부분 출처가 없다. 트위터야 어디선가 들은 이야기를 그대로 베껴 적을 수 있다손 치더라도 출판이 그래서야 안 될 일이다. 타인의 의견과 지식을 모조리 자신의 목소리처럼 적어내면 곤란하다.

그렇다고 저작권에 이의를 제기하거나 표절 시비를 걸 수는 없는데, 왜냐하면 책에 실린 격언들이 그만큼 애매하기 때문이다. 분명 어디선가 읽어보고 들어본 적이 있는 듯하면서도 그것이 어딘지를 특정하기 어려울 만큼 대부분 뻔한 이야기들이다. 이것이 이 책의 또 다른 문제점이라고 할 수 있다.

예를 들어 "일이 뜻대로 되지 않았을 때, 우리는 잠시 숨을 고르며 차분한 성찰의 시간을 갖습니다. 성찰에서 나온 지혜와 숨을 고르며 모았던 에너지의 힘으로 이번에는 가능성이 있는 방향으로 힘껏 뛰게 됩니다. 그래서 실패는 성공의 어머니인 것 같습니다"(23쪽), "원하는 일이 이루어지지 않았다고 해서 지금까지의 노력이 아무런 의미가 없는 것은 아닙니다. 노력하는 과정에서 얻었던 여러 경험과 지식들이 다른 식으로 유용하게 쓰일 것이기 때문입니다. 그리고 무언가 배움이 있었다면 그 경험은 설령 실패했다 해도 가치가 있습니다. 지금 당장은 이 말이 가슴에 와닿지 않아도 훗날 지금 경험에 감사할 날이 올 것입니다"(23쪽)처럼.

보다시피 좋은 이야기다. 좋은 이야기이지만 뻔하다는 말을 사용하기 민망할 정도로 뻔한 이야기들이기도 하다. 주변의 누군가 실패를 맛보고 속이 상해 있을 때 이거 한번 읽어봐 하고 보여줬다간 자칫 누가 그걸 몰라? 하고 욕을 먹을 수도 있을 만큼의 식상하고 진부한 이야기들이다. 물론 사람들은 가끔씩 뻔한 말에 위로를 받기도 하고, 따지고 보면 세상에 뻔하지 않은 것이 없는 것 또한 사실이기는 하지만.

사실 사람들이 살면서 겪게 되는 대부분의 문제는 큰 틀에서는 거의 비슷하다. 우리가 느끼는 감정은 난해한 것 같지만 압축시키면 오히려 간단해지기도 한다. 아주 어려운 수학 문제의 답안이 결국 숫자 몇 개로 끝나는 것처럼, 누군가의 대단히 복잡해 보이는 감정도 어쨌든 거르고 거르다보면 그 최종적인 잔여물은 기쁨, 슬픔, 분노, 즐거움 등의 단어로 단순화시킬 수 있다. (속담이나 사자성어 등의) 옛말 하나 틀린 것 없다는 이야기가 자주 나오는 것은 아마도 이러한 이유 때문일 것이다.

　다만 복잡한 수학 문제에서 간단해 보이는 숫자 몇 개를 답안으로 도출하기까지 엄청난 풀이 과정을 거쳐야 하는 것처럼, 인생에 대해서도 앞서 언급한 '뻔한' 교훈이나 결론을 얻어내기까지 사실은 상세한 풀이 과정을 거쳐야만 한다. 이 풀이 과정은 직접 체험을 통해 얻을 수도 있고, 타인이 쓴 텍스트를 읽음으로써 대리 체험하여 얻을 수도 있다. 그러므로 텍스트를 읽는 행위는 수학 문제를 푸는 것과 상당히 유사한 측면이 있다. 말하자면 전래동화나 명작동화처럼 단순한 이야기를 읽는 것은 1+1=2와 같은 쉬운 수학 문제를 푸는 것이나 마찬가지이고, 고전문학 등을 읽는 것은 굉장히 복잡하고 어려운 문제를 푸는 것과 비슷하다고 보면 되겠다.

　그런 차원에서 앞서 언급한 스님의 격언들은 한마디로 아주 복잡한 문제를 두고 풀이 과정을 모두 생략한 채로 숫자 몇 개만 덜렁 보여주는 것이나 다름없다고 할 수 있다. 스님의 이야기처럼 비록 실패하더라도 노력하는 과정에서 얻는 것들이 분명 존재하기는 한다. 이것을 인생의 수많은 진리 중 하나라고 보는 것 역시 충분히 가능하다. 다만 이것을 독자에게 납득시키려면, 그러한 '교훈'을 마음 깊이 와닿게 하려면, 복잡한 수학 공식을 증명하는 과정처럼 텍스트로서 일정한 '증명'이 필요하다는 이야기다.

　증명은 뻔한 이야기를 뻔하지 않게 만들어준다. 그런 차원에서 그저 결론만 툭툭 던지는 스님의 격언은 결국 식상하고 진부한, '남들도 다 아는' 이야기의 범주를 벗어나기 어렵다. 독자 입장에서도 이런 이야기를 읽고 듣는 것은 문제를 풀지 않고 해답지를 보고 답을 써 넣는 것이나 마찬가지이다. 그리고 우리 모두 알다시피 이런 식으로 하는 공부는 실력 향상에 별다른 도움이 되지 않는다.

물론 해답지를 들여다보고 싶어 하는 사람들의 마음이 이해는 간다. 기본적으로 '힐링'이 필요한 사람들은 지쳐 있으며 무언가 따뜻한 위로나 조언을 간절히 바라는 사람들이다. 이런 사람들은 실질적으로 고민 해결에 도움이 될 만한 책을 읽어내기가 쉽지 않다. 지쳐 있는 상황에서는 아무리 좋은 책이라 한들 눈에 안 들어올 것이고, 복잡한 텍스트를 읽고 그 안의 의미를 유추하기도 어려울 것이다. 그렇기에 대부분 자신이 당면한 문제에 대한 빠른 답안을 얻고 싶어 하는 것이 당연하며, 그런 사람들에게는 스님의 뻔한 조언들이 직접적이고 즉결적인 답변처럼 느껴지는지도 모른다.

문제는 이 책에 실린 그러한 격언들이, 실은 '즉결 답안'을 원하는 사람들의 욕구도 채울 수 없을 만큼 미흡하다는 사실이다. 뻔한 동시에 일관성조차 갖추지 못했다. 정체 불명, 출처 불명의 격언은 후반부로 갈수록 점점 더 산으로 향하는데, 문체는 반말과 존댓말, 일기와 선언문, 충고와 조언과 호통을 넘나들며, 주제 또한 다이어트, 미니멀 라이프, 육아법에 이르기까지 전방위를 종횡무진한다. 각 챕터의 주제와도 별다른 연관성을 찾기 어렵다.

예를 들면 이런 식이다. "다이어트에 성공한 친구가 한 말: '운동은 몸을 건강하게 만들어주지만 살을 뺄 때는 음식 조절이 더 중요해요. 아무리 한 시간 반 동안 죽어라 운동해도 300칼로리밖에 소모시키지 못하지만 빵 하나 먹지 않으면 그 열량 바로 줄거든요.'"(52쪽) 출처도 없으며 사실 면에서도 오류가 있는 이러한 말들이 격언 대부분을 채우고 있다. 체중을 줄이기 위해서는 식사량을 줄이는 것이 필수적이지만, 운동 또한 매우 중요하다. 운동해서 근육을 기르고 기초대사량을 높여야 이후로 쉽게 살이 찌는 체질이 되지 않는다. 그런데, 사실 그보다 더 묻고 싶은 것은 도대체 이 책에 왜 다이어트 이야기가 나오느냐 하는 점이다.

좀 더 나아가서 "사람들아, 그 벌레 함부로 죽이지 마라. 그 벌레에게도 자식들이 있을 수 있으니- 직지사 팻말"(94쪽) 처럼 벌레의 가족까지 걱정하는 부분이나 "진정한 친구는 나에 대해 뒷담화를 하지 않고 앞담화를 한다"(157쪽)처럼 은어까지 사용하며 인간관계에 대해 조언하는 대목, "돈을 빌려주고 나면 돈을 빌려준 사람이 갑에서 을이 된다"(180쪽)는 식의 금융과 채무에 대한 충고까지 읽다보면, 이 책의 정체성 자체를 의심하게 된다. 대체 이 책은 무엇인가. 에세이인가, 격언 모음집인가, 실용서인가, 아니면 개그집인가.

2장_ 정말 힐링이 될까요

어쩌면 이 또한 저자의 큰 그림이었을지도 모른다. 여러 번 이야기했듯이 주로 심리적 여유가 없는 이들이 이러한 책을 읽고, 그런 사람들의 특성상 책을 처음부터 끝까지 통독하기보다는 자신이 원하는 부분만 발췌해서 보고 효용을 얻으려 하기 마련이다. 그런 면에서 이 책은 전통시장 등지에서 약장수의 공연과 함께 접하기 쉬운, 뭐든지 고쳐준다는 만병통치약에 가깝다. 무조건 승승장구하라고 응원을 해주기도 하고, 밤에 숙면할 수 있는 실용적인 팁을 포함하여 온갖 잡다한 지식을 전수해주고, '힐링 에세이'로 마음을 말랑말랑하게 만들어주다가도, 맥락이라곤 찾아볼 수 없는 황당한 격언을 던져 우리를 웃게 만들어주니 말이다. 물론 그 효과는 순간일 뿐, 책을 덮는 순간 곧 휘발되어 날아가버릴 테지만. 흔히 만병통치약이 그렇듯이.

06

마케팅의 귀재가
말하는 힐링

『언어의 온도』,
이기주, 말글터, 2016

이기주의 『언어의 온도』는 참으로 놀라운 책이다. 무엇이 놀랍냐면, 일단 독립출판물로서 베스트셀러를 넘어 스테디셀러 반열에 올랐다는 것이 놀랍다. 2016년 이기주 작가가 세운 말글터 출판사를 통해 첫선을 보인 『언어의 온도』는 어느 날 갑자기 베스트셀러 순위권에 등장하더니 기어코 1위에 올랐다. 2017년에는 교보문고 종합 1위를 차지했으며, 2018년에는 종합 6위로 인기를 이어갔고, 2019년에도 내내 10위권 안팎에 자리했다. 무명의 작가가 만든 독립출판물이 150만 부 이상 팔렸다는 사실 자체가 참으로 놀라운 일이다. 한번 베스트셀러에 오르게 되면 '베스트셀러가 베스트셀러를 만드는 것'이 보편적이지만, 그것을 감안하더라도 꽤나 경이로운 수치라고 할 수 있다.

그렇다면 이 책의 어떤 지점이 그토록 사람들의 마음을 흔들었는지 궁금해지지 않을 수 없는데, 그 점이 참으로 모호하다. 좋았던 사람은 "아, 잘 읽었다" 하는 감상을 남기는 게 다이며, 별로였다고 분노하는 사람 역시 '왜' 그렇게 느꼈는지를 구체적으로 표현하지 못한다. 도대체 무엇 때문일까? 사실 그처럼 책에 대한 '애매한' 이야기밖에 할 수 없는 것은 이 책에 실린 글들 자체가 '애매하기' 때문이다. 말하자면 글에 원죄가 있는 셈.

『언어의 온도』는 이기주 작가가 돌아다니면서 보고 듣고 느꼈던 단상들을 모아놓은 아주 짧은 에세이 모음집이다.

그런데 모든 글이 놀라울 만큼 비슷한 형태로 전개된다. 영화를 보거나, 누군가의 대화를 듣거나, 외부에서 무엇인가를 경험한 이기주 작가는 그에 대한 자신의 생각을 밝힌 후, 갑자기 그것으로부터 '불현듯' 과거의 어떤 경험을 떠올린다. 대부분의 글에 이런 문장이 하나씩 들어 있다. "그곳 초입을 지날 때면 어렴풋하게 떠오르는 장면이 있다", "오래전 기억이다", "슬그머니 뇌리를 스치는 기억이 있다", "돌연히 떠오르는 기억이 있다", "오래전 기억 한 토막이 스쳐 지나간다."

그렇게 연상된 기억에는 반드시 어떤 '교훈'이 첨가된다. 마치 공식과도 같이, A의 경험 – A에 대한 생각 – A와 비슷한 듯하지만 많이 다른 B의 경험 – B에 대한 생각이 이어지는 것이다. 문제는 이 과정에서 상당한 비약이 일어난다는 사실. 따라서 읽고 난 독자는, 응? 내가 지금 뭘 읽은 거지? 하는 생각을 하게 되는 것이다. 구체적으로 몇 꼭지를 직접 살펴보자.

사례 1. 「진짜 사과는 아프다」

내용 요약 : 〈파리의 연인〉 대사("한기주 씨! 미안할 때는 미안하다고 말하세요. 자존심 세우면서 사과하는 방법은 없어요")를 보고 선배와의 다툼이 떠올라 뜨끔했다. 기자 시절 선배와 싸운 뒤 서로 사과하지 않고 지내는 와중에 선배가 빨간 사과 한 알을 먼저 건넸던 것이다. 아마도 사과의 의미였을 테다. 이 이야기를 떠올리니 돌연 백화점에 갔던 기억도 떠오른다. 백화점에 캡슐커피를 구매하러

갔다가 어린아이가 뛰어다니다 커피를 들고 있던 남자와 부딪혀 커피가 다 쏟아지는 광경을 보았다. 하지만 아이의 엄마는 적반하장 식으로 소리를 질렀다. "당신도 아이 낳아봐!" 아이 엄마의 모습을 보며 〈가족오락관〉 '고요 속의 외침' 코너를 떠올렸다. 우리 사회는 언제부턴가 염치를 잃어버린 것 같다. 제대로 사과하는 사람이 없다. 진심어린 사과는 그만큼 어려운 것이다. 진짜 사과는, 아픈 것이다.

〈파리의 연인〉 대사를 보고 선배와의 다툼을 떠올린 것은 그렇다 치자. 선배가 내민 사과에서 왜 돌연 백화점에서 소리를 치던 아주머니를 떠올린 것일까? 게다가 당신도 아이 낳아보라고 소리치는 아주머니를 보고 왜 하필이면 〈가족오락관〉 '고요 속의 외침'을 떠올린 것일까? 나의 부족한 상상력으로는 알 길이 없다. 더 나아가 왜 결론이 "진짜 사과는, 아픈 것이다"(55쪽)로 끝나는지도 도무지 모르겠다.

사례 2. 「목적지 없이 떠나는 여행」

내용 요약 : 후배가 7년 넘게 사귄 여자 친구와 실컷 싸우고 헤어지더니 이런 말을 내뱉었다. "선배, 우린 목적지 없이 여행길에 올랐던 것 같아요, 목적지 없이…." 위로를 기대하듯 나를 바라보는 후배에게 나는 류시화 시인의 「나무의 시」에 나오는 짤막한 구절을 들려줬다. 이후 후배를 택시에 태워주고 심야버스에 올랐다

가 젊은 연인을 보았다. 그들을 바라보며 생성과 소멸에 대해 생각했다. 우린 사랑에 이끌리면 앞뒤 가리지 않고 다가서지만 사랑이 끝나는 순간 관계에서 항상 스스로만 생각하고 있었다는 것을 깨닫게 된다. 참으로 씁쓸한 사랑의 단면이다. 처음에는 '너'를 알고 싶어 시작되지만 결국 '나'를 알게 되는 것. 어쩌면 그게 사랑인지도 모른다.

이별한 후배와 젊은 연인을 보며 사랑의 생성과 소멸을 떠올린 것은 좋은데, 대체 뭘 보고 사랑이 끝나면서 관계에서 스스로밖에 생각하고 있지 않다는 것을 깨달았는지 전혀 설명이 없다. 다 떠나서 실연당한 후배를 앞에 두고 시를 낭독하다니!

사례 3. 「노력을 강요하는 폭력」

내용 요약 : 〈위플래쉬〉라는 영화가 있다. 극중 플래처 교수는 폭군처럼 학생들 위에 군림하며 제자들의 귀와 자존심에 마구 채찍질을 가한다. 플래처 교수처럼 밀어붙이는 것도 때로 의미 있다고 말하는 사람들이 있지만 나는 노력은 스스로 발휘할 때만 가치 있는 것이고, 노력을 평가하는 일도 온당치 않다고 생각한다. 상대가 부담스러워하는 관심은 폭력이며 결코 노력을 강요해서는 안 된다. 다시 영화로 돌아가서, 앤드루는 아무리 성공한 예술가라도 빈털터리가 되어 술과 마약에 취해 죽는 것은 의미 없다는 아버지

의 말에 반박하며 외친다. "전 서른넷에 죽더라도 사람들이 두고 두고 이야기하는 사람이 될 겁니다!" 참으로 순수하고 절박한 대사였다. 영화를 관람하고 나서는 길에 마음속의 은밀한 스위치가 '딸깍' 켜졌다.

영화 속에서 앤드루는 플래처 교수와 엄청나게 닮은 꼴이다. 두 사람은 거울처럼 서로를 비춘다. 그런데 플래처 교수를 보고 노력을 강요하면 폭력이라고 말하다가 앤드루를 보고 마음속 스위치가 '딸깍' 켜진 연유는 무엇일까. 스스로 하는 노력은 감동스럽다는 이야기일까? 그런데 마음속의 스위치가 딸깍 켜졌는데 제목은 왜 '노력을 강요하는 폭력'일까. 알 수 없는 일이다.

사례 4. 「가능성의 동의어」

내용 요약: 뻔한 액션 영화를 보면서 대단한 작품성을 기대해선 안 된다. 그런 영화들은 다른 장점으로 스트레스를 날려준다. 영화 〈미션 임파서블〉의 주인공 이단 헌트는 본인의 나이를 망각하고 극한 액션을 선보인다. 그는 매번 불가능을 가능하게 만들고 모두가 고개를 내젓는 임무에도 혼자 도전을 외친다. 국립국어원 표준국어대사전에 따르면 가능성은 앞으로 실현될 수 있는 성질이나 정도를 의미한다. 그러나 가능성은 단순한 확률이 아니라 믿느냐 안 믿느냐의 문제일 수 있다. 중학생 때 교무실에 불려간 적

이 있다. 매를 맞을까 걱정했던 것과 다르게 선생님은 종이를 한 장 꺼내며 나의 장점을 써보라고 하셨다. 칭찬과 지적이 섞인 면담 끝에 선생님은 "너처럼 가능성이 있는 녀석이 그러면 안 된다"고 하셨다. 그 가능성이라는 말이 참 듣기 좋았다. 교무실을 나서면서 사람 보는 '눈'이란 건 상대의 단점을 들추는 능력이 아니라 장점을 발견하는 능력이라는 것을, 가능성이 종종 믿음의 동의어일 수 있다는 것을 떠올렸다.

선생님과의 감동적인 추억. 좋다, 다 좋은데, 그것이 〈미션 임파서블〉의 이단 헌트와 무슨 관계가 있는지 모르겠다. 엄청나게 머리를 굴린 끝에 내린 이 글의 주제는 이렇다. '뻔한 액션 영화에서도 색다른 장점을 찾아내고, 무엇이든 도전하는 이단 헌트처럼 사람에 대해서도 장점을 발견하자. 사람 보는 눈이라는 건 단점을 찾는 게 아니라 장점을 찾아내는 것이다.' 무엇이든 도전하는 이단 헌트처럼 도저히 이해할 수 없는 글을 이해해보고자 머리를 굴려 쓴 해석이라는 점을 염두에 두시길.

이는 그나마 '서사'라는 것을 갖춘 대표적인 몇 가지 꼭지일 뿐이다. 책에 실린 대부분의 글은 이 정도의 뚜렷한 흐름도 없이 단편적인 생각의 나열로만 이루어져 있다. 논술 채점을 하듯 문장 단위로 하나하나 쪼개서 읽어보면 '대충' 무슨 말을 하려 했는지 '짐작' 가능하지만, 이런 과정을 생략하면 당최 무슨 말을 하는지 알 수가 없다. 읽은 뒤 뭔가 미묘하게 이상하고 찜찜한 기분을 느끼게 되지만 그게 어째서인지 파악하기 어려운 이유다. 그렇다보니 결국 '애매한' 감상만이 남게 되는 것이다. 겉으로 보기엔 매우 '술술' 읽혀야 할 듯한 이 책을 대부분의 사람이 끝까지 읽는 것조차 힘들어하는 것 또한 같은 까닭일 테다.

물론 작가 입장에서는 시나 에세이 장르는 주장이나 논설과는 다르다고 항변할 수도 있을 것이다. 그야말로 개인적 경험을 통해 영감을 받아 쓴 글이므로 명확한 주장과 근거를 대라는 것은 부당하게 느껴질는지도 모른다. 그러나 독자가 별생각 없이 술술 읽는 소설이나 시와 같은 문학 작품 역시도 실은 개연성이 엄청나게 중요한 장르다. 주인공이 왜 저러한 사고를 하는지, 왜 저러한 행동을 하는지, 왜 저곳으로 가고, 왜 저러한 말을 하는지 독자를 납득시킬 수 있게끔 치밀하게 짜여 있다. 이 행간의 밀도가 높을수록 독자와 높은 공감대를 형성할 수 있는 좋은 작품이 되는 것이다.

그럼에도 『언어의 온도』는 순위권에서 내려올 줄을 모른다. 듣기로는 대형 서점을 대상으로 영업과 마케팅에 엄청난 심혈을 기울인 것이 성공 비법 중의 하나였다고 한다. 보라색 표지의 예쁜 책이 매대에서 좋은 자리를 차지하고, 눈에 잘 띄니 자연히 많은 사람들이 사게 되고, 그러면서 날개 돋친 듯 점점 더 많이 팔리게 되었다는 것이다. 비록 맥락은 없더라도 여기저기 한 줄씩 인용하기 좋은 '그럴듯한' 문장과 짧은 분량도 인기에 한몫 했을 것이다. 본문 중 저자가 글쓰기 강의를 하러 다니는 내용도 종종 나오는데, 수강생들에게 과연 어떤 이야기를 하고 계실지 조금 궁금해진다. 개인적으로는 글쓰기 강의보다 마케팅이나 세일즈 강의 쪽을 더 듣고 싶은 마음이다.

07

이렇게
지겨운
사랑 얘기

『모든 순간이 너였다』,
하태완, 위즈덤하우스, 2018

중학생 시절 '러브장'이라는 것이 유행했다. 남들보다 조숙하여 일찌감치 연애를 시작했던 친구들이 있었고, 특히나 좀 '논다 싶은' 아이들은 어떻게든 짝을 찾아 거의 놀이처럼 연애를 하곤 했다. 그 아이들은 쉬는 시간마다 책상에 앉아 엄청나게 공을 들여 색색깔로 공책을 예쁘게 꾸민 다음, 한 권이 완성되면 연인에게 선물하곤 했는데, 그 공책을 다름 아닌 러브장이라 불렀다. 그들 사이에서 투투(사귄 지 22일 되는 날)는 굉장한 기념일이요, 100일은 거의 국경일에 버금가는 경축할 만한 대사건이었는데, 러브장은 주로 그러한 기념일에 적합한 선물이었다고 할 수 있겠다. 안에는 직접 적은 것도 있겠지만 대부분 어딘가에서 퍼온 출처 불명의 온갖 시와 달달한 문구가 가득 적혀 있었다. 예를 들자면 "이 세상이 사라진다 해도, 너에 대한 내 사랑은 사라지지 않아!" 뭐 이런 말들. 잠깐, 너희 지금 만난 지 3주 된 사이 아니었니?

느닷없이 러브장 이야기를 꺼낸 까닭은, 하태완의 『모든 순간이 너였다』를 읽었기 때문이다. 오늘날 누군가가 눈앞에 자기가 만든 러브장을 들이밀면서 "이것 어떤지 한번 읽어보세요" 하면 무슨 말을 할 수 있겠는가. 그저 으윽… 하고 외마디 신음소리를 내다가 "예… 예쁘게 잘 만들었네요"라는 말 외에 다른 이야기를 하는 것은 거의 불가능할 것이다. 하태완의 『모든 순간이 너였다』가 바로 그런 책이었다. 읽다가 몸서리를 치며 덮어버리고, 서평 역시 쓰다가 엎어버리기를 수십

번. 말하자면 20대를 위한 러브장이랄까.

몇 년 전, 인터넷에 갑자기 손발을 오므리게 하고, 온몸을 부르르 떨게 만드는 글들이 넘쳐나던 시기가 있었다. 헉, 이 사람들이 단체로 왜 이래 하고 깜짝 놀랐다가, 나중에서야 차마 끝까지 읽기도 힘들었던 그 글들이 '완글'을 패러디했다는 사실을 알게 되었다. '완글'은 페이스북 유저인 하태완 씨가 본인의 계정에 주기적으로 올리던 토막글에 붙였던 명칭이다. 자신의 이름 끝 글자를 따서 만든 셈인데, 여기에서부터 일단 굉장하다는 이야기를 하지 않을 수 없다.

하여간 이 '완글'은 페이스북과 인스타그램에서 엄청난 인기를 끌었고 나중에는 하나의 장르가 되다시피 했다. 사람에 따라 그 뉘앙스는 사뭇 달라지겠지만, 이를테면 '감성글'의 대명사 같은 존재가 된 것이다. 페이스북에 연재했던 '완글'은 폭발적인 인기에 힘입어 『너에게』라는 단행본으로 묶여져 나왔고, 작가는 그로부터 오래 지나지 않아 결을 같이하는 두 번째 책을 출간했는데, 그것이 다름 아닌 『모든 순간이 너였다』이다. 전작의 성적도 나쁘지 않았지만 이 책은 그야말로 메가히트를 기록한다. 2018년 교보문고 기준 전체 베스트셀러 2위, 발간 1년 만에 50만 부 판매. 정말 놀라운 성적이다.

책에는 사랑에 관한 100여 편의 글이 실려 있다. 100여 편이라는 데서 짐작 가능하다시피 '에세이'라는 이름을 달고 나왔지만 실상은 대부분이 1페이지 남짓에 그나마 10줄 미만인 경우도 허다한 '시' 혹은 '단상'에 가까운 짧은 글들이다. 그럼에도 '에세이'라는 이름을 붙인 것은 '시' 쪽은 아무래도 은유와 상징과 온갖 문학적 장치가 들어간 좀 더 고차원적인 글이라고 생각했기 때문인 것일까? 혹은 요즘 들어 한국 출판계에서 에세이라는 장르가 유난히 잘 팔리기 때문일 수도 있다.

책제목 『모든 순간이 너였다』에서 느껴지는 바와 같이 네가 좋아, 네가 있어서 행복해, 너는 나의 전부야, 너 없이는 못 살아 등등 달달한 글로 가득 차 있는데, 본래 사랑 이야기를 싫어하지 않는 편임에도 읽는 것이 유난히 힘겨웠다. 그 까닭은 아마도 대부분이 '예쁘게' 꾸며져 있기는 하지만 진심이라곤 담겨 있지 않은 공허하고 뜬구름 잡는 소리였기 때문일 것이다. 앞서 이야기한 바와 같이 학창 시절 유행하던 러브장에서 사귄 지 22일 혹은 100일 된 사이에 네가 없으면 나는 죽어, 너는 나의 생명, 이런 이야기를 한들 그게 마음에 와닿겠냐고요.

참고로 『모든 순간이 너였다』속 화자 및 청자는 모두 20대 초반이다. 대학 생활, 학점, 강의, 취업 준비 등등 20대가 관심 있어 할 만한 소재가 자주 등장한다. 단순히 20대라는 이유만으로 진심이 아니라고 말하려는 것은 아니다. 어느 나이가 되었건, 그 나이에는 그 나이의 진심이 있는 것 또한 사실이다. 그 순간의 모든 감정을 부정하려는 것도 아니다. 그럼에도 만난 지 한 달 된 사이끼리 너 없이 못 산다고 부르짖으면 당사자들에게는 세기의 러브스토리일지 몰라도, 남들이 보기엔 그저 코미디일 뿐이다. 이처럼 책 속의 모든 감정은 과장되어 있고 꾸며져 있다는 느낌을 마구 풍긴다.

문학의 위대한 점은 말로 표현할 수 없는 어떤 미묘한 감정과 특별한 상황을 사람들로 하여금 느끼게 만드는 데 있는데, 이 책에 등장하는 사랑의 언어들은 "너는 나의 모든 것, 우리 사랑 영원히"와 같이 모두 단순하고 직접적인 것들뿐이다. 그러한 글들을 끝도 없이 보다보면 누군가를 사랑했던 기억을 떠올리면서 아련해지거나, 그러한 사랑의 위대함에 감탄하게 되는 것이 아니라, 상대보다도 사랑을 하는 '나' 자신의 모습에 심취해 있던 그때 그 시절이 떠올라 돌연 낯이 붉게 달아오르며 숙연한 기분을 느끼게 된다.

앗, 그러고 보니 어쩌면 고도의 풍자문학일지도. 누군가를 만나서 뛸 듯이 기뻐하다가, 잠깐 연락이 안 되면 죽을 듯이 괴로워하다가, 헤어지자고 하면 "네가 어떻게 나한테 이럴 수 있어!" 하면서 길길이 뛰다가, 헤어진 뒤 친구를 붙잡고 "그런 사람 따위 애초에 만나는 게 아니었는데" 하고 욕을 하는 흔한 패턴에 대한 고도의 풍자 말이다.

읽다보면 사랑에 대한 강박과 집착이 느껴지기도 한다. 지금 사랑하는 사람이 없다고 너무 절망하지 말 것이며, 사랑은 어느 순간 다가올 수도 있을 것이며, 좋은 사람을 만나면 당신도 행복해질 수 있다는 메시지를 끝없이 전달하는데, 10~20대 독자가 이 책을 읽는 상황이라면, 반드시 사랑, 아니

연애를 해야 할 것 같은 압박감을 느끼게 될지도 모른다는 생각이 들었다. 그러면서 문득 궁금해진다. 연애를 꼭 해야만 하나? 좋은 사람을 반드시 만나야만 하나? 그냥 혼자서 잘 먹고 잘 살면 안 되나?

결혼을 하고 아이를 낳은 뒤, 말하자면 '연애 시장'에서 한 발짝 물러나 관조하며 깨달은 바 있지만, 한국 사회의 연애에 대한 강박은 남다른 바가 있다. 한동안 인터넷에서는 한국 드라마는 모든 것이 '연애'로 귀결된다는 이야기가 떠돌아다니기도 했다. 예를 들어 미국 드라마에서는 경찰이 수사를 하고 의사가 치료를 하는데, 한국 드라마에서는 경찰이 연애를 하고 의사도 연애를 한다는 것이다. 장르를 불문하고 '연애담'이 빠지는 경우가 거의 없다는 것. 하기야 내가 중고등학생일 때도 "오늘부터 사귀면 크리스마스가 100일" 따위의 이야기가 끊임없이 유행했으니 무슨 말을 더 보태겠는가. 100일 따위가 뭐고 크리스마스 따위가 뭐기에, 크리스마스에 100일이든 아니든 그게 뭐라고, 좋아하지도 않는 사람과 사귀며 굳이 100일이자 크리스마스 따위를 기념하기 위해 그런 노력을 기울인단 말인가.

물론 여기에도 어떤 맥락은 존재한다. 2000년대만 하더라도 온갖 짝짓기 프로그램들이 넘쳐났다. 미혼 남녀가 있으면 당사자들의 의사와 무관하게 끊임없이 짝을 지으려 하고, 애인이 없으면 어딘가 모자라거나 결격사유가 있는 사람으로 취급하기도 했다. 드라마나 영화, 그리고 예능은 그러한 풍조를 더욱 부추겼다. 커플링에 일종의 강박을 느끼고 잠시도 혼자 있는 것을 견디지 못하며 끊임없는 소개팅을 통해 계속해서 '짝'을 물색하는 사람들이 그렇게나 많았던 데에는 다 이유가 있었던 것이다. 말하자면 누군가를 진심으로 좋아하고 관계를 맺는 과정에서 사랑에 빠졌던 것이 아니라 '사랑을 위한 사랑', '연애를 위한 연애'처럼 일종의 역할극을 하도록 사회적으로 부추기는 분위기가 있었던 셈이다. 요즘은 한풀 꺾인 줄 알았던 '연애의 유령'이 여전히 생생히 살아 움직이고 있음을『모든 순간이 너였다』를 읽으며 깨닫는다.

실제로 책 속에서 '좋은 연애'의 기준으로 제시되는 것들은 서로 얼마나 연락을 자주 하는지, 남들에게 서로에 대해서 얼마나 자랑을 하는지, 핸드폰 배경화면을 서로의 사진으로 바꿔놓는다든지, 각종 기념일이나 이벤트를 한다든지 등등 피상적인 것들이다. 그런 기준으로 '사랑'의 완성도나 질을 평가할 수가 있나? 고작 반나절 연락이 두절되었다고 분노하고 서운해하는 모습을 과연 '사랑'이라고 부를 수 있나? 아니, 사랑이라는 것이 애초에 무엇인가? 오오, 자꾸만 질문이 철학적으로 넘어간다. 어쩌면 독자로 하여금 '사랑'에 관한 심도 있는 고찰을 하게 만들려는 속 깊은 의도가 있었는지도 모르겠다.

하여간 이 책을 읽는 동안 마치 갓 연애 시작한 사람이랑 술자리에 함께 있는 듯한 기분이었다. 왜 그런 사람 있지 않은

가. 같이 있는 내내 끊임없이 애인에 대해 자랑하고, 자기 전 몇 시간이나 통화를 했는지, 어떤 선물을 했고 나를 어떤 눈빛으로 바라봤는지에 대해 떠들고, 다른 화제를 꺼내봤자 어떻게든 다시 자기 애인 이야기로 돌아가고, 그 사람이 없으면 죽을 것 같다는 이야기를 주구장창 늘어놓다가, 카톡을 보냈는데 몇 시간 동안 답장이 없었다고 엄청나게 노여워하다가, 울다가, 웃다가, 소리 지르다가, 헤어진 뒤에는 "시간이 지난 지금은 그때의 내가 왜 고작 그런 사람을 놓지 않으려고 악을 쓰고 버틴 건지 이해를 할 수가 없어"라고 다시 몇 시간 동안 같은 이야기를 반복하는 사람. 같이 있는 내내 시계를 흘끔거리게 만드는 그런 사람.

아 참, 헤어진 연인을 향해 저주하는 대목도 들어 있다는 이야기를 깜빡할 뻔했다.

> 너는 내게 거짓 사랑을 주면서, 진심으로 사랑하는 척을 잘도 했었던 그 죄를 꽤 오랜 시간 동안 씻어내야만 할 거야. 부디, 지금의 나보다 몇 배는 더 아픈 시간 속에 살아가기를 바랄게. 너도 진심으로 사랑했던 누군가에게 잔인한 배신을 당하기를 바랄게.(243쪽)

사랑 이야기를 싫어하지 않는다. 잘 쓰여진 남의 사랑 이야기도 싫어하지 않는다. 다만 '이렇게 사랑을 하고 있는 나'에 대해 이야기하는 책은 질색이다. 그런 책을 읽고 싶을 때는

혹 싸이월드에 남아 있을지 모르는 자신의 다이어리를 보면
된다.●

●　안타깝게도 싸이월드는 2020년 6월부로 폐업했다. 그러나 걱정 마시라, 인터
　넷에는 수없이 많은 이들의 흑역사가 여전히 남아 있으니.

08

사 춘 기 는
계 속 된 다

『죽고 싶지만 떡볶이는 먹고 싶어』,
백세희, 흔, 2018

『죽고 싶지만 떡볶이는 먹고 싶어』에 대해 처음 알게 되었을 때 그야말로 영혼을 건드리는 책제목이라는 생각을 했다. 인생의 마지막 순간에도 먹고 싶은 바로 그 음식, 떡볶이. 생각해보면 떡볶이만큼 폭넓은 사랑을 받는 음식도 참 드물다. 학생들은 물론이고 어르신들 중에도 떡볶이를 좋아하는 사람이 많다. 젊은 여성들은 유난히 더 좋아하는 것 같기도 하다. 심지어 내 지인 중에는 일주일 내내 떡볶이만 먹을 수 있다는 사람, 다른 모든 음식은 다 끊어도 떡볶이만은 못 끊겠다는 사람도 있다. 실제로 2018년 대학내일20대연구소가 조사한 바에 따르면 20대 여성의 70.0%가 식사대용으로 떡볶이를 즐긴다고 한다. 이쯤 되면 20대의 쏘울푸드는 떡볶이라고 해도 좋지 않을까.

그런 와중에 죽고 싶지만 떡볶이는 먹고 싶다니! 여러 이유로 우울감에 시달리는 현대인, 낙담이 거듭되면서 종종 죽고 싶어지는 마음. 하지만 그 와중에도 맛있는 것, 특히 쏘울푸드인 떡볶이는 먹고 싶고, 재미있는 것은 보고 싶고, 예쁜 것은 사고 싶은 양가적인 마음. 그 마음을 이렇게 잘 표현한 문장이 또 있을까. 누가 썼는지, 무슨 내용인지도 모르는 상태에서 궁금증이 들었던 것을 보면 태생부터 베스트셀러가 될 자질을 타고난 책이었다는 생각이 든다.

아니나 다를까 등장하자마자 순위권에 오르더니 2018년 가장 많이 팔린 책 중 한 권이 되었다.• 나중에는 단순한 베스트셀러를 넘어 유명한 밈(meme)이 되기도 했다. 밈이란 일종의 유행어를 의미한다. "수업은 째고 싶지만 학점은 잘 받고 싶어", "고기는 먹고 싶지만 살은 빼고 싶어"와 같은 식이다. 수백 가지의 형태로 패러디가 생겨났고 심지어는 연극으로까지 만들어져 얼마 전부터 상영을 시작하기도 했다. 이야기인즉, 책을 직접 읽어본 사람이 아니더라도 누구나 그 존재를 알게 되었을 정도로 유명해졌다는 뜻이다.

그러나 폭발적인 관심을 받았던 것과 다르게 책에 대한 실제 평가는 자못 냉혹했다. 별점 1점도 아깝다를 비롯하여 아예 책으로서 함량 미달이라는 혹평이 많았다. 나름 만족했다는 후기 중에서도 엄청난 호평은 드물었다. 그나마 호의적인 이야기를 찾아보면 "아주 공감하기는 어려웠지만, 그래도 위로가 되었어요" 정도. 대체 어떤 책이기에.

10년 넘게 기분부전장애(경도의 우울증)를 앓았던 저자는 여러 정신과를 전전하다 자신에게 '잘 맞는' 의사를 만나 정기적인 상담을 받게 되었는데, 상담이 끝날 때마다 집에 돌아가 내용을 복기하는 것이 잘 되지 않자 의사의 동의를 얻어 매회 녹음을 하게 되었다고 한다. 그렇게 녹음해온 상담 내용을 텍스트로 옮긴 것이 바로 이 책이다. 그러니까 엄밀히 말해 에세이라기보다는 녹취록에 가깝다고 할 수 있다. 물론 녹취 원

● 교보문고 기준 2018년 베스트셀러. 출판사의 발표에 따르면 총 40만 부가 판매되었다고 한다.

고만이 전부는 아니고 상담 기록 앞뒤로 그 당시의 일기처럼 보이는 간략한 소감을 곁들였지만, 그럼에도 총 207쪽 중에서 142쪽이 상담 시간에 나눈 대화이니 적은 분량은 아니다. 이러니 애초에 에세이를 기대하며 책을 집어든 독자들 입장에서는 황당할 밖에.

녹취록이나 대담 형식 자체가 나쁘다는 뜻은 아니다. 인터뷰나 대담의 형식을 띤 글이 좋은 질문과 대답을 통해 예리한 인사이트를 주는 경우도 많다. 그럼에도 『죽고 싶지만 떡볶이는 먹고 싶어』가 유달리 비판을 받는 까닭은 누군가의 '정신과 상담 내용'을 베이스로 만들었다는 태생적인 문제점 때문이 아닐까 싶다. 정신과 상담 내용을 그대로 옮긴 기록은 본질적인 이유에서 타인의 흥미를 유발하기 어렵다.

사람들이 정신과를 찾는 목적은 보통 두 가지로 나뉜다. 약물을 처방받기 위해서, 마음속 고민을 속 시원히 털어놓기 위해서. 물론 둘 다에 해당하는 경우가 대부분일 것이다. 대부분의 환자들은 답 없는 자신의 상태가 의사와의 대화를 통해 어떻게든 개선될지 모른다는 막연한 기대감을 갖고 병원을 찾는다. 상태가 나아졌는지의 여부는 역시나 상담을 통해 판단하게 되므로, 환자 입장에서는 평소 고민하던 것들을, 현재의 상태를, 정서의 변화를 반복해서 털어놓기 마련이다.

아무리 가까운 사이라도 같은 이야기를 수십 수백 번 반복해서 듣다보면 징글징글하단 생각이 들기 마련인데 생판 모르는 낯선 사람이 환자 입장으로 의사에게 본격적으로 털어놓는 이야기는 오죽할까. 물론 의사야 들어주는 것이 일이니 그렇다 치지만, 독자 입장에서 그것을 그대로 옮긴 책을 읽는 행위는 돈을 내고 남의 고민거리를 들어주고 있는 것이나 마찬가지인 셈이다. 그렇게 슬슬 짜증이 올라오는 시점에 책이 특별한 마무리도 없이 "2권에서 계속"이라는 밑도 끝도 없는 문구로 끝나는 것을 보면 뭐야 이건? 하는 의문문이 저절로 터져 나오는 것이 당연하지 않을까.

보다 구체적인 내용을 살펴보자. 이 책은 주로 제목과 같이 '죽고 싶지만 떡볶이는 먹고 싶은' 마음속 양가적이고 이중적인 감정들을 다루고 있다. 저자가 말하는 내적 고민은 많은 현대인이 공통적으로 느끼는 것들이다. 이유를 알 수 없는 우울감부터 과시욕구, 관심에 대한 갈구, 자기도 모르게 하게 되는 사소한 거짓말에 이르기까지. 누군가를 좋아하면 상대가 자신을 만만하게 볼지 모른다는 생각에 좋아하는 걸 티 내기 어렵다든지, 솔직한 표현을 하기 어렵다든지, 그러다보니 기분이 극과 극을 오간다든지, 타인에게 지나치게 의존적이 된다든지, 열등감과 우월감 사이를 오가는 중에 스스로에 대한 자괴감에 빠져든다든지 등 아주 내밀한 속 이야기도 있다. 나역시 살면서 경미하게나마 한두 번씩 경험한 감정들이고, 주변인들에게서도 쉽사리 발견되는 증상이라 그 자체가 아주 놀랍진 않았다.

2장_정말 힐링이 될까요

재미있는 것은 이런 저자를 두고 여러 조언을 하던 상담의가 검사 결과 '페이킹 배드(faking bad)' 증상을 보인다고 말했다는 점이다. 페이킹 배드는 실제의 자신보다 스스로를 더 부정적으로 인식하는 증상으로, 우울함보다는 사회적 관계에서의 불안감이 높을 때 이러한 증상이 나타난다고 한다.

문득 오래전 나의 모습이 떠올랐다. 어린 시절, 나는 스스로가 특이하다고 생각했다. 당시 내 안에는 이상한 우울감, 지나친 시기심, 질투, 피해의식, 나약함, 현저하게 낮은 자존감 등등 부정적인 요소가 너무나 많은 것 같았다. 그래서 마음속 두려움을 감추기 위해 과도하게 자신감이 넘치는 척 굴 때도 있었고, 불안을 잠재우기 위해 타인을 깎아내린 적도 있었다. 그런 스스로를 자가진단하기 위해 대형 서점의 정신분석학이나 심리학 서가에 꽂힌 두꺼운 책들을 뒤져보기도 했다. 나는 자신이 굉장히 이상한 사람이며 성격에 문제가 있다고 여겼다. 마치 이 책 속의 저자처럼 말이다.

당시 친구들이나 부모님은 이런 나의 고민을 이해하지 못했는데, 지금 생각해보니 타인들이 나를 이해하지 못했던 것도 있지만 실제 나의 상태가 그다지 심각하지 않았던 탓도 있는 것 같다. 아, 그렇다고 저자가 엄살을 부린다거나 징징댄다는 뜻은 아니다. 나 역시 자기혐오에 시달리던 그 순간의 괴로움을 지금까지 생생하게 기억하고 있다. 다만 당시의 나는 그와 같은 자기혐오나 자존감에 대한 고민이 결코 나만의 특별한 문제가 아니라 기쁨과 슬픔, 분노와 즐거움, 시기와 질투같이 인간이라면 누구나 겪기 마련인 보편적인 것임을 미처 몰랐고, 그렇기 때문에 내가 겪는 감정들을 어떻게 다루어야 할지 몰라 방황했던 것이다.

나이가 들고, 세상과 사람을 조금씩 더 겪어가면서 나는 자신이 특별히 뛰어난 존재가 아닌 만큼, 특별히 이상하지도 않은 존재라는 사실 역시 받아들이게 되었다. 누구나 나와 비슷한 고민을 한다는 것도 알게 되었다. 본래 사람이란 양가적인 감정에 시달리기 마련이고, 자존감 역시 주변의 상황과 조건에 따라 높아지고 낮아지기 마련이라는 것 또한 알게 되었다. 그러니까 마치 사춘기에 정서적 방황을 겪는 것이 지극히 당연한 것처럼, 인간으로 태어난 이상 자기혐오와 자존감에 대한 고민은 평생 지속될 수밖에 없다는 것을 이제는 알게 된 것이다. 그렇기에 저자를 두고 실제보다 민감하게 반응하는 페이킹 배드 증상을 보인다는 담당의의 말을 잘 이해할 수 있었다.

동시에 그런 저자의 고민들에 대해 "쓸데없이 징징거린다"는 세간의 평가 역시 어떤 맥락에서 나왔는지 이해가 가는 면이 있었다. 본래 내면의 고민이라는 것은 당사자가 아닌 이들에게는 대부분 징징거림으로 느껴지기 마련이다. 인간은 본래 자신의 일이 되면 아주 사소한 일로도 무너질 것처럼 굴다가도 타인의 힘들고 괴로운 사정에는 공감하기 어려워하는 경

2장_ 정말 힐링이 될까요

우가 많다. 한편으로는 오래전 심각하게 고민하며 괴로워하던 기억 역시 여전히 머릿속 한켠에 생생하게 남아 있기에 자신의 이상한 지점에 유달리 집착하며 괴로워하는 저자의 마음 또한 어느 정도 이해할 수 있었다.

그렇다보니, 책이라고도 할 수 없는 형편없는 책이라는 세간의 혹독한 평가에 어느 정도 동의가 되는 한편 부족한 것 많아 보이는 이 책에 나름의 점수를 주고 싶은 양가적인 마음이 동시에 들었다. 저자 식으로 말하자면 "욕하고 싶지만 칭찬도 하고 싶어"랄까.

여러모로 내용이 부실하고 중언부언하는 면이 있지만, 정신과 방문을 꺼리는 사람들에게 간접적으로나마 상담 체험을 하는 듯한 느낌을 선사하여 나름의 효용이 있을지 모른다는 생각이 든다. 정신과 진료가 어떤 방식으로 전개되는지 알게 되면 정신과 진료에 대한 마음의 벽이 일정 부분 낮춰질 것이기에. 꼭 정신과 진료까지 가지 않더라도 '어머, 어머, 나도 이런 쓸데없는 고민 해본 적 있는데!!! 나만 이런 미친 생각을 하는 게 아니었구나!!'라는 식으로 작은 위안을 얻는 사람들 역시 있으리라 본다.

다만 이 책을 읽고 진정으로 힐링이 되느냐고 누군가 묻는다면 아무래도 부정적인 답변을 할 수밖에 없겠다. 사람에 따라 다르겠지만 대다수에게는 별반 효과가 없을 것이다. 다른 사람들도 자신과 비슷한 고민을 한다는 사실을 알면 일시

적으로나마 기분이 나아지는 효과를 볼 수는 있지만 단지 그
것만으로는 아무것도 달라지지 않는다. 타인의 기록은 결국
타인의 것일 뿐, 자신의 이야기가 아니기 때문이다.

09

매뉴얼을
실천으로
옮기려면

『무례한 사람에게 웃으며 대처하는 법』,
정문정, 가나출판사, 2018

몇 년 동안 알고 지내던 사람이 있었다. 지인의 소개로 안면을 트게 되었는데, 둘 다 고향을 떠나 타 지역에 살고 있는 처지라 쉽게 가까워졌다. 마주치면 즐겁게 인사하고, 잠깐씩 이런저런 담소를 나누는 것에 불과했으나, 심정적으로는 굉장히 가깝고 반갑게 느껴지는 그런 사이가 되었다. 그런데 처음에 호의로 가까워졌던 그 사람이 언젠가부터 늘 신경이 곤두서는 가시 돋친 말을 하기 시작했다. 뭔가 불편하지만 그렇다고 명확하게 공격이라고 하기는 어려운, 화를 내기 애매한 그런 말들.

　　예를 들자면 이런 것이다. "남편한테 출장 기념품으로 스타벅스에서 머그컵 좀 사다달라고 부탁했어요"라는 말에 "흠… 전 스타벅스 컵 사는 사람들 이해가 안 가더라고요? 하나도 예쁜지 모르겠던데" 하는 식이었다. 뭐, 사람마다 취향도 다르고 생각도 다르니 당연히 그렇게 느낄 수도 있다. 그런데 그걸 굳이 상대방 면전에서 이야기하는 이유는 뭐지 싶었던 것이다. 그런데 한편 냉정하게 생각해보면, 또 별거 아닌 것처럼 느껴지기도 한다. 그런고로 그 자리에서 들고일어나 "누가 사다 달랬냐. 누가 너한테 스타벅스 머그 사다 달라고 했냐고. 여기 이분에게 스타벅스 컵 어떠냐고 물어보신 분? 댁의 컵 취향은 하나도 안 궁금하니 집에 가서 본인 일기장에나 쓰세요!"라고 할 수는 없는 노릇. 결국 "아, 네, 그렇군요" 하면서 넘어가고 말았다.

문제는 이후로도 비슷한 상황이 계속 반복되었다는 것이다. 새로 산 아이의 옷을 꼬투리 잡기도 하고, 어디 다녀와서 너무 좋다고 했을 때는 자기는 그런 데 가는 사람들이 이해가 안 간다는 식의 말을 하기도 했다. 그러면서 나는 점점 더 혼란스러워졌다. 이 사람 대체 이런 말을 하는 의도가 뭐지? 생각이야 당연히 다를 수 있지만 속으로 삼키지 않고 사사건건 트집 잡는 이유는 뭐야? 대체 나한테 왜 이러는 거야? 내가 싫은 거야? 그러면 아예 나랑 이야기를 안 하면 되잖아? 왜 내가 무슨 말만 하면 매번 끼어들어서 이러는 거야? 너무 무례한 거 아냐? 내가 그렇게 만만해? 도대체 뭐냐고!

이런 상황이 되다보니, 나중에는 그 사람이 등장하기만 해도 긴장이 되었다. 오늘은 또 어떤 짜증나는 말을 할 것인가 하는 생각으로 신경이 바짝 곤두섰다. 아마도 대부분의 사람들은 그렇게 불편한 사람을 뭐하러 참아줘요? 그냥 끊어내면 되지? 직장 상사나 가족도 아닌데? 하는 의문을 품을 것이다. 나도 그 전까지는 비슷한 사례를 접할 때마다 생각했었다. 아니 저걸 바보같이 왜 참고만 있어? 기분 나쁜 건 이야기하면 되잖아!

그러나 막상 겪고 보니 그렇게 간단한 문제가 아니었다. 대놓고 욕을 들었거나 비판을 들었다면 당당하게 불쾌함을 표시해도 아무런 문제가 없겠지만, 언어라는 것이 미묘해서 그렇게 명확하게 판가름할 수 없는 경우가 더 많았다. 더군다나 간혹 드문드문 나를 좋아한다는 표시를 하기도 하니 내 입장에서는 혼란스러울 따름이었다. 따라서 그런 상황에 마주할 때마다 자꾸만 상대의 의도를 헤아리고 끊임없이 점검하게 되었다. 내가 지금 화를 내야 할 상황인가 아닌가. 나를 좋아한다는 사람에게 내가 너무 매정한 것 아닌가. 단순히 내가 너무 예민한 것은 아닐까. 심지어는 주변의 다른 사람들에게 물어보기까지 했다. "이거 기분 나쁘면 내가 너무 예민한 거야?"

지금 생각해보면 화를 내거나 항의하는 방법 자체를 잘 몰랐던 데 원인이 있었던 것 같다. 제대로 화를 낼 줄 모르니 화를 내는 것 자체가 굉장히 두려운 행위이고, 따라서 화를 내야 할지 말아야 할지 판단이 되지 않을 때마다 혼란스러움을 느꼈던 것 같다. 그렇게 내내 고민하면서 참고 참았던 짜증과 분노는 나중에 가서 아주 별것도 아닌 사소한 일로 마치 활화산처럼 터져버리곤 했다. 결국 앞서 언급한 인물에 대해서도 어느 순간 말없이 인연을 끊어버리는 것으로 끝이 나고 말았다. 마주치면 피하고 아예 말을 섞지 않았다. 간혹 "둘이 무슨 일 있었어?" 하고 묻는 사람들이 있었는데, 그럴 때마다 "그냥" 하고 얼버무리면서 화를 내야 했던 순간에 제대로 대처하지 못했던 스스로를 원망하고는 했다.

정문정의 『무례한 사람에게 웃으며 대처하는 법』은 나와 같은 경험을 가진 사람들이라면 누구나 공감하며 읽을 수 있는 책이다. 그저 그런 에세이집 중 하나일 거라고 생각했던 것과 다르게 한국 사회 전반에 걸쳐 일어나는 폭력, 갑질, 오지랖, 무례와 같은 부정적인 사례들을 재미있고 폭넓게 풀어낸다. 학창 시절에, 연인 관계에서, 가족 간에, 직장에서, 사회생활을 하다가, 미묘하게 불쾌한 상황들을 겪었던 이들이라면 '맞아 맞아' 하고 고개를 끄덕이며 읽게 될 것이다.

어떻게 해야 좋을지 몰라 어버버 넘어갔다가 뒤돌아서 벽을 차고 후회했던 경험, 적극적으로 불쾌감을 표명했지만 돌이켜보니 왠지 지나쳤던 것 같아 신경이 쓰여 잠 못 이루었던 경험, 그렇게 쌓인 내공을 바탕으로 나중에는 스스로도 만족스럽게 한 방 먹였던 경험 등. 아마도 동년배에 같은 여성이기 때문이겠지만, 내가 살면서 겪었던 일과 놀라울 만큼 유사한 사례도 적지 않았다.

다만 어떤 '사이다'스러움을 기대하고 읽는 사람들이라면 다소 실망할 수 있다. 『무례한 사람에게 웃으며 대처하는 법』이란 제목에 걸맞게, 불편한 상황에 처했을 때마다 '웃으며', 즉 상대도 나도 크게 상처받지 않는 선에서 '세련되게' 마무리 지을 수 있는 선에서 그치고 있기 때문이다. 예를 들어 누군가 의도를 알 수 없는 질문을 던졌을 때는 섣불리 대답하지 않는 것이 좋다거나, 질문자의 의도를 곧바로 알 수는 있지만 대답하기 불쾌한 경우에는 딴청을 부리는 것도 좋은 방법이라거나, 논쟁이 예상되는 질문에는 대답을 하지 않는다거나, 상대와 도무지 이견이 좁혀지지 않을 때에는 "그런 생각을 하고 계시군요"라고 대답하라는 식. 말하자면 회피의 기술을 가르치고 있는 셈이다.

이는 그 즉시 곤혹스러운 상황을 모면하는 데는 도움이 될 수 있어도 근본적인 문제점을 시정하는 방법이라고 할 수는 없다. 다시 말하자면 대체로 꽤나 '나이브하고' '안전한' 범위 내에서 쓰여졌다는 이야기다. 한편으로는 그렇기 때문에 보수적인 어른들이 봐도 어느 정도 납득 가능한 이야기였는지도 모르겠다. 본격적으로 홍보가 되고 판매율이 상승하기 시작한 것이 "문재인 대통령이 휴가 때 들고 간 책"이라며 소개된 이후부터였는데, 이는 60대의 한국 남성이 읽어도 납득할 만한 수준의 책이었다는 뜻이기도 하다. 물론 사회를 바꾸는 것이 반드시 혁명일 필요는 없고, 책 속에 등장하는 이들과 같은 '을'의 입장에서 '갑'의 잘못을 일일이 지적할 수도 없는 노릇이므로 이러한 태도가 이해가 가지 않는 것은 아니지만.

그래서인지는 모르겠으나 책에서 주구장창 '꼰대' 같은 이들이 저지르는 '갑질'에 대한 비판을 하면서 글쓴이 본인 역시 '꼰대' 같은 모습을 보이기도 한다. 저자는 예능 프로그램인 〈라디오스타〉에 나와서 패널들의 '애교를 부려보라'는 요구에 당황하여 눈물을 보인 카라의 예시를 들며, 이해는 가지만 좀 더 프로페셔널하게, 울지 않고 노련하게 대처할 수 있지 않았을까 안타까운 마음이 들었다고 이야기한다. 그러나 눈물을 흘린 카라보다는 애초에 걸그룹에게 애교를 맡겨놓은 것처

　　　　　　　　　2장_ 정말 힐링이 될까요

럼 행세하는 남성 연예인들이 문제 아닌가 싶다. 애교와 눈치는 약자에게 유난히 요구되는 덕목이다. 그것을 생각하면 부당한 요구에 눈물을 흘린 카라를 보며 미숙하다고 아쉬워하는 대신 해당 요구를 한 남성 연예인들을 비판하는 것이 먼저 아닌가 싶었던 것이다.

그러고 보니 책의 제목부터가 그런 느낌이다. 왜 무례한 행동을 한 것은 상대방인데 거기에 '웃으며' 대처해야 하는가. 왜 우리는 무례한 행동을 한 상대에게 정색하고 화를 내는 대신 '웃으며 대처하는 법'을 배우기를 원하는가. 당하는 사람은 노련하게 대처하는 방법을 배우려고 애쓰는 반면에, 무례한 행동을 하지 않는 방법을 배우려는 이들은 왜 이렇게 적은가. 그런 상황을 만드는 이들에게 책임을 묻는 목소리는 왜 들리지 않는가. 나이로, 지위로, 갑을관계로 오지랖과 꼰대질을 하는 이들이 이토록 넘쳐나는데 왜 그들 자체가 아니라 제대로 대처하지 못한 이들에게 책임을 묻는 것을 봐야만 하는가 싶었던 것이다. 심지어 이런 책에서조차.

그럼에도 불구하고 여전히 대중적이면서 훌륭한 책이라고 생각하는 것은 사실이다. 페미니즘에 대해서, 세대에 대해서, 개인주의에 대해서, 자존감에 대해서, 다소 나이브하고 뻔하기도 하지만, 그렇기 때문에 친절하고 알기 쉬운 입문서가 될 수도 있다. 다만 이 책을 읽게 될 독자들에게 당부하고 싶은 점은, 책에 나오는 것과 같은 '세련된 저항'은 한 권의 책을 읽는 것으로는 습득할 수 없다는 것이다.

우리 세대의 많은 사람들, 그중에서도 특히 여성들은 '화'에 대해서 굉장히 억압적인 교육을 받으며 성장했다. 여성은 모름지기 상냥하고, 다정하고, 부드러운 것이 미덕이며, 그렇지 않으면 좋지 못하다는 이야기를 들어왔다. 화를 내는 것 자체를 굉장히 부정적인 행위로 인식하고 살아왔다. 그렇기 때문에 많은 여성들이 이것이 '객관적으로' 화를 내도 되는 상황인지 아닌지를 끊임없이 의심하며 살아왔고, 그렇게 참고 참은 결과 결국 나중에 가서는 아주 사소한 일로도 폭발하게 되는 상황을 자주 겪어왔다.

무엇보다 일단 '화'에 대한 우리의 인식 자체를 바꾸어야 한다. 실은 굳이 화를 낼 필요까지도 없다. 뭔가 불편한 상황을 만났을 때는 주저 없이 그것에 대해 표현하도록 권장하고 그럴 수 있도록 평소부터 연습해야 한다. 누군가로부터 소위 말하는 '쎄한' 발언을 들었을 때, 그 말을 두고두고 곱씹으며 혼자 추측하고 고민하는 대신, 상대에게 무슨 뜻으로 한 이야기인지 물어야 한다. 그리고 당신의 의도와 상관없이 이러이러한 이유 때문에 나는 불편함을 느꼈다고 표현해야 한다. 표현하지 않으면 상대는 자신의 잘못을 알지 못하므로 같은 상황이 계속 반복될 수밖에 없다. '내가 예민한 것인지 모르니 세 번까지는 지켜보고 그다음에는 꼭 말하자'라는 식으로 속으로 다짐했다가는 나중에 화가 쌓이고 쌓여 별것 아닌 문제로도 크게 폭발할지 모른다.

물론 불편한 감정을 표현하라는 것이 쉽지 않은 요구임을 알고 있다. 이렇게 적고 있는 나부터가 그렇다. 불편함을 표현한다는 것은 그 사람으로부터 미움을 받거나 비호감이 될 각오를 한다는 뜻이고, 미움받는 것을 좋아하는 사람은 이 세상에 없으니까 말이다. 사람들은 하다못해 자신이 싫어하는 사람에게조차 미움을 받고 싶어 하지는 않는 법이다. 그러나 미움받는 것이 두려워 계속해서 참기만 하다보면 앞서 언급했다시피 상대에 대한 악감정이 시간이 지날수록 커지기 마련이고, 계속 아무 말도 못하고 참기만 하는 스스로에 대해서도 좋은 감정을 갖기 어려워진다. 무엇보다 지금 이 순간 내 마음의 평안을 위해 참고 넘어가면 그는 또 다른 자리에서 다른 누군가를 향해 또 다른 무례한 발언을 할지 모르는 일이다.

과거의 경험들을 바탕으로 나는 뭔가 불편함을 느끼는 경우가 있으면 곰곰이 생각해본 뒤 시간이 지난 후라도 꼭 언급하고 넘어가는 편이다. 물론 최대한 감정은 담지 않으려 노력한다. 그 상황 자체는 상황일 뿐이고, 그 상황이 두 사람의 관계에 변화를 일으키지 않았으면 하는 바람도 갖는다. 그런 경우 이야기를 듣고 곧장 사과하며 주의하겠다는 이야기를 하는 사람도 있고 그 정도도 못 받아들이냐며 되레 나를 향해 불쾌감을 표현하는 사람도 있다. 그렇게 사이가 멀어진 사람도 있지만 그것 또한 그 사람이 느끼는 감정이므로 어쩔 수 없다고 생각한다. 이런 나를 두고 까칠하거나 예민한 사람이라고 말하는 목소리 역시 없지 않다. 그 역시 내가 감당할 몫이다. 다만 한 가지 분명한 것은, 까칠한 사람이 되는 편이 누구에게나 상냥한 사람이 되는 것보다는 훨씬 만족도가 높고 행복하다는 사실이다.

10

굿즈가
되어버린
책

『곰돌이 푸, 행복한 일은 매일 있어』,
곰돌이 푸 원작, RHK, 2018

밤마다 아이들이 잠들기 전 책을 읽어준다. 지금은 조금 시들해졌지만 첫째가 4~5세 무렵 즐겨 읽었던 책 중에 '곰돌이 푸' 시리즈가 있었다. 곰돌이 푸? 그게 아직도 나와? 하고 놀라는 사람들이 있을 텐데, 아동 서적 전문 출판사인 프뢰벨 주식회사를 통해 '곰돌이 푸우의 생활 교육 동화'라는 이름을 달고 17권짜리 소전집이 나오고 있다. 주로 푸우가 친구들과 황금을 찾아 떠나기도 하고, 밤이 무엇인지 올빼미에게 묻기도 하는 등, 심각한 갈등이 없는 평화로운 내용이 전개된다. 첫째는 그 시리즈를 너무나 좋아해서 매일매일 반복해서 읽어달라며 조르곤 했는데 그때마다 읽어주는 내 쪽이 오히려 더 기쁠 정도였다. 어린 시절 좋아하던 캐릭터를 성인이 되어 다시 만났다는 반가움, 동시에 그것을 세대를 뛰어넘어 아이에게까지 전해주는 데서 오는 어떤 뭉클함.

그랬던지라 『곰돌이 푸, 행복한 일은 매일 있어』라는 책이 어느 날 느닷없이 등장하여 베스트셀러에 오른 것을 보고도 별로 놀라지 않았다. 아, 어린 시절의 향수에 젖은 어른들이 생각보다 많구나, 세대를 뛰어넘어 오래오래 살아남는 이야기들이 있구나 하고 자연스레 납득했던 것이다. 2018년 3월 RHK 출판사에서 나온 『곰돌이 푸, 행복한 일은 매일 있어』는 출간 5개월 만에 40만 부가 팔렸다. 심지어 2019년 5월까지 1년 2개월간 단 한 차례도 베스트셀러에서 벗어난 적이 없을 정도이다(교보문고 월간 순위 기준). 조금 순위가 떨어지는가 싶으면 얼마 안 있어 바로 옷을 갈아입고 한정판 에디션으로 출현했다. 떨어졌던 순위는 다시 직진 상승했다.

내가 정작 놀랐던 것은 『곰돌이 푸, 행복한 일은 매일 있어』를 펼친 뒤였다. 참고로 이 책에는 저자가 따로 없다. 작가 이름 대신 '곰돌이 푸 원작'이라는 말이 적혀 있을 뿐이다. 곰돌이 푸 원작이라고 하니 마치 곰돌이 푸 동화를 축약해놓은 것인가 싶지만 실은 그렇지가 않다. 160쪽으로 이루어진 이 책은 전면 컬러 인쇄된 〈곰돌이 푸〉 애니메이션 캐릭터들로 채워져 있고, 각 페이지에는 곰돌이 푸 동화와는 딱히 관련이 없어 보이는 짧은 문장이 적혀 있다. 〈곰돌이 푸〉 영화에 등장하는 대사를 모아놓은 것인가 하면 그것도 아니다. 이쯤 되면 궁금해진다. 곰돌이 푸 동화인 줄 알았는데 아니고, 에세이인 줄 알았는데 그것도 아니고, 작가도 없고. 대체 이 책의 정체는 무엇인가.

알아본 결과 실제로 이 책은 정체 불명의 책이 맞았다. 본래 해당 출판사에서는 캐릭터를 모티브로 한 에세이가 연달아 성공하는 것을 본 뒤, 〈곰돌이 푸〉 캐릭터를 소재로 하여 한국 작가에게 에세이를 쓰게 할 계획이었다고 한다. 그런 와중에 일본에 이미 비슷한 콘셉트의 책이 나와 있다는 이야기를 듣고 그것을 번역해 출판하는 것으로 계획을 변경했다. 그러다 번역을 하는 과정에서 일본 원서의 내용이 지나치게 교조적이거나 훈계조라고 판단하여 그런 내용은 싹 빼고 편집자들이 문장을 고쳐 쓰게 되었다고 한다. 그렇게 태어난 것이 바로 『곰돌이 푸, 행복한 일은 매일 있어』였다. 결국 창작물도, 번역서도, 원작 애니메이션을 바탕으로 한 동화도 아닌, 그야말로 저자가 없는 정체 불명의 출판물이 탄생하게 된 것이다.

이 정체 불명의 출판물은 크게 3장으로 구성되어 있다. 1장 인생의 늪에서 빠져나오는 힘, 2장 모든 문제는 생각보다 단순하다, 3장 인생이라는 숲속에서 나를 잃지 않으려면. 결국 인생이라는 테마를 두고 어떻게 살 것이냐가 주제인 셈으로 자기계발서나 격언 혹은 잠언집과 다르지 않다. 힐링 에세이를 표방하고 있으나 뭔가 고민이 있거나 인생을 좀 더 '잘' 살아가고 싶은 사람들에게 조언을 해주는 내용이라는 점에서 본질적으로는 자기계발서 쪽에 더 가까운지도 모르겠다.

이 책의 각 장은 다시 3줄짜리 21개의 조언(?)으로 이루어져 있다.

하고 싶은 것을 간절하게 떠올려보세요. 인생이 새하얀 도화지라면 어떤 그림을 그리고 싶은가요. 지금 무엇이 머릿속을 스치고 지나갔나요. 나이의 많고 적음이 상관없습니다. 하고 싶은 것이 있다면 방법을 고민하고 간절히 바라는 마음에서부터 새로운 인생이 시작되기도 하니까요. (22쪽)

하고 싶은 것을 하지 못해 괴로운가요? 가끔은 좋아하는 일을 하면

서 마음껏 즐겨보세요. 그것이 바로 건강한 삶의 비결이에요.(34쪽)

일할 때나 인간관계에서 작은 실수를 했더라도 '나 자신'을 지나치게 탓하거나 '내 성격' 자체를 부정할 필요는 없습니다. 이미 벌어진 일. 너무 주눅 들지 말고 자책하던 마음을 내려놓아보세요. 생각보다 큰 문제가 아닐 수도 있어요.(40쪽)

대체 이것은 무슨 말들인가. 맞는 말도 아니고, 틀린 말도 아니고. 이것은 "간절히 바라면 우주가 들어준다" 수준의 아무 말을 포함한 그냥 '좋은 말들'이다. 좀 더 심하게는 대단히 무책임한 말들이다. 하고 싶은 것을 하지 못해 괴로울 때 가끔은 좋아하는 일을 하면서 마음껏 즐겨보라니. 하고 싶은 일을 하지 못해 괴로운데 어떻게 좋아하는 일을 하란 말인가. 그야말로 "먹을 게 없어서 배고플 땐 맛있는 걸 먹어요"와 다를 바 없는 말 아닌가.

그나마 몇 안 되는 이 '좋은 말들'조차 자체적으로 중복과 모순 속에서 허덕인다. 바로 앞에서 "다른 사람의 말에 일일이 신경 쓸 필요는 없어요"라고 해놓고선 얼마 지나지 않아 "때때로 다른 사람의 말을 들을 필요가 있어요"라고 하는 식이다.

황당한 것은 이뿐만이 아니다. "남을 위하기 전에 나를 먼저 돌보세요. 다른 사람을 배려하고 사회를 위해 힘을 보태는 것도 중요합니다. 그러나 그보다 먼저 나를 위해 살아가는 것이 더 중요해요"(26쪽)라는 문구 뒤에는 곰돌이 푸가 혼자 순진무구한 표정으로 꿀단지를 뒤적이는 장면이 그려져 있다. 친구들은 뒤에서 그런 푸를 멀뚱히 쳐다보고 있다. 당나귀와 티거는 매우 울적하고 불쌍한 얼굴을 하고 있는 것으로 보아 아마 꿀을 먹고 싶었는데 먹지 못했던 것으로 추측된다. 그렇다면 이 그림은 문구에 적절한 삽화인가, 혹은 풍자인가, 아니면 개그인가.

전반적으로 내용과 삽화가 연관이 있는 듯하면서도 모두가 미묘하게 어긋나는데, "일의 가치는 돈으로 결정되지 않아요. 살아가기 위해 돈이 필요한 것은 맞지만, 돈을 직업 선택의 유일한 기준으로 삼는 것이 좋은 생각은 아니에요. 좋아하는 일을 하면서 보내는 시간도 아주 소중하니까요"(42쪽)라는 문구 옆에는 곰돌이 푸가 감자를 깎고 있는 그림이 들어 있기도 하다. 그러나 생각해보면 당연하다. 처음부터 곰돌이 푸와 전혀 상관없는 내용이었으니까! 누가 썼는지도 모르는 출처 불명의 '좋은 말들'은 자신들끼리도 모순과 중복을 거듭하는 동시에 하물며 곁들여진 삽화와도 맞지 않는 것이다. 결국 표지에 쓰인 '곰돌이 푸 원작'이라는 표현은 캐릭터와 일러스트를 차용했다는 뜻에 불과하다.

그렇다면 이와 같이 별다른 내용도 없는 책이 도대체 왜 그렇게 많이 팔린 것일까? 인스타그램에 #곰돌이푸행복한일은매일있어라는 해시태그로 검색하면 2만여 개의 게시물이

2장_정말 힐링이 될까요

검색된다. 출판사에서 작성한 홍보용 게시물도 있지만 대다수는 실제 책을 구매한 독자들이 자랑 혹은 자기만족을 위해 올린 것들이다. 책들을 주욱 늘어놓은 인증샷 밑에는 이런 멘트가 적혀 있다. "책이 귀엽길래 바로 사버리기", "문장 한 줄 한 줄, 그림 하나하나가 다 소중해", "넘 귀여븐 책", "표지만으로도 행복해지는 책" 등등등. 즉 가장 주요한 이유는 결국 '예쁘다'는 것이다. 이들에게 내용보다도 더 중요한 것은 그림으로, 출처 불명의 아무 말조차 곰돌이 푸가 하는 충고로 받아들인다. "좋은 일, 나쁜 일에 일희일비하는 것은 자연스러운 반응이지만, 사실 인생이라는 긴 시간 속에서는 모두 사소한 일일 뿐입니다"라는 실제의 곰돌이 푸라면 절대 하지 않았을 해탈한 도인스러운 충고조차 모두 귀여운 푸가 해주는 다정한 이야기로 들리는 것이다.

마찬가지로 인스타그램에 곰돌이 푸를 검색하면 '곰돌이 푸행복한일은매일있어'뿐 아니라 '곰돌이푸', '곰돌이푸명대사', '곰돌이푸우', '곰돌이푸원작'과 같이 총 28개의 해시태그가 뜬다. 이 해시태그를 통해 검색되는 게시물의 수를 모두 합치면 25만 개에 달한다. 모든 해시태그가 애니메이션 〈곰돌이 푸〉와 『곰돌이 푸, 행복한 일은 매일 있어』라는 책을 함께 다루고 있다. 하물며 '곰돌이푸키링'과 같이, 책과는 전혀 관계없는 해시태그조차 곰돌이 푸 책 옆에 곰돌이 푸의 키링을 함께 전시한 게시물을 보여준다. 이는 결국 『곰돌이 푸, 행복한 일은 매일 있어』는 곰돌이 푸의 캐릭터 상품으로서 판매되고 있음을 뜻한다. 자연스레 본문 내용은 이래도 저래도 상관없는 부차적인 것이 되고 만다.

이런 현상을 두고 어떤 사람들은 어쨌든 많이 팔리면 장땡이지 않느냐고, 이 또한 하나의 트렌드이니 받아들여야 한다고 말할지도 모르겠다. 실제로 『곰돌이 푸, 행복한 일은 매일 있어』를 기획하고 만든 RHK의 최두은 팀장은 〈한국일보〉와의 인터뷰에서 "독자가 느끼는 책의 가치"가 중요하다며, "누군가의 삶에 커다란 역할을 한다면 그것만으로 책의 가치가 충분한 것 아닐까"라고 이야기했다. 그는 또한 "시대가 바뀌었다. 한 가지 가치에 책을 묶어둘 수 없다. 신성하고 진지한 책만큼 취향, 재미, 라이프스타일을 가볍고 쉽게 다루는 책도 필요하다"고 말하기도 했다.

물론 프롤로그에서 언급한 바와 같이 책이 반드시 엄숙하고 진지할 필요는 없다. 최두은 팀장의 말대로 가볍고 쉬운 책 역시 필요하다. 문제는 『곰돌이 푸, 행복한 일은 매일 있어』가 책이 아닌 캐릭터 상품이라는 데 있다. 이 출판물은 어디까지나 책의 형태를 띤 굿즈일 뿐이다. 곰돌이 푸 그림이 그려진 다이어리, 혹은 곰돌이 푸 색칠 공부, 또는 일러스트집이었어도 딱히 상관없었을 뻔했다.

책의 형태를 가장한 이 굿즈는 대형 서점의 문구류 코너에 놓이는 대신 서점에서 가장 눈에 띄는 좋은 매대를 차지하고 있다. 인터넷 서점에서 다이어리나 노트, 일러스트집 코너가 아닌 에세이 분야의 베스트셀러 또는 추천도서로 소개된다. 그렇게 오랜만에 책이나 한 권 사볼까 하는 독자의 시선을 강탈하여 호기심을 자극한 뒤 한 권의 책으로서 판매된다.

참고로 한국인들의 연간 독서율이 8.3권이라고 한다. 1년간 8권의 책을 읽는 사람에게 1권은 매우 중요한 수치다. 말하자면 『곰돌이 푸, 행복한 일은 매일 있어』를 구매한 사람들은 곰돌이 푸가 좋아서, 책이 예뻐서 구매했지만 그로써 마치 책한 권을 읽은 것과 같은 느낌을 받게 되기에, 그 대신 살 수도 있었던 다른 책을 구매하지 않게 된다는 이야기다. 함량 미달의 힐링 서적이 베스트셀러가 되는 현실이 문제가 아니라, 책이라고 할 수 없는 캐릭터 굿즈가 책으로 판매되는, 다른 책이 대신 놓일 수도 있었던 1권의 자리를 비집고 들어가는 현실이 문제라는 것이다.

이런 말을 하면 이는 출판시장에서 늘 일어나는 일이자 당연한 이치 아니냐는 반문이 있을 수 있겠으나, 문제는 이와 같은 현상이 반복된다면 계속 이런 책이 생산되고 판매될 것이라는 사실이다. 굿즈는 어디까지나 굿즈일 뿐이며 굿즈를 책으로 홍보해서는 안 될 일이다.

책 대신 굿즈를 산 독자는 장기적으로는 점점 더 실제의 책과 멀어지게 된다. 만족한 이들은 계속해서 비슷한 책만을 찾게 될 것이고, 만족하지 않은 이들은 아예 책 자체를 경원시하게 될 수도 있다. '뭐야, 친구가 추천해서 봤는데 무슨 책이 이따위야? 요즘 나오는 책들은 다 이런가? 앞으로 책은 읽지 않겠어!'

즉『곰돌이 푸, 행복한 일은 매일 있어』와 같은 캐릭터 출판물들은 마치 아이디어로 승부하고 트렌드를 주도하는 출판계의 초대박 베스트셀러처럼 보이지만, 결국 잠재독자를 계속 사라지게 만들고 책을 책답지 못하게 만드는, 출판계의 황소개구리 같은 존재라는 이야기다. 일본의 평론가인 사이토 미나코는『취미는 독서』에서 이와 같은 짜깁기식 정체 불명의 출판물들을 강하게 비난하며 이야기했다. 왜 팔릴까라는 의문이 계속 나오기 시작하면, 곧 책의 파멸이라고.

3

대중이
사랑한
이야기

"요즘에 소설을 누가 읽어?"

소설을 사랑하는 한 명의 독자로서 저런 이야기를 들을 때마다 참으로 분하다는 생각이 들지만, 한편으로는 그만큼 소설을 찾아 읽는 사람이 드문 것이 현실이기도 하다. 간혹 무라카미 하루키나 베르나르 베르베르 급의 '이름'만으로도 수십만 부씩 팔리는 작가들은 예외지만 그 외는 거의 안 팔린다고 봐도 무방하다. 심지어는 각종 문학상을 휩쓸고 '올해의 소설'로 꼽힌 작가의 책들 역시 거의 나가지 않는다. 한 줌 될까 말까 한 소수의 문학 팬들만이 열광할 뿐이다. 간혹 서점에서 살펴보면 그나마 이름이 좀 알려져 있다 싶은 소설들도 대개는 5쇄 이하라는 것을 알 수 있다. 개중에는 1쇄만으로도 끝나는 책도 적지 않고.

반면에 그렇기 때문에 소설 쪽은 오히려 무명 작가들이 '계급장을 떼고' 덤벼볼 만한 영역이 되기도 한다. 특히나 작품성으로 인정받고자 하는 욕심이 아니라 '많이 팔리고자' 하는 욕망이라면 더욱 가능성이 높을지도 모른다. 실제로 이 챕터에서 다루는 작품들 대다수는 무명 작가의 데뷔작임에도 불구하고 초대박을 낸 작품들이다. 가뜩이나 소설이 안 팔리는 현실을 감안할 때 놀라운 일이 아닐 수 없다. 물론 외서의 경우 일단 유명세를 얻은 뒤 국내에 번역된 것이지만, 어쨌든 바닥에서 시작한 것이나 다름없는 작품들이다. 소설을 읽지 않는 사람 입장에서 외국에서 알지도 못하는 상을 탔건 말건, 백만 부가 팔렸건 말건 무슨 상관이란 말인가. 내가 읽어서 재미있는 것이 중요하지. 때문에 작가의 이름이건, 수상 경력이건, 작품성이건, 영화화의 여부와는 관계없이 '대박' 여부를 점칠 수 없는 것이 이와 같은 대중소설 분야이기도 하다.

미국의 소설가이자 대학 교수인 제임스 홀은 『베스트셀러는 어떻게 만들어지는가』에서 대중에게 사랑받은 픽션 12편—『앵무새 죽이기』, 『바람과 함께 사라지다』, 『매디슨 카운티의 다리』, 『대부』, 『다빈치 코드』 등—을 분석했는데, 그 결과 12개의 작품이 배경과 줄거리와 캐릭터는 크게 다를지언정 기본 구조는 놀라울 정도로 유사하다는 점을 발견했다. 모든 작품의 줄거리가 영화로 만들어도 좋을 만큼 거부할 수 없는 매력을 지니고 있었으며, 독자가 읽기 편하도록 배경이나 등장인물의 과거에 대한 정보는 핵심적인 부분만 언급하고 그대로 넘어가버린다. 또한 일명 핫버튼으로 불리는 자극적인 소재가 끊임없이 등장하기도 한다. 심지어 시대와 세대가 달라져도 이러한 공통적인 특징은 크게 달라지지 않았는데, 이는 결국 시간이 흐르는 것과 관계없이 인간의 기본적인 욕망은 크게 변화하지 않기 때문인 것 같기도 하다.

이 챕터에 속한 책들을 읽어본 결과 한국에서 대중의 사랑을 받은 이야기들도 크게 다르지 않았다. 물론 제임스 홀이 다루는 작품들은 모두 밀리언셀러이니 거기에 미치는 수준은 아니지만, 대개 어떤 식으로든 대중의 욕망을 건드린다는 공통점을 가지고 있었다. 물론 소설 자체가 기본적으로 욕망의 산물이기도 하다. 쓰는 사람이건 읽는 사람이건, 모두 마음속과 머릿속의 욕구를 충족시키기 위해 소설을 읽는다. 대중이 사랑하는 소설들은 그 지점을 조금 더 직접적이고 원초적으로 충족시켜준다. 모험을 하고 싶은 사람에게는 모험을, 사랑을 하고 싶은 사람에게는 사랑을, 위로가 필요한 사람에게는 위로를.

11

궁극의
데우스 엑스
마키나

『돌이킬 수 없는 약속』,
야쿠마루 가쿠, 북플라자, 2017

※『돌이킬 수 없는 약속』의 결말을 포함하고 있습니다.

    카드뉴스로 책 줄거리를 요약해서 광고하는 방식은 지금은 꽤 보편적으로 퍼졌지만 본격적인 유행은 아마도 전자책 서점인 리디북스가 '책 끝을 접다' 서비스를 시작하면서부터였을 것이다. '책 끝을 접다'는 마치 족집게 강사처럼 핵심 줄거리만 쏙쏙 골라내어 시선을 사로잡다가 마지막에 가장 중요한 대목은 알려주지 않고 끝내는 것이 특징이었는데, 책을 잘 읽지 않는 사람도 궁금하게 만들 만큼 그 퀄리티가 뛰어나서 페이스북을 비롯한 각종 SNS에서 매우 화제가 되곤 했다. "이 책 진짜 재밌겠다" 혹은 "나 이 책 사줘"와 같은 댓글이 적게는 몇십 개에서 많게는 몇천 개씩 달렸고 공유 횟수 역시 엄청났다.

    훗날 카드뉴스 자체가 범람하면서부터는 다소 열기가 식었으나, 초창기 소개된 책들 대부분이 온오프라인 서점의 베스트셀러 목록에 올랐던 것을 보면 마케팅 측면에서도 상당히 유의미한 효과가 있었으리라고 짐작한다. 그중에서도 지금까지 가장 큰 수혜를 입은 책은 아마도 야쿠마루 가쿠의 『돌이킬 수 없는 약속』일 것이다.

    2017년 2월 출간된 이 책은 초반에는 그다지 유명세를 타지 못하다가 '책 끝을 접다'에 소개된 이후부터 엄청난 돌풍을 일으켰다. 2018년부터 2년 연속 연간 베스트셀러 목록에 이름을 올렸으며,• 오프라인 서점에서 여태껏 메인 매대를 차지하고 있다. 사실 초반의 인기는 어느 정도 마케팅의 후광을 입었다고 하더라도 이렇게 장기간 인기를 끄는 수준에 이르러서는 무언가 대중에게 어필하는 매력이 있다고 봐야 할 듯하다. 심지어는 평소 독서와는 거리가 상당히 멀었던 중고등학생들이 우연히 집어 들었다가 식사도 거르면서 열중하여 읽었을 정도라고 하니 이토록 열광적인 인기의 요인이 궁금해진다.

우선 간략한 줄거리부터 살펴보겠다. 장르는 미스터리 스릴러로 책에 나오는 주요 인물은 네 명이다. 40대의 유부남인 사토시는 칵테일 바를 운영하고 있으며 한 살 어린 오치아이는 공동경영자로서 요리를 담당하고 있다. 둘의 인연은 15년 전 사토시가 칵테일 바의 견습직원으로 일하던 시절 손님이었던 오치아이가 칵테일 바 오픈을 제안하며 시작되었다고 한다. 그리고 사토시 밑에서 칵테일을 배우는 20대 초반의 다혈질 청년인 고헤이와, 오치아이 밑에서 주방일을 돕는 30대 싱글맘 메구미가 있다. 그러던 어느 날 사토시 앞으로 "그들은 교도소에서 나왔습니다"로 시작하는 편지 한 통이 도착하면서 평화롭던 그들의 일상은 망가지기 시작한다.

사실 사토시에게는 남몰래 감추어온 비밀이 하나 있다. 얼굴의 절반 이상이 멍으로 뒤덮여 태어난 사토시는 친부모

• 교보문고 기준 2018년 전체 베스트셀러 8위, 2019년 전체 베스트셀러 9위에 올랐다.

에게서 버림받고 고아원에서 자라며 자연스레 어둠의 세계에 빠져들었는데, 결국 빚을 잔뜩 진 채로 야쿠자를 칼로 찌르고 도망치면서 돌아올 수 없는 강을 건너고 말았던 것이다. 앞으로 어찌 해야 하나 고민을 하던 찰나 우연히도 한 노파를 만나게 되었고, 사토시의 사정을 들은 노파는 노후 자금인 500만 엔을 선뜻 주겠다고 나서며 한 가지 조건을 건다. 그 조건이란 암에 걸려 살날이 얼마 안 남은 자기 대신 자신의 딸을 강간하고 살해한 2인조 악당이 출소하면 대신 복수를 해달라는 것. 처음에는 찜찜한 마음에 거절하려던 사토시는 결국 노파와 약속을 하고, 노파에게 받은 돈으로 성형수술을 하고 호적을 바꾼 뒤 과거를 청산하며 새로운 인생을 시작한다. 그렇게 모든 것이 순조로워 보이던 이때 다시금 과거의 그림자가 손을 뻗어온 것이다.

여기까지가 대략 전반부에 해당하는 내용으로 카드뉴스는 이 부분을 재구성한 것이었다. 아니나 다를까 상당히 흥미진진하다. 당시 암 투병 중이었던 노파는 세상을 떠난 것이 분명한데 설마 유령이 편지를 보내왔다는 것인지, 그게 아니라면 편지를 보낸 노파의 대리인은 누구인지, 그런 행동을 하는 동기는 무엇인지, 앞으로 사토시는 이 사태를 어떻게 해결할 것인지, 만약 '복수'를 거부하면 사토시의 앞날에 어떤 일이 펼쳐질 것인지 등등. 스토리가 참신하고 흡인력도 있다. 더군다나 야쿠자, 살인, 강간, 강도, 복수 등의 자극적인 키워드가 수시로 출몰한다. 카드뉴스를 보고 뒷이야기를 궁금해했을 사람들의 마음이 자연스레 납득이 간다.

한편으로는 페이지가 아주 빠르게 넘어간다는 부분도 눈에 띈다. 중학생이라도 이해할 법한 쉽고 간단하며 짤막한 문장이 한 줄씩 배치되어 있어 진도가 쭉쭉 나간다. 메인 줄거리 외에 잔가지나 장식이 되는 정보가 별로 없으며 이른바 '묘사'라고 할 만한 것 역시 거의 없다. 인물의 복잡한 내면이나 주변 배경에 대한 언급이 거의 없으므로 누구나 만화책처럼 휙휙 책장을 넘기며 읽을 수 있다. 그건 그렇고, 그래서 사토시의 운명은 어찌 된다는 것인지…. 일단 나머지 후반부를 읽어보자.

편지를 받은 사토시는 처음에는 악질적인 장난이라 치부하고 지금에 와서 살인 따위 말도 안 되는 일이라며 무시하지만 그럴수록 상대는 점점 더 사토시를 압박해온다. 계속해서 편지를 보내고 가게로 전화를 해오며 그의 일거수일투족을 지켜보고 있다고 암시한다. 결국 약속을 이행하지 않으면 딸인 호노카를 죽이겠다는 협박에 사토시는 본격적인 행동에 나서는데, 미션에 성공은커녕 살인 누명을 쓰고 경찰에 쫓기는 신세가 된다.

여기까지도 괜찮다. 재미있고 단순하며 자극적이어서 읽기 쉽다. 강도, 강간, 살인 등의 묵직한 사회문제를 흥밋거리로만 소비한다는 느낌은 좀 있지만, 또한 주인공의 능력치가 들쑥날쑥하여 멍청하고 평범한 40대 남성에서 뜬금없이 첩보원처럼 돌변하여 불량배 몇 명을 순식간에 때려눕히고 활약하는 부분도 좀 거슬리지만, 대중소설의 특성상 어쩔 수 없다고 이해하고 넘어갈 만한 수준이다. 문제는 마지막 30페이지 가량이다. 드디어 모든 사건의 진상이 밝혀지는 핵심 클라이맥스.

사토시는 경찰에게 쫓기는 가운데 협박범의 지시대로 특정 장소로 향한다. 그리고 그런 사토시 앞에 범인이 모습을 드러내는데, 충격적이게도 그 정체는 칵테일 바의 동료인 오치아이였다. 당황하는 사토시에게 오치아이는 그간의 모든 정황을 설명한다. 사실 사토시는 어둠에 물들어 있던 시절, 혼자 사는 여성들의 집을 털고 다닌 적이 있었는데, 그 피해자 가운데 오치아이의 애인도 있었다는 것이다. 성범죄의 충격으로 여성은 결국 자살을 하고, 이에 오치아이는 복수를 결심했던 찰나, 사토시에게 돈을 줬던 노파의 사연을 알게 되어 이 모든 계획을 세웠다는 것이다. 그런데 이런 오치아이에게 놀라기도 전에 사토시가 전혀 다른 설명을 하기 시작한다. 네가 알고 있는 것은 사실이 아니야!

사토시는 비록 강도를 시도했던 것은 맞지만 여성의 몸에는 손끝 하나 대지 않았다고 변명한다. 금품을 털려는 순간 누군가 여성의 집에 찾아와 그녀의 어린 아들을 데리고 벽장 속에 급하게 숨었더니, 아니 글쎄 그렇게 찾아온 사람이 여성을 마구 강간하고 유린하더란 것이다. 남자가 돌아간 후 본인은 서둘러 그 집을 빠져나왔지만 훗날 자신이 덮어쓴 '강도강간

범'이란 누명을 굳이 부인하지는 않았는데, 그 이유는 여성의 사연에 동정심을 느꼈기 때문이란다. 실은 그때 여성을 강간한 범인은 여성의 친아버지로, 친아버지에게 강간당해 출산까지 했다는 사실을 묻어두고 싶어 하는 것 같아 자신 역시 누명을 쓰고도 잠자코 있었다는 것이다.

정말 놀라움을 넘어서 황당한 일이 아닐 수 없다. 세상에 남의 집을 털어 먹겠다는 인간의 마음씨가 누명까지 자진해서 뒤집어쓸 정도로 순수하고 상냥할 일인가. 더구나 그런 와중에도 계속해서 비밀이 터져나오는 것은 또 무엇인가. 이처럼 책에서는 여기가 끝인가 싶은 순간 "알고 봤더니" 어쩌고 하는 이야기가 계속 등장한다. 오치아이의 사연도 그렇고, 그런 오치아이에 대한 사토시의 이야기도 그렇다. 뿐만 아니라 그렇게 긴박하고 다급한 상황에서 모두 연극 속 인물처럼 자기 할 말만 하고 있으며, 한편으로는 상대가 그렇게 줄줄이 한참 이야기할 동안 그저 가만히 서서 바라보고만 있다. 어린 시절 변신로봇 영화를 볼 때마다 '왜 나쁜 놈들은 이쪽이 변신하고 합체하는 동안 가만히 지켜보고만 있는 걸까' 하는 의구심을 가진 적이 있는데 그때와 마찬가지다.

그런 면에서 이 소설의 엔딩은 마치 고대 희랍 비극 같은 느낌을 주기도 한다. 고대의 희랍 비극은 아무래도 현대의 이야기와 같은 높은 개연성을 띠지 못했는데, 이러한 중간중간의 구멍을 막기 위해 마지막에 결정적 인물이 등장하여 "지금까지의 이야기는…", "사실 이 모든 사건은…", "이게 다 어떻게 된 것이냐면…" 하는 식으로 설명하는 장면이 반드시 포함되어 있었다. 이렇게 등장하는 '신적인 존재'를 데우스 엑스 마키나라고 불렀던 것이다. 현대에 이르러서도 간혹 뜬금없이 급격한 엔딩을 보이는 작품이 있으면 데우스 엑스 마키나가 등장했다는 이야기를 하곤 한다. 물론 추리소설이나 미스터리라는 장르 특성상 어느 정도 데우스 엑스 마키나스러운 부분은 필연적이지만 그것을 감안해도 『돌이킬 수 없는 약속』은 일반적인 수준을 훌쩍 뛰어넘었다. 앗, 그런 측면에서 칭찬을 해주어야 하는 것인지도 모르겠다. 고대 희랍 비극과 비슷한 연출을 하다니!

그러나 아직 놀라기는 이르다. 그런 두 사람 앞에 "잠깐만요!" 하는 외침과 함께 또 다른 인물이 등장한다. 아니, 이렇게나 많은 '사연'과 '비밀'이 풀렸는데 더 있다고? 하는 생각이 들며 앤 또 누구야 싶은데, 놀랍게도 그 인물은 다름 아닌 바의 아르바이트생인 고헤이. 그렇게 등장한 고헤이가 또 장황한 사연을 풀어놓는다. 고헤이는 사실 자살한 오치아이 애인의 아들로, 엄마가 강간을 당하던 그 순간 벽장 속에서 자신을 '따스하게 지켜준' 아저씨의 눈빛과 손길만은 줄곧 기억하고 있었다고 한다. 그래봤자 범죄자인데 따스한 눈빛과 손길이라니, 허 참.

아무튼 고헤이는 열일곱 살 생일날 엄마의 액자를 살피다가 그 안에 숨겨진 엄마의 일기를 읽고, 자신은 친아버지가 딸을 강간한 결과물로 생겨났다는 사실을 비롯하여 엄마가 자살한 진짜 이유 등을 알게 된다. 그렇게 엄마의 복수를 위해 자신에게는 할아버지이자 아버지인 사람을 살해하고, 소년원에 수감되었다가 풀려난 뒤 엄마가 사랑했던 인물인 오치아이를 만나보고 싶어 그가 운영하는 바에서 아르바이트를 하게 되었다는 것이다. 뜬금없이 그 장소에 등장하게 된 이유는 사토시와 오치아이의 행동이 수상쩍다는 생각에 언젠가부터 두 사람을 미행하고 있었기 때문. 마침내 모든 비밀은 풀렸다….

정말이지 그 어떤 '데우스 엑스 마키나'적인 요소를 모아도 고헤이에는 못 미칠 것이란 생각을 했다. 뿌려놓은 떡밥은 어쨌거나 회수하는 것이 미스터리 소설로서의 도의이기는 하지만, 아무리 그래도 이것은 좀… 이랄까.

이러나저러나 읽으면서 내내 든 생각은, 복수는 정말이지 아무나 할 수 없다는 것이었다. 복수를 하기 위해 그 오랜 세월 동안 원수와 함께 가게를 운영하며 먹고, 자고, 울고, 웃고, 그 수많은 돈과 체력과 시간을 써가며 일부러 범인과 친하게 지내고, 선물을 주고, 선물에 GPS를 삽입하고, 심지어는 자기랑 아무 상관없는 사람까지 살해하고, 하루 종일 스토킹하고. 무려 15년이다, 15년. 웬만큼 부지런한 사람이 아니면 상상도 할 수 없는 일이다. 내 기준에서는 도무지 이해할 수 없는 일이다. 그럴 시간이 있으면 차라리 집에서 넷플릭스를 보는 것이 정신건강에 훨씬 도움이 되거늘….

　　마지막으로 이 책 최대의 미스터리에 대해 이야기하고 싶다. 참으로 이해가 안 가는 부분은 사토시며, 오치아이며, 고헤이며 가릴 것 없이 서로가 서로를 감시하며 하루 종일 밖으로 나돌고 있었다는 사실이다. 이야기의 중간중간 사토시는 낮 시간의 무리한 일정으로 동료인 오치아이에게 정신이 어디 빠진 것 같다면서, 그딴 식으로 할 거면 당장 그만두라는 타박을 듣곤 했는데 사실상 하루 종일 사토시를 쫓아다니고 감시했던 오치아이 본인도 마찬가지였던 셈이다. 심지어는 아르바이트생인 고헤이까지. 직원 넷 중 셋이 저러고 다녔다는 이야기인데, 가게는 대체 누가 봤는지 모르겠다.

12

북 유 럽 에 서
다 시 태 어 난
포 레 스 트 검 프

『창문 넘어 도망친 100세 노인』,
요나스 요나손, 열린책들, 2013

※『창문 넘어 도망친 100세 노인』의 결말을 포함하고 있습니다.

미국에서는 자막이 있는 영화를 거의 보지 않는다는 이야기를 들은 적이 있다. 미국인들은 편협하고 시야도 좁다며 오래전 누군가 그 근거랍시고 해준 말인데, 실제 미국에 사는 사람들의 증언을 들어본 결과 정말로 그렇다고 한다. 미국인들은 자막을 읽는 행위를 매우 낯설고 불편하게 생각하며, 그렇기 때문에 미국에서 개봉하는 '외화'는 성공하는 작품이 극히 드물다는 것이다.

당시는 그 이야기를 듣고 역시 미국인들은 세상의 중심이 자기들인 줄 알아 하고 웃었으나 요즘에 와서 곰곰이 돌이켜보니 한국이라고 썩 다르지 않다는 생각이 든다. 우리나라에서 성공하는 영화 대다수가 자국인 한국, 또는 미국의 것이다. 간혹 영국, 일본, 또는 중국에서 만들어진 것도 있고 드물게 프랑스, 이탈리아, 대만 작품이 유명세를 얻는 경우도 있기는 하지만 그래봤자 제한적이다. 자신에게 익숙하고 친근한 문화권의 작품을 선호하는 것은 어디나 마찬가지인 것 같다.

그렇기에 한국에서 북유럽의 영화나 문학을 접하기는 굉장히 어려운 일이다. 북유럽 스타일 가구와 인테리어가 유행하면서 북유럽이란 단어에 뭔가 아련한 동경과 호감을 품는 사람들이 늘어났다고는 해도, 여전히 북유럽은 문화적으로 굉장히 낯설게 느껴지는 곳이다. 그런데 북유럽 작가가 쓴 책이 한국에서 어마어마한 베스트셀러가 되었다니 이게 어찌 된 일일까. 그렇다. 『창문 넘어 도망친 100세 노인』의 이야기다.

2009년 스웨덴에서 출간된 이 작품은 한국에는 2013년에 소개되었는데 등장 직후부터 무섭게 팔리기 시작하더니 결국 2014년 교보문고 연간 베스트셀러 1위를 차지했다. 그런 뒤에도 내내 순위권에 위치하는 인기 도서로 자리매김했으며, 지금까지 총 70만 부가 판매되었다고 한다. 한국뿐만 아니라 전 세계에서도 폭발적인 인기를 끌었는데, 스웨덴에서는 무려 100만 부 이상 판매되었고,[•] 독일에서는 200만 부, 영어권에서는 50만 부, 프랑스에서는 80만 부 이상의 판매고를 올렸다.

도대체 뷔링에, 스트렝네스, 말름셰핑 등의 생전 듣도 보도 못한 지명에, 베른하르드 룬드보리, 페르군나르 예르딘 등의 발음도 어렵고 뒤돌아서면 곧 까먹을 낯선 이름들이 잔뜩 나오는, 결코 얇지도 않은 이 소설이 세계적으로 큰 인기를 끈 까닭은 무엇이었을까. 그런 궁금증을 안고 기대감 반, 호기심 반을 안고 책을 펼쳤다가 첫 장부터 그만 깜짝 놀라고 말았다.

페이지를 펼치자마자 이제 막 100세가 된 노인이 등장하더니 창문을 넘어 화단으로 뛰어내린다. 잘 지내던 양로원을 탈출하는 목적이 무엇인지, 100세 노인인데 창틀에서 화단으로 뛰어내려도 괜찮은지, 무릎이 무사한지는 둘째치고, 무려

[•] 　스웨덴의 인구는 약 1천만 명이다.

첫 페이지에서 제목인 『창문 넘어 도망친 100세 노인』에 해당하는 내용이 다 나온 셈이다. 앞으로는 대체 어쩌려고. 걱정스러운 마음을 안고 계속 읽어보았더니 이건 뭐, 아무리 소설이라지만 정말 해도 해도 너무한다 싶다.

일단 줄거리부터 살펴보자. 이야기는 크게 두 가지 사연이 교차하며 진행된다. 하나는 주인공 알란 칼손이 100세 생일날 충동적으로 양로원을 빠져나왔다가 버스터미널에서 마주친 조직폭력배의 마약 판매 자금을 빼돌리면서 겪게 되는 일이고, 다른 하나는 그가 양로원에서 빠져나오기 전까지 겪었던 사건들이다. 알란 칼손은 트렁크를 찾아 자신을 뒤쫓아 온 폭력배를 우연히(?) 죽이게 되면서 경찰과 폭력조직 양측의 추적을 피해 도피를 시작한다. 그리고 도피 과정에서 만난 다양한 사람들에게 100세가 되기까지 겪었던 일들을 풀어놓는다. 그런데 그 사연이 정말 엄청나다.

알란 칼손은 열다섯 살 무렵 집 뒤뜰에서 폭탄 실험을 하다 실수로 지나가던 사람을 죽이고, 그 사건으로 인해 정신병원에 갇히게 되었다고 한다. 10년쯤 지나 풀려난 뒤에는 폭탄 기술을 활용하여 유럽부터 북미를 거쳐 아시아와 중동에 이르기까지 전 세계를 누비게 되는데, 이때 스페인 내전부터 시작하여 1, 2차 세계대전을 거쳐 한국전쟁까지 역사적인 사건을 수없이 경험하고, 그런 가운데 미국의 부통령 해리 트루먼, 장제스의 아내인 쑹메이링, 마오쩌둥의 아내인 장칭, 러시아의 스탈린, 북한의 김일성 · 김정일 부자 등을 만났다고 한다. 마치 세계 현대사 100년을 만화의 형태로 압축해서 보는 느낌이다. 한 사람이 겪었다고는 도무지 믿을 수 없는 일들이지만, 어차피 핍진성 따위는 진작에 내던진 지 오래이므로 별로 신경 쓸 필요는 없다. 일단 주인공 알란 칼손의 능력부터가 슈퍼히어로물 수준인데 오죽할까.

알란 칼손의 능력치는 어린 나이에 폭탄 공장에서 허드렛일을 하다 폭탄 공식을 저절로 깨우치는 데서부터 현실을 한참 벗어난다. 같은 공장에서 일하던 스페인 노동자와 함께 지내는 2년 동안 스페인어를 마스터하고, 미국에서는 잔심부름을 하면서 영어를 습득하고, 중국인들과 어울리는 몇 달 사이 중국어에 능통하게 되고, 나중에는 러시아어까지 통달하는 등, 믿을 수 없는 언어 능력을 선보이기도 한다. 또한 수많은 전장을 겪으면서도 단 한 번도 다친 적이 없을 정도로 운이 좋으며, 매번 위기의 순간마다 기적적으로 탈출하는 타이밍의 귀재인 동시에, 만나는 사람마다 친구가 될 정도로 성격 또한 좋다.

현재에 이르러 겪는 일들도 만만치 않다. 100세 노인의 몸으로 양로원을 탈출하고, 초능력자도 아니건만 발걸음 소리만으로 그 주인공을 알아차리며, 아무리 무방비 상태라고는 하지만 현직 갱단을 때려잡고, 장시간 불편한 차량으로 이동해도 끄떡없을 만큼 체력이 튼튼하며, 처음 만난 코끼리를 자유자재로 컨트롤할 수 있을 만큼 동물을 다루는 능력까지 출중하다. 배경은 현실 세계이지만 일어나는 사건은 판타지나 SF에 버금갈 정도로 말이 안 되는 일투성이다. 그런데 이렇게 정말이지 '말이 안 되는' 소설을 읽다보니 묘하게 생각나는 작품이 있었다. 바로 영화 〈포레스트 검프〉다.

1994년 톰 행크스가 주연한 영화 〈포레스트 검프〉는 아카데미 작품상과 남우주연상 등 6개 부문 수상작이자 세계적인 흥행 돌풍을 일으킨 작품이다. 영화 속 명대사가 지금까지도 자주 회자될 정도로 대중들에게 큰 인기를 끌었는데, 주인공인 포레스트 검프가 여러 면에서 알란 칼손과 비슷한 면모를 보인다. 지능은 낮지만 누구보다 착하고 순수한 마음을 가졌다는 점, 달리기에 특출난 재능을 보여 전 세계를 일주하고 그 과정에서 60~80년대 미국의 역사적인 사건의 한복판에 매번 서 있게 된다는 점, 편견과 선입견이 없는 열린 태도로 어떤 위기 상황이든 자연스럽게 타개한다는 점, 시련 앞에서도 좌절보다는 희망을 느끼는 측면 등.

이런 부분에서 『창문 넘어 도망친 100세 노인』의 흥행은 필연적이었는지도 모르겠다. 비록 주인공은 우리에게 낯선 스웨덴 출신이지만 돌아다니면서 겪는 일들과 만나는 사람들은 기존에 익히 보고 들었던 역사적 사건과 익숙한 인물들인 것이다. 그렇기에 독자로 하여금 "어, 나 이거 알아!" 하는 반가움을 선사한다. 뿐만 아니라 그런 가운데 주인공이 겪는 일들은 독자에게 대리만족을 주기도 한다. 폭탄을 개발하고, 기밀을 유출하고, 전쟁에서 탈출하고, 스파이로 활약하고, 갱단을 때려잡고, 돈을 훔치는 등 독자가 남몰래 꿈꿔왔을 법한 온갖 모험을 한다. 그런 와중에도 엄청난 능력치를 가진 주인공은 매번 위기상황을 아주 쉽게 빠져나가므로 독자 입장에서는 긴장으로 마음이 조마조마해질 필요가 없으니 정말이지 최고의 오락소설이라고 할 수 있다. 더군다나 한국이 배경으로 등장하는 부분은 국뽕까지 자극하고 말이다.

다만 그런 와중에 매우 흥미로운 지점이 있었는데, 바로 주인공 알란 칼손이 소설의 주인공치고는 드물게 아무런 욕망이 없는 인물이라는 것이다. 일반적으로 모든 형태의 서사는 주인공의 욕망을 기점으로 굴러간다. 어떤 근원적인 소망 (사랑, 인정, 성공, 복수 등등)을 품은 인물이 이를 실현하려는 과정에서 정서의 변화를 겪는 것이 문학이다. 그런데 알란 칼손에게는 그런 것이 딱히 없다. 사랑을 하고자, 사랑을 받고자 하는 마음도 없으며, 돈이나 성공에 대한 욕심도 엿보이지 않고, 무언가를 열렬하게 좋아하지도, 싫어하지도 않는다. 인류의 평화와 같은 위대한 가치를 좇는 것도 아니다. 아예 욕구 자체가 없다. 그의 유일한 관심사는 오로지 술로, 거의 5페이지마다 한 번씩 술 마시는 내용이 등장한다. 다만 블라디보스토크 수용소에서 5년간 금주할 수 있었던 것을 보니 그것 역시 알코올 중독자 수준의 강렬한 욕구는 아니었던 모양이다. 그 정도

3장_대중이 사랑한 이야기

로 아무런 욕망이 없는 인물인데, 이쯤 되면 거의 해탈했다고 봐도 좋을 듯하다.

그런데 곰곰이 생각해보니 그간 알란 칼손이 말도 안 되는 능력치를 발휘할 수 있었던 이유는 역설적으로 그처럼 아무런 욕망이 없었기 때문이지 싶기도 하다. 욕망이 없으니 원하는 것도 없다. 원하는 것이 없으니 집착할 일도 없다. 집착이 없으니 얽매이게 되는 것도 없다. 구속과 속박이 없으니 기대도 없으며 그러므로 실망도 없다. 물론 6개월 만에 이국의 언어를 마스터하고 세기의 미스터리를 풀어낼 정도로 애초에 머리가 좋은 사람이기도 하지만, 세속적인 욕망에 초연한 탓에 늘 상황을 객관적으로 인식해 현명한 결정을 하고 간혹 곤경에 처하더라도 커다란 타격을 입지 않고 계속 버티며 올 수 있었던 것이다. 어쩌면 이것이 작가가 독자에게 전하고자 했던 일종의 주제의식이 아니었나 싶다. 욕망을 버릴 것. 세상만사를 그대로 받아들일 것.

소설 내에서도 이에 대한 언급이 종종 등장한다. 오래전 어머니에게 "세상만사는 그 자체일 뿐이고, 앞으로도 무슨 일이 일어나든 그 자체일 뿐이란다"(47쪽)라는 말을 들은 뒤로부터, 알란은 인생에서 절대로 불평하지 않기로, 그저 현재에 묵묵히 충실하기로 결심하고 평생에 걸쳐 어떤 역경이나 불운에도 어깨를 쓱 털고 일어나는 생활을 해왔던 것이다. 불평하거나 고민하지 않고 그저 묵묵히 해야 할 일을 하면서. 결국 책

속의 모든 파란만장한 사건들을 꿰뚫는 핵심 메시지는 이것이라 할 수 있다. '불평불만을 갖지 말고 현실에 만족하다보면 오히려 인생이 잘 풀리는 경우가 많을 거야.'

참으로 자기계발서적인 교훈을 지닌 소설이다. 다만 모두가 알다시피 결코 쉬운 일은 아니다. "마음을 비우라"는 조언은 동서고금을 막론하고 자주 이야기되곤 하지만 그게 그렇게 쉬웠으면 애초에 문학을 비롯하여 영화, 음악, 미술, 기타 등등 인간 욕망의 결정체라고 할 수 있는 예술이 존재하지 않았을 듯하다. 욕망을 다루는 것은 그토록 어렵다. 그런데 알란은 욕망을 제어하는 것을 넘어서 욕망 때문에 괴로워하는 모습 자체를 보이지 않는다. 어떻게 보면 아예 처음부터 욕망 자체가 없다고도 할 수 있다. 어떻게 이런 일이 가능했을까?

개인적인 짐작일 뿐이지만, 책의 초반부에 등장하는 알란의 과거에 그 비밀이 있지 않나 싶다. 앞서 줄거리 소개에서도 간략하게 언급한 부분으로, 알란은 뒤뜰에서 폭탄 실험을 하다 사고로 사람을 죽인 적이 있었는데, 이때 정신병원에 갇혀 화학적 거세를 당하게 된다. 역사적으로도 실존했던 일로서, 동성애자를 비롯하여 정신병력이 있는 사람이 후손을 남기지 못하게 하려고 정부 차원에서 취해진 조치였다고 한다. 처음에는 그처럼 끔찍하고 잔혹한 역사를 굳이 알란 칼손에게 경험하게 할 이유가 있을까 싶었는데, 어쩌면 알란 칼손의 세상만사에 심드렁한 부분을 드러내기 위해 작가가 의도적으로 삽입한 설정은 아니었을까 싶다. 거세를 했기에 성욕을 비롯한 각종 욕구가 없어지고, 그러므로 욕망에 초연해질 수 있었던 것.

그러고 보니 아주 오래전 '비동의 간음죄' 관련해서 어떤 남성분이 몹시 분개하는 광경을 본 적이 있다. 그 분의 경우 해당 법안이 통과되면 어디 무서워서 여자들이랑 성관계를 할 수 있겠느냐고, 그냥 불알을 잘라내고 고자로 사는 게 낫겠다고 일갈하며 펄펄 뛰고 있었는데, 소설 속 알란의 초연한 평화를 목격하고 나니 문득 그분에게 말씀 드리고 싶어진다. 자르세요, 그냥. 자르면 모든 번뇌와 고통이 사라지면서 오히려 더 행복해지실지도 모릅니다.

13

휠 체 어 를
타 고 온
왕 자 님

『미 비 포 유』,
조조 모예스, 살림, 2013

※『미 비포 유』의 결말을 포함하고 있습니다.

몇 년 전 지인이 재미있는 소설책이 있다며 선물로 주겠다고, 꼭 읽어보라고 한 적이 있었다. 뭔데, 뭔데? 하며 기대감에 차 있다가 나중에 책을 받아보고선 급격하게 실망하고 말았는데, 다름 아닌 『미 비포 유』였던 것이다. 이 소설에 대해서라면 읽어보지는 않았더라도 최소 한번쯤은 들어본 적 있는 이들이 많을 것이다. 책 자체도 베스트셀러였던 데다가,• 시간이 흘러 인기가 잠잠해질 무렵에는 다시 동명의 영화가 개봉하여 이목을 끌었기 때문이다. 〈왕좌의 게임〉이라는 드라마에서 대너리스 타르가르옌 역을 맡아 한국에서도 널리 알려진 에밀리아 클라크가 주연을 맡기도 했고.

나 역시 그렇게만 알고 있었던 책으로, 솔직히 말하자면 이전까지는 전혀 안중에도 없었다. 지인은 "너무 너무 달달하고 애틋하고 순식간에 넘어가는 책"이라고 했지만, 사실은 그 말을 듣고 나니 더더욱 읽고 싶은 생각이 들지 않았다. 굳이 변명을 해두자면 특별한 악감정은 없었다. 다만 평소부터 로맨스 장르를 별로 좋아하지 않았고, 더군다나 오래전 『트와일라잇』을 본 뒤로는 대중 로맨스 소설이라면 더더욱 치를 떨고 있었기 때문이다.

●   교보문고 기준 2014년 전체 베스트셀러 2위를 차지했으며 이후로도 꾸준한 판매고를 올렸다.

물론 내가 그렇다는 것일 뿐, 해당 장르를 폄하할 생각은 전혀 없다. 이것은 어디까지나 취향의 문제인 듯하다. 설탕을 왕창 넣은 달콤한 시트 위에, 다시 휘핑크림을 잔뜩 올리고, 그 위에 다시 온갖 시럽과 초콜릿을 잔뜩 장식하여 만든 케이크와 같은 극강의 달달함과 비현실성을 그저 나란 사람이 잘 견디내지 못할 뿐이다. 말하자면 로맨스가 유발할 수밖에 없는 특유의 '오글거림'에 대한 면역력이 워낙에 약하다는 이야기.

　하여간 그런 와중에도 이 『미 비포 유』에 대한 찬사는 여기저기서 끊이지 않았는데, 직접 읽어본 결과, 이럴 수가, 이럴 수가, 이럴 수가, 정말로 놀라고 말았다. 첫째는 로맨스 장르의 큰 줄기는 어쩌면 이리도 변함이 없는지에 대하여, 둘째는 이 소설이 가진 영리함에 대하여.

　이야기의 주인공은 스물여섯 평생을 영국의 시골마을 밖으로 나가보지 못한 루이자(루) 클라크. 부모님과 할아버지, 싱글맘인 여동생 카트리나, 조카와 함께 살며 집안의 생계를 책임지고 있다. 그런데 실질적 가장 노릇을 하는 루이자가 집안에서는 별로 존중을 받지 못한다. 부모님에게는 여동생 카트리나와 사사건건 비교당하고, 남자친구인 패트릭에게마저도 제대로 할 줄 아는 일이 없으며 인생을 대충 산다는 식으로 인정받지 못한다. 그런데 루는 이러한 상황에서도 늘 웃음과 농담을 잊지 않는데… 어라, 왠지 기시감이 든다. 오래전부터 로맨스 작품에 등장하고 또 등장하고 잊을 만하면 또 등장하던 캐릭터. 그렇다. 루는 캔디였던 것이다.

그래서 우리의 캔디에게 무슨 일이 생기는가 하면, 2년 동안 웨이트리스로 일해온 카페가 갑작스럽게 문을 닫는다는 청천벽력 같은 소식이 전해지면서 돌연 실업자 신세가 되고 만다. 당장 생활비가 급하므로 여기저기 재취업을 알아보지만 제대로 된 교육과정을 밟지 못한 루가 할 수 있는 일은 많지 않다. 결국 루는 실업수당을 받기 위해 정부에서 진행하는 취업교육을 받고 6개월 한정으로 간병인 역할을 하게 된다. 처음에는 노인을 보살필 줄 알았던 루는 자신이 돌봐야 할 대상이 불의의 사고로 전신마비 환자가 된 또래의 청년이라는 사실을 알고 깜짝 놀란다.

그리고 여기 또 다른 주인공 윌이 있다. 윌은 유서 깊고 부유한 가문의 도련님이다. 기업가 아버지와 판사 어머니 밑에서 엘리트 교육을 받고 자랐으며, 얼굴도 잘생기고, 머리도 좋고, 탁월한 신체적 능력까지 갖춘 그야말로 완벽남인 윌. 그런데 무엇 하나 부족함 없이 모든 게 완벽해 보이던 윌의 생에 크나큰 재앙이 일어났으니. 어느 날 밤거리를 걷다 오토바이 사고로 목 위와 손가락 일부를 제외한 전신이 마비되는 엄청난 부상을 입게 된 것이다. 삶의 모든 것을 송두리째 빼앗긴 청년은 절망감에 자살을 시도하나 도중에 발각되어 실패하고, 결국 스위스에서 안락사를 하겠다는 결심을 하기에 이른다. 그러나 어머니의 간절한 부탁으로 6개월간의 말미를 갖는데,

그 6개월간 보살펴줄 간병인이 다름 아닌 루이자였던 것이다.

　K-드라마를 열심히 보아온 사람들이라면 여기까지만 읽어도 앞으로 무슨 일이 일어날지 대략 예상 가능할 것이다. 생에 아무런 기대가 없고 자신을 어떻게 대해야 좋을지 몰라 안절부절못하는 사람들에게 환멸이 난 남자 주인공. 그런 상황이라면 자신을 도와주러 온 여성에게 온갖 까탈을 부리고, 일부러 마음을 상하게 하기 위한 최악의 행동을 일삼는 것이 수순. 아니나 다를까 윌은 루이자를 대상으로 불쾌한 농담을 하고, 무례하고 무뚝뚝한 발언을 하며, 때로는 아예 없는 존재 취급을 하기도 한다.

　그러나 우리의 루이자가 누구인가. 외로워도 슬퍼도 울지 않고 어떠한 상황에서도 긍정적이고 낙천적인 캔디 아닌가. 루이자는 윌을 가엾거나 불쌍하거나 동정해야 할 대상, 혹은 어려운 사람으로 한정짓지 않고, 그와 눈높이를 맞춰 똑같이 행동한다. 그가 불쾌하게 행동할 때는 자신 역시 불쾌한 감정을 느낀다는 것을 감추지 않고, 무엇이든 솔직하게 이야기하고, 스스럼없이 대한다.

　그리고 그 결과는…? 루이자를 보며 윌은 생각한다. "당신은… 뭔가 달라, 클라크."(468쪽) 말하자면 이런 것이다. 이 여자 뭐지? 아는 것도 없고 이상한 옷만 입고 다니고 별로 예쁘지도 않은 주제에 왜 이렇게 당당한 거지? 왜 이렇게 용감하고 천진난만하며 사랑스러운 거지? 지금까지 날 이렇게 대한 여자는 네가 처음이야!

예상대로 둘은 서서히 가까워지고, 이제껏 아무런 경험도 하지 않고 지루하기만 한 일상을 살아온 루이자에게 다양한 경험을 누리게 하고 싶다는 윌의 바람과, 윌이 생에 대한 희망과 집착을 잃지 않도록 6개월 내에 즐거운 사건을 잔뜩 겪게 해주고 싶다는 루이자의 욕구가 맞물려 다양한 경험을 함께하게 된다. 책이라곤 평생 타블로이드 가십 잡지밖에 모르던 루이자는 윌을 통해 플래너리 오코너를 비롯한 수많은 문호를 접하고, 자막을 읽어야 하는 예술 영화의 재미와 클래식 음악의 아름다움에 대해서도 알게 되며, 윌이 아니었다면 생각조차 못했을 이국의 섬으로 여행을 떠나기도 한다. 그런 루이자의 모습을 보며 윌 역시 신선함과 뿌듯함을 느끼고 그렇게 둘은 결국 헤어나올 수 없는 사랑에 빠진다.

그러나 이것만으로는 로맨스 소설의 문법을 완벽히 충족시킨다고 하기 어렵다. 모든 것이 스무스하게만 진행되면 재미가 없는 법. 중간중간 사랑을 굳건히 할 장애물들이 감초처럼 등장해야 한다. 이를테면 완벽한 미모를 자랑하는, 그러나 윌의 말에 따르면 내면은 텅 비어 있기 짝이 없다는 전 약혼녀 알리샤라든가, 역시나 육체적 매력은 넘쳐나지만 매사 자기 생각밖에 못하며 한번도 여자 친구를 진심으로 이해하고자 노력하지 않는 루이자의 현 애인 패트릭이라든가, 냉혹하고 쌀쌀맞은 윌의 어머니 등.

하지만 가장 큰 장애물은 윌 자신이었으니. 건강이 점차 악화되는 동안 윌은 생명만을 간신히 유지하는 삶은 의미가 없다는 판단 하에 끝내 안락사를 결행하겠다는 결심을 굳히고, 이에 마음의 상처를 입은 루이자는 계약 기간이 남았음에도 간병인 일을 그만두고 떠나게 된다. 두둥, 이렇게 사랑이 끝나는 것일까? 물론 그럴 리 없다. 윌의 곁을 떠난 뒤에도 그를 잊지 못하던 루이자는 결국 윌 모친의 간절한 부탁으로 스위스로 날아가 그가 세상을 떠나는 마지막 순간을 지켜준다. 이후 루이자는 윌이 남겨준 유산으로 집도 사고 대학에 진학해 교육도 받고, 마침내는 생전에 그가 가장 그리워했던 파리의 한 카페에 앉아 그를 추억한다.

그야말로 전형적인 신데렐라 스토리라고 할 수 있다. 부유하고 잘생긴 남자가 가난하고 못 배운 여성을 구원하는 서사. 『오만과 편견』부터 〈귀여운 여인〉을 거쳐 『트와일라잇』에 이르기까지 수천 수만 번 되풀이되어온 이야기. 물론 이것이 나쁘다는 의미는 아니다. 이토록 오랫동안 반복되어왔다는 것은 그만큼 사람들이 좋아한다는 뜻이기도 하다. 그러나 아무리 사람들이 좋아하는 구조라도 백마 탄 왕자가 등장해서 재투성이 여인을 구원하는 서사는 좀 물리는 감이 있다. 그래서 최근의 로맨스 소설들은 여러 가지 변주를 시도한다. 백마 탄 왕자가 알고 보니 흡혈귀였다거나, 늑대인간이었다거나, 혹은 좀비였다거나! 그리고 마침내 『미 비포 유』에 이르러서는 백마 탄 왕자를 아예 휠체어에 앉혀버린 것이다. 그러니까 왕자는 왕자인데 휠체어를 탄 왕자님인 것.

사실은 이러한 설정에서 이 소설의 영리함이 나온다. 근래에는 페미니즘의 영향을 받아 아무리 장르적 특성을 감안하더라도 예전처럼 남성에게 일방적으로 의존하거나 구원을 기다리는 캐릭터는 별반 인기가 없어지고 말았다. 그러므로 백마 탄 왕자, 재벌가의 도련님이 구해준다는 설정은 구닥다리에 촌스럽다는 이야기를 들을 것이 뻔하므로, 현재의 불행한 삶에서 벗어날 수 있도록 돈도 많고 잘생긴 남자와 사랑에 빠지게는 하되, 그 사랑에 얽매이지 않도록 중간에 그를 죽여버리는 것이다! 그렇게 되면 여성 주인공은 독립심을 유지하면서 남자가 남겨준 돈으로 교육을 받아 새로운 세상도 맞이할 수 있다. 이 얼마나 편리한가 말이다.

이 소설의 영리한 지점은 안락사 문제를 다루는 부분에서도 잘 드러난다. 이야기의 중간중간 장애인을 바라보는 비장애인의 시선이 그간 얼마나 편견에 사로잡혀 있는지를 보여주기도 하고, 윌의 입을 빌려 장애인들의 생각과 의견을 표출하기도 한다. 여러모로 꽤나 과장되어 있는 윌의 캐릭터 탓에 딱히 와닿지는 않아서 문제이지만. 사실 전신에 상해를 입을 정도의 심각한 부상을 입었는데 얼굴은 실오라기 같은 상처 하나 없이 멀끔하다는 것부터가 신기한 일이다. 뿐만 아니라 안락사 찬반 유무와 같은 묵직한 주제를 끌고 들어옴으로써, 독자로 하여금 비록 로맨스 장르이기는 하지만 가볍고 경박한 소설이 아니라 뭔가 진지하고 훌륭한, '그럴듯한' 책을 읽고 있다는 만족감을 선사하기도 한다.

이처럼 대중이 좋아하는 요소를 그대로 답습하면서도 영리하게 중간중간 변주를 한 것이 이 소설이 그토록 오래, 많은 사람에게 사랑을 받을 수 있었던 요인이 아닐까 싶다. 물론 그런 와중에도 로맨스 소설 특유의 클리셰는 잊지 않았는데, 이 지점이 매우 중요하다.

"그에게서는 태양 냄새가 났다. (…) 그에게서는 태양과, 모닥불과, 뭔가 날카롭고 톡 쏘는 시트러스 향이 났다. (…) 온몸이 물처럼 흐물흐물해지고 감전된 듯 짜릿짜릿했다. (…) 무언가 내 안에서 허물어졌다"(468쪽)와 같이 내 기준에서는 맨정신으로는 도저히 하기 힘든 말들도 여럿이지만, 아마도 이 부분이야말로 로맨스 소설의 핵심이므로, 이러한 대목이 없었더라면 지금처럼 팔리지는 못했을 것이다.

그 밖에 들었던 의문점 하나. 난 정말이지 로맨스 작가들이 M&A 회사에 왜 이렇게 집착을 보이는지 모르겠다. 〈귀여운 여인〉의 리처드 기어부터 시작해서 그 외 셀 수 없는 많은 작품에서 남자 주인공들이 M&A 회사를 경영하곤 했는데, 윌의 직업 역시 그렇다. 윌은 사고를 당하기 직전까지 무려 33세의 어린 나이에 M&A 회사의 대표를 맡고 있었던 것이다. 그냥 기업도 아니고 반드시 M&A 회사여야만 하는 특별한 이

유라도 있는 것일까. 아마도 기업을 조각조각 해체시켜 팔아먹는 피도 눈물도 없는 냉혈한, 하지만 내 여자에겐 따뜻하겠지… 뭐 이런 모습을 보여주기 위함인 것 같기는 합니다만… 현실은 33세의 몸짱 청년보다는 60대 배 나온 아저씨일 확률이 높겠죠.

14

중년
남성을
위한 위로

『오베라는 남자』,
프레드릭 배크만, 다산책방, 2015

※『오베라는 남자』의 결말을 포함하고 있습니다.

90년대 말, 김정현 작가가 쓴 『아버지』란 책이 선풍적인 인기를 끌었다. 워낙에 유명한 소설이니 줄거리를 아는 사람들도 많을 테지만 다시금 정리해보자면 이렇다.

여기 가족들을 위해 앞만 보며 걸어온 중년 남성이 있다. 매일같이 야근을 하며 몇십 년간 회사에 헌신한 그는 어느덧 집에서 왕따가 되어 있다. 아내는 그를 없는 존재처럼 취급하고, 아이들 역시 아빠를 있으나 마나 한 사람으로 여긴다. 지금껏 무엇을 위해 살아왔던가 회의에 빠진 찰나 믿었던 회사로부터는 명예퇴직 권고가 도착하고, 뭔가 몸이 이상해서 병원에 가보았더니만 아뿔싸 당시로서는 생소하기 짝이 없는 췌장암에 걸리고 말았다는 사실. 게다가 말기! 정말이지 이렇게 불쌍한 경우가 다 있나 싶다. 그러면서 대한민국 국민들의 눈물 콧물을 다 빼놓는 희대의 슬픈 이야기가 시작되는데….

당시 이 소설은 IMF라는 초유의 사태와 맞물려 엄청난 히트를 기록했는데, 무려 300만 부나 팔렸다고 한다. 기업들이 줄줄이 도산하고, 퇴직까지는 한참 남은 40줄의 남성들이 대량해고되는 상황이었다보니 국민들이 소설 속 '아버지'에게 감정이입할 여지는 충분했을 것이다. 결국 대한민국 전체에 '아버지' 신드롬이 불게 된다. 그러면서 "아빠 힘내세요" 같은 노래도 나오고, 중년 남성 기 살리기 운동 같은 것도 나오고 했던 것이다. 그런데 이번에 『오베라는 남자』를 읽다 말고 여러 번 놀랐다. 어럽쇼. 스웨덴에도 『아버지』가 있었구나! 물론 『아버지』의 주인공이 김치를 먹을 때 오베는 빵을 먹는 식으로 결은 조금 다르지만, 본질은 어쨌든 같은 것이다. 블로그에서 시작된● 무명 작가의 데뷔작이 스웨덴 현지를 넘어 전 세계 흥행을 기록하고, 한국에서까지 통했던 것●● 역시 아마 이러한 연유가 아닐까 싶다. 그렇다면 스웨덴판 『아버지』는 어떤지 한번 알아보자.

오베는 참으로 까칠한 남자다. 어찌나 까칠한지 책 뒷표지에서부터 "소설 역사상 최고의 까칠남"이라는 문구로 미리 경고를 해주고 있을 정도이다. 그런데 사실 읽어보면 그 정도까지는 아니다. 그냥 우리 주변에서 흔히 볼 수 있는, 다소간의 짜증을 유발하는 진상 스타일의 중년 남성이라고 할 수 있다. 왜 관리인도 아니건만 아파트 지하주차장에 느닷없이 등장해서 주차 좀 똑바로 하라며 단속을 한다거나(아주 아주 아주 약간 비뚤어졌을 뿐인데!), 분리수거할 때 어디서 지켜보고 있었던 것마냥 페트병에 붙은 비닐 제대로 떼라며 훈계를 한다거나 하는 그런 유형의 아저씨들.

● 저자인 프레드릭 배크만은 본래 평범한 회사원으로 블로그에 재미삼아 끼적거리던 글을 독자(블로그 방문자)들의 열렬한 성원에 힘입어 장편소설로 발전시키게 되었는데, 그렇게 탄생한 작품이 다름 아닌 『오베라는 남자』였다.

●● 교보문고 기준 2015년 전체 베스트셀러 7위

오베는 바로 그런 사람이다. 영화 〈이보다 더 좋을 순 없다〉에서 걸을 때 도로의 금을 절대 밟지 않으려는 잭 니콜슨처럼 자기가 세운 일상의 규칙에 강박 수준으로 집착하고, 다른 사람들에게도 똑같은 기준을 요구하며, 무뚝뚝하고 융통성도 없고 무례하고 불유쾌한 노인. 취향도 어찌나 고집스러운지 평생 동안 사브 브랜드 하나만을 몰며, 볼보를 몬다는 것만으로 친했던 이와 절교를 할 수도 있는 그런 사람이다. 그런데 이와 같은 꽉 막힌 노인 오베에게 실은 아주 큰 비밀이 있다. 바로 죽고 싶어 한다는 것.

어린 시절 병으로 어머니를 잃고 홀아버지 밑에서 자란 오베는 내향적이고 묵묵한 성격 탓에 늘 외톨이였다. 그런데 어느 날 갑자기 아주 예쁜 여자가 등장하더니 그에게 열정적으로 사랑을 퍼붓기 시작한다. 봄날의 바람같이 사랑스러운 그녀는 대체 그런 사람을 왜 만나냐는 세상 사람들에게는 이런 대답을 한다. 대부분의 남자는 지옥 같은 불길에서 달아난다고, 하지만 오베 같은 남자는 그 안으로 뛰어든다고. 여기서부터가 일단 상당히 '소설적'이라고 할 수 있는데, 누가 봐도 깜짝 놀랄 정도로 예쁘고 인기도 많은 천사 같은 여성이 아무도 모르는 까칠한 남자의 '내면'을 보아주고, 그가 아무리 융통성이 없는, 사회성이 떨어지든, 짜증스럽든 개의치 않고 늘 옆에서 보살펴준다라… 이 정도면 거의 판타지 아닐는지. 하여간 그렇게 적극적인 공세를 펼쳐 오베의 연인이 되어준 그녀는 급기야는 그와 결혼까지 해준다.

그리하여 이제껏 경험해보지 못한 따뜻한 세상을 만나고 오베는 감격에 젖지만 불행히도 둘의 행복한 시간은 그리 길지 않았다. 사랑하는 그녀가 어느 날 자동차 사고로 장애를 입게 된 것이다. 심지어 사고 당시 뱃속에 있던 아이까지 세상을 떠나고 말았으니 오베로서는 참으로 절망스러운 상황이었을 것이다. 그럼에도 불구하고 삶의 의지를 꺾지 않고 어떻게든 살아가려고 해보지만, 아내가 위중한 병에 걸려 세상을 떠나면서 모든 의욕을 상실하고 만다. 이것이 바로 괴팍한 노인이 매번 죽지 못해 안달하는 이유였다. 과연, 한 사람이 감당하기에는 너무도 버거운 엄청난 불행이다.

그런데 그런 오베 앞에 또 다른 여인이 나타난다. 바로 옆집에 이사 온 파르바네. 파르바네는 사사건건 오베 앞에 나타나 그의 자살 기도를 방해한다. 목을 매려고 하는 순간에는 뭘 좀 빌려달라며 쓸데없는 부탁을 하고, 자동차 배기가스로 자살하려는 순간 거짓말처럼 차고 문을 두드리며 도움을 청한다. 파르바네는 오베가 까칠하게 대하건, 짜증을 부리건 전혀 개의치 않는다. 아이들을 시켜 음식을 가져다주고 필요한 공구가 있으면 서슴없이 부탁하는 등 거의 '가족처럼' 대한다. 마치 과거 그의 아내처럼 말이다. 물론 유부녀인 파르바네가 오베를 연인처럼 대하는 것은 아니고, 오히려 드세지만 정 많은 딸이 괴팍한 아버지를 대하는 형태에 가깝다고 해야겠다.

개인적으로는 이 또한 참으로 판타지적인 설정이라는 생각을 했다. 만나면 사사건건 짜증을 내고 온갖 진상을 부리는 성격 나빠 보이는 아저씨를 대체 어떤 젊은 여인이 저렇게 챙겨줄까. 더군다나 외국인이라며 무시하고 사람을 앞에 둔 채로 대놓고 눈살을 찌푸리는 오베 같은 옆집 아저씨를 말이다. 오히려 파르바네 쪽이 신기하게 느껴질 정도였다.

어쨌든 오베는 이 파르바네로 인해 삶에 일대의 전환점을 맞이한다. 어느 날 차고에 우연히 찾아온 떠돌이 고양이를 그녀의 권유로 기르기 시작한 것이다. 오랜만에 경험해보는 다른 생명체와의 공동생활은 결국 오베로 하여금 자살 시도 자체를 포기하도록 한다. 그러나 운명은 얼마나 아이러니한지, 정작 제대로 한번 살아보겠다고 결심한 바로 그 순간, 오베는 차고에 들어선 강도의 칼에 찔려 생명을 잃을 위기에 처한다.

아아, 우리의 불쌍한 오베, 이렇게 죽는 것인가요? 물론 그럴 리 없다. 극적인 순간마다 등장하는 파르바네의 도움으로 이번에도 어김없이 살아난다. 하지만 그렇게 살아난 것이 무색하게도 오베는 병원에 실려가 심장에 이상이 있으며 앞으로 남은 시간이 얼마 되지 않는다는 시한부 선고를 받게 된다. 정말이지 이렇게 안타까운 일이 또 있나 싶다. 이제껏 죽으려고 용을 쓸 때는 못 죽다가 다시금 정신 차리고 제대로 좀 살아보려니 강도에, 칼에, 심장병에 작가가 정말 해도 해도 너무 심한 것 아닌가 싶은 생각이 드는 것이다. 그러나 자고로 대중소설이란 한국 드라마의 마지막 회처럼 "그 뒤로 오래오래 행복하게 살았습니다"란 마무리가 있어야 하는 법. 돌연 신파 분위기가 조성되며 언제 죽어도 이상할 것 같지 않았던 오베는 그 뒤로도 3년 이상을 살더니만 죽으면서 파르바네의 가족에게 모든 유산을 남긴다. 여기까지가 소설『오베라는 남자』의 줄거리다.

사실 다 읽고서 조금 놀랐다. 이게 베스트셀러라고? 줄거리가 자극적인 것도 아니고, 그렇다고 플롯이 뛰어난 것도 아니고, 엄청나게 문학적 성취가 높은 것도 아니고, 주인공이 대단히 매력적인 것도 아니건만 대체 뭘 보고… 하는 느낌이었달까. 물론 아주 형편없다고는 할 수 없지만 말이다. 그런데 한국에서 엄청난 히트를 기록했던 소설『아버지』에 겹쳐서 생각해보니 모든 의문이 단칼에 해결되는 느낌이었다. 심지어는 영화화까지 된 데다가 소설을 즐겨 읽지 않는 것으로 아는 중년 남성들이 극찬을 하는 것을 본 뒤에는 더욱 그런 생각이 들었다.

그러니까 소설『오베라는 남자』의 주인공 오베는, 비록 말은 거칠지만 사실은 부드럽고 상냥한 나의 속마음을 누군가 알아주었으면, 내가 아무리 까칠하고 무례하고 버릇없이 굴더라도 나를 보듬어주는 상냥하고 다정한 여성이 있었으면, 비록 젊어서는 사회성이 없고 사람을 싫어해서 인간관계가 좋지 않았지만 나이 들어서는 가족같이 지내는 사람들이 생겼으면,

하는 모든 중년 남성의 속마음을 그대로 대변한 캐릭터라고 할 수 있다. 묵묵하고 성실하게 평생을 일해왔건만 직장에서는 모함이나 당하고, 사람들에게는 까칠하고 되먹지 못한 사람으로 매도당하고, 아내와 자식에게는 무시당하고, 나름 정의를 위해 하는 잔소리가 꼰대의 그것으로 취급당한다고 생각하는 많은 중년 남성들에게 이 이상 가는 위로가 있을까.

그런 면에서 『오베라는 남자』는 성공할 수밖에 없는 소설이었다. 비록 캐릭터도 대단치 않고, 인물도 평면적이고, 플롯도 평이하고, 대체 무슨 말인지 알아먹기 힘든 비유 ─"품위 있는 사람도 스님의 뺨을 후려치고 싶게 만들 그런 종류의 미소라고, 오베는 생각했다"(이게 대체 무슨 미소일까)─가 넘치는 와중에도 어쨌든 '아저씨'들의 마음속 욕구를 섬세히 어루만져준 것이다. 말하자면 가부장제 안에서 외로운 가장을 구원해주는 이야기였던 것.

물론 이게 나쁘다는 것은 아니다. 누구나 살다보면 위로를 필요로 하며, 문학은 때로 아주 훌륭한 위로가 될 수 있다. 그것이 웹툰이 되었든, 판타지 소설이 되었든. 굳이 작품성을 따지거나 캐릭터와 플롯을 상세하게 평가하지 않더라도 어쨌든 누군가에게 위로가 된다면 그것으로도 족할지 모른다. 다만 나로서는 중년의 남성이 아닌 이들에게는 썩 훌륭한 위로는 될 수 없을지 모른다는 말을 해두어야겠지만.

15

추 리 소 설 의
도 의

『봉제인형 살인사건』,
다니엘 콜, 북플라자, 2017

※『봉제인형 살인사건』의 결말을 포함하고 있습니다.

추리소설을 그다지 즐기지 않는다. 애거서 크리스티 전집과 셜록 홈즈 시리즈를 읽으며 자랐고, 학창 시절에는 추리만화의 양대 산맥이라 할 수 있는 『명탐정 코난』과 『소년탐정 김전일』을 끼고 다녔으며, 심지어는 소장하고까지 있으니 결코 싫어한다고는 말할 수 없을 것이다. 여전히 스릴러나 느와르 같은 장르물도 좋아한다. 그러나 성인이 된 이후 추리소설을 일부러 찾아 읽는 경우는 거의 없는데, 그 이유는 아무래도 납득이 안 되기 때문인 것 같다.

간단히 말해 사람을 그렇게까지 복잡하게 죽여야 할 일인지 도무지 이해가 가질 않는다. 여기서의 복잡함은 살인을 마구잡이로 저질러도 된다는 뜻이 아니다. 모기를 예로 들자면, 근처에 모기가 날아다니는데 그냥 손으로 탁 치지 않고, 굉장히 오랜 시간을 들여 살충제를 도포한 비누거품으로 인공 거미줄을 만든 뒤, 집 안 곳곳에 트랩을 설치하고, 모기가 좋아할만한 향기를 그 주변에 뿌려 유인하여 죽인다… 비누거품은 자동 소멸되도록 한다… 류의 복잡함을 뜻한다. 아, 그럴 시간에 그냥 좀 죽여! 하는 생각을 하지 않을 수 없다.

물론 사람은 모기가 아니고, 소설이 아니라 실제 세상에서도 살인을 저지르고선 "저기요, 제가 범인입니다, 얼른 잡아가세요!" 할 사람은 거의 없을 테니 범행 전후로 여러 가지 알

리바이와 트릭을 생각하기 마련이라는 것까지는 이해가 가지만. 그럼에도 불구하고 앞서 언급한 작품들은 그 트릭이 거의 마술 혹은 기예에 가까운 수준이기에 정말 이··· 이렇게까지 해야 해? 하는 생각이 드는 경우가 많은 것이다.

예를 들어 일본의 미스터리 작가인 미쓰다 신조의 『잘린 머리처럼 불길한 것』에는 무려 4중 밀실이 등장한다. 읽다보면 대체 이게 무슨 소리인지 알 수가 없어 책 옆에 노트를 펼쳐놓고 도표를 그려가며 따라가야 할 지경이다. 흉기를 감추기 위해 얼음으로 칼을 제조한다든지(나중에 녹아서 사라지도록), 각종 살인 기계를 고안한다든지, 시체를 조각조각 내서 여기저기 흩뿌려 혼란을 유발하는 정도는 너무나 많은 소설에 차용되어 그야말로 애교에 불과한 수준.

그런고로 독자 입장에서는 자연히 이 정도로 지적·육체적 노력을 할애할 정도라면 반드시 죽여야만 하는가, 굳이 죽이지 않더라도 다른 방식으로 해결할 수 있지 않은가, 나 같으면 그냥 귀찮아서 안 하고 만다, 하는 근본적인 의문이 들기 마련인 경우가 많다는 뜻이다. 물론 이렇게 생각하기 시작하면 모든 이야기가 그럴 테지만, 그럼에도 추리소설은 유독 그런 경향이 심한 것 같다.

그렇기 때문일까. 많은 추리소설이나 탐정소설이 범행 동기에 트릭 이상으로 심혈을 기울이곤 한다. 범인이 얼마나 깊은 원한을 가지고 있었는지, 어째서 그토록 끔찍하고 잔인하고 기괴한 범죄를 저지를 수밖에 없었는지를 아주 공들여서 설명한다. 한편으로는 수많은 경쟁자들 사이에서 눈에 띄기 위해서인지 범행 수법이나 트릭이 점차 엽기적으로 변하기도 한다. 그러면서 등장한 것이 다름 아닌 『봉제인형 살인사건』, 무려 여섯 명의 몸통을 조각조각 잘라 이어 붙인 시체가 발견되었다는 이야기다.

2017년 10월 북플라자에서 출간된 다니엘 콜의 『봉제인형 살인사건』은 2019년 교보문고 기준 전체 베스트셀러 6위를 차지했다. 본래 영국 도서전에 등장하여 주목을 받기 시작한 이 작품은 무명 작가의 데뷔작치고는 깜짝 놀랄 만한 성공을 거두었다. 한 해에 출간되는 추리 및 스릴러 소설이 엄청나게 많다는 점을 감안하면 더욱 놀라운 성적이었다.

그렇기에 사람들의 마음을 사로잡을 만한 특별한 요소가 있을 것이란 기대감을 안고 소설을 펼쳤건만 얼마 못 가 실망하고 말았는데, 인물은 평면적이며 스토리는 어디선가 본 듯했기 때문이다. 초반의 몇 페이지만 읽어도 금방 눈치 챌 수 있었다. 일단 주인공 형사의 이름이 윌리엄 올리버 레이튼 폭스로, 놀랍게도 이름의 앞 글자를 따서 통칭 울프라 불린다고 한다. 주인공 형사의 별명이 울프라는 것은… 이것은… 정말이지… 너무나… 너무나… 소년만화스러운 설정이 아닌가 말이다. 마치 순정만화 속 청순가련한 여주인공의 이름이 이슬비나 백장미인 것 마냥.

하여간에 이 울프는 정의감이 매우 투철한 캐릭터로 이름과 같이 한 마리 늑대처럼 조직에 적응 못하는 독고다이 인생인 데다가 세간의 규칙 따위 쉽게 무시해버리는 다혈질이다. 불같은 성질 때문에 27명의 소녀를 방화 살해한 연쇄살인마 칼리드가 무죄 판결을 받자 흥분해 달려들었다가 정신병원에 수감되기도 한다. 다행히도 풀려난 칼리드가 다시 살인을 저지르는 통에 정상이 참작되어 복직하지만.

그런 울프 앞에 몇 년 뒤 다시금 엽기적인 살인사건이 펼쳐진다. 한밤중 상사의 연락을 받고 집 근처의 낡은 아파트로 달려간 그는 현장에서 놀라운 광경을 목격하는데, 시체는 충격적이게도 머리, 팔, 다리, 몸통이 모두 따로 노는, 6명의 신체를 꿰어 맞춘 모습을 하고 있었다. 더구나 머리 부분은 울프의 철천지원수나 다름없는 칼리드였으며, 주인을 알 수 없는 한쪽 팔은 마치 경고를 하듯이 손가락으로 울프가 사는 아파트를 가리키고 있었던 것. 해당 사건은 6명의 몸을 조각조각 이어 붙였다는 것 때문에 '봉제인형 살인사건'으로 명명되는데, 6명의 신원이 미처 다 밝혀지기도 전에 이혼한 울프의 전 부인 앞으로 살인 예고장이 도착한다. 예고장에는 앞으로 죽을 6명의 명단과 일시가 적혀 있었고, 6번째가 윌리엄 올리버 레이튼 폭스, 다름 아닌 울프였던 것이다.

그리하여 이미 죽은 6명의 신원을 추적하는 수사와 살인 예고를 받은 6명에 대한 보호조치가 동시에 진행되고, 이에 관

3장 _ 대중이 사랑한 이야기

한 내용이 400여 페이지에 걸쳐 기술된다. 물론 범인은 수사가 좁혀올 때마다, 인물들에 대한 보호조치가 강해질 때마다, 예상 가능하다시피 귀신같은 솜씨로 추적을 따돌리며 예고한 인물들을 살해한다. 그런데 읽다가 정말이지 답답함을 넘어선 의아함이 느껴지는 부분이 한두 군데가 아니었다.

의문점 1. 터무니없이 부족한 수사 인력

6명을 참혹하게 죽이고, 앞으로도 유명인을 포함하여 6명의 시민을 더 죽이겠다는 예고까지 보낸 연쇄살인사건임에도 불구하고 수사 인력이며 규모가 협소하기 짝이 없다. 소설의 처음부터 끝까지 주인공 울프와 울프를 짝사랑하는 후배 벡스터, 벡스터의 후배인 에드먼즈만이 주축이 되어 활동한다.

의문점 2. 지나치게 멍청한 형사들

읽다보면 딱히 추리소설을 많이 읽어온 사람이 아니라고 하더라도 '봉제인형' 신세가 된 6명과, 앞으로 살인 예고를 받은 6명이 모두 연관되어 있다는 사실을 금방 눈치 챌 수 있다. 일단 연쇄살인마 칼리드를 봉제인형의 머리로 사용한 데다가, 나머지 팔다리에 희생된 인물들 역시 칼리드가 무죄 선고를 받는 과정에 연루되었다는 단서가 여기저기 꽉꽉! 뿌려져 있기 때문이다. 그를 적극 옹호한 변호사, 무죄를 선언한 배심원, 그에게 유리한 보도를 한 기자 등. 그렇다면 당연히 칼리드의 피해자 중 누군가와 연관된 인물(가족, 연인 등)이라는 데 생각이 미치기 마련이건만, 울프를 비롯하여 주축이 되는 형사 중 머리가 돌아가는 사람이 단 한 명도 없다. 아예 피해자들 간의 연결고리조차 파악하지 못하고 책의 절반이 넘어가도록 내내 허둥대기만 한다.

의문점 3. 황당한 범인과 모호한 범행 동기

아무리 멍청한 형사들이라지만 과연 250페이지가 넘어가고 살인 예고를 받은 6명 중 4명이 죽으면서는 정신을 차리지 않을 수 없었는지, 범인에 대한 단서가 드디어 등장한다. 과거 정신병동에 갇혀 하루하루를 원한에 사무쳐 보내던 울프는 우연히 같은 병실에 수감되어 있던 인물로부터 '파우스트 살인(전화로 죽이고 싶은 사람들의 이름을 말하면 다른 누군가가 해치워주는 대신 의뢰인의 영혼을 가져간다는)'에 대한 소문을 듣고, 얼마 지나지 않아 전화기에 대고 장난삼아 칼리드 사건 관련 인물들—범인이 풀려나도록 방치한 시장, 배심원장, 수사과정에서 압력이 들어갔다는 투서를 쓴 동료 형사들—의 이름을 말하게 되는데, 그것이 사건의 발단이었던 것이다.

결국 이 모든 사태가 자신 때문에 일어났다는 사실을 뒤늦게 깨달은 울프는 괴로워하며 범인에게 집착하고, 맹렬한 추격 끝에 정체를 밝혀낸다. 두구두구두구, 드디어 범인이 공개되는 순간. 추리소설의 클라이맥스다. 그런데 범인은 정말 허무하게도 그냥 사이코패스 1인에 불과했다. 본래 부유한 가문 출신의 군인이었으나 불행히도 사고를 당해 몸에 흉측한 흔적이 남았고, 그로 인해 가정에서도 사회에서도 거부를 당하자 그 원한을 '파우스트 살인'이라는 괴상한 형태로 풀었던 불쌍한 사람.

일반적으로 추리소설에는 어느 정도 정해진 법칙이 있다. 범인은 대부분 반전의 재미를 주기 위해 그간 등장했던 인물 중에 독자가 쉽사리 예상 못했던 사람으로 설정하는 경우가 많다. 그런 의미에서 『봉제인형 살인사건』의 범인은 아주 황당하다고 할 수 있다. '사회에 원망을 가진 미친 사이코패스지만 지금까지 안 나왔지롱~~' 같은 것인데 그 누가 예상할 수 있었겠는가.

의문점 4. 트릭에 대한 해설 전무

앞서 대부분의 추리소설은 아주 정교하고 복잡한 트릭을 사용하고, 그것을 설명하는 데 공을 들인다고 언급한 바 있다. 그런데 『봉제인형 살인사건』에서는 그러한 해설이 전무하다. 6명의 몸을 조각조각 자른 것, 그것을 일일이 실로 꿰맨 것, 그렇게 만든 시체를 수백 개의 줄을 통해 공중에 매단 것 모두 엄청나게 귀찮은 작업이었을 텐데도 범인이 왜 그렇게 했는지, 어떻게 그렇게 했는지에 대한 설명이 전혀 없다. 뿐만 아니라 어떻게 안전가옥까지 수사관들의 눈에 띄지 않고 잠입할 수 있었는지, 천식 환자의 호흡기에 어떻게 독약을 미리 넣을 수 있었는지 등등 각종 트릭에 대한 설명도 전무하다. 범인이 울프의 존재를 어떻게 알았는지, 평소 칼리드와 같은 살인마들을 어떻게 생각했는지에 대한 정보도 없다.

간혹 트릭에 대한 해설이 지나치게 자세한 소설을 읽을 때는 아, 그만하면 됐으니까 누가 왜 죽었는지나 빨리 좀! 하는 마음이 있었던 것이 사실이지만, 이 정도로 떡밥을 뿌려놓고 단 하나도 회수를 하지 않는 작품은 참으로 보기 드문 것이다. 아무래도 추리소설로서의 도의에 근본적으로 어긋나지 않나 싶은 생각을 하지 않을 수 없다.

의문점 5. 여자들에게 인기가 넘쳐나는 주인공

모든 의문 가운데에서도 이것이 가장 컸는데 등장하는 여자들이 모두 주인공 울프를 좋아한다는 것이다. 울프의 후배인 벡스터는 매번 매몰찬 대접을 받으면서도 울프를 일방적으로 쫓아다니며, 그런 벡스터와 울프의 사이를 의심해서 이혼한 전 부인 안드레아 역시 부자 남편을 새로 만났음에도 울프를 잊지 못하고 내내 따라다닌다. 심지어 참고인 신분으로 만난 여성들 역시 죄다 울프에게 빠져든다. 레이먼드 챈들러의 필립 말로 시리즈 이후 매력적인 남성 형사를 주인공으로 하는 작품은 추리물에 굉장히 보편적으로 등장하는 설정이므로 이 자체를 비난하려는 것은 아니지만, 그러려면 주변 장치를 탄탄하게 해야 할 것 아닌가 싶은 반발심이 생긴다.

조금 비딱하지만 재치 있고 똑똑하며 나름의 근성이 있는 필립 말로와 다르게 울프는 그저 다혈질에 제멋대로인 캐릭터일 뿐이다. 간간이 잘생겼다는 설명이 나오긴 하지만 그렇다고 무슨 할

리우드 배우급도 아닌 듯한데, 대체 이런 사람이 뭐가 좋다는 것인지 읽으면서 도무지 이해가 가질 않았다. 아무래도 작가가 본인의 판타지를 소설 속에서 실현하려다보니 이런 결과가 발생한 것 같다. 등장하는 모든 여성이 미인일 뿐만 아니라 곳곳에 섹스어필을 연상시키는 대목이 잔뜩 들어 있기도 하다. 울프가 참고인의 집에 갔다가 샤워를 마치고 나온 그녀를 마주치는 장면은 그야말로 남성 판타지의 집약체.

미모의 참고인이 갓 샤워를 마치고 나온다. 아이도 있어서 적당한 원숙미가 느껴지는 금기의 사랑. 그런 그녀의 다리에는 물기가 묻어 있고 머리에서는 딸기향의 샴푸 냄새가. 참고인은 울프에게 유혹하는 듯한 눈빛을 던지고 이에 울프는 가슴이 뛴다. 이제 와서 하는 말이지만 남자들이 왜 그렇게까지 샴푸향에 집착하는지 모르겠다. "흔들리는 꽃들 속에서 네 샴푸향이 느껴진 거야"로 시작하는 모 가수의 유명한 노래만 하더라도 그렇고. 머리 냄새에 무슨 페티시라도 있나? 더군다나 딸기향이라니. 참고로 말하자면 내가 아는 범위 내에서 딸기향이 나는 샴푸는 애견용밖에 없다.

이와 같이 읽으면 읽을수록 머리에 물음표가 잔뜩 등장하는 소설이었지만, 그럼에도 베스트셀러가 된 것을 보면 역시 책 판매는 제목과 마케팅의 영향을 무시할 수 없는가보다. 특히나 추리소설을 좋아하는 사람들은 대개 자극적인 이야기에 호기심을 보이기 마련인데, 무려 여섯 명의 시체를 조각조각 이어 붙였다는 설정과 그것을 전면에 내세운 제목, 홍보 문구 등은 그 자체로도 몇 걸음 앞서 나가는 것이나 마찬가지였던 셈이다. 이제껏 토막살인은 많았지만 그것을 이어 붙여 무언가를 만든(?) 사건은 없었는데!

픽션월드라는 유튜브 채널에서 만든 이 소설의 홍보 영상 밑에는 "너무 너무 궁금하다", "당장 구매각"이라는 댓글이 잔뜩 달리기도 했다. 그러나 그런 댓글을 달고, 실제로 이 소설을 구매하려던 사람들 대다수는 아마도 몰랐을 것이다. 400페이지 내내 어떠한 결정적인 의문도 해소되지 않고 남성 판타지가 잔뜩 배인 다혈질 형사의 분투기를 읽게 될 줄은….

16

좋은 게
좋은 거
아니겠어요

『아몬드』,
손원평, 창비, 2017

※『아몬드』의 결말을 포함하고 있습니다.

"누구나 머릿속에 아몬드를 두 개 가지고 있다." 손원평 작가의 소설 『아몬드』를 검색해보면 제일 먼저 나오는 마케팅 문구이다. 머릿속 아몬드가 뭘까 하는 궁금증이 들 법도 하지만, 본래대로라면 궁금증은 궁금증인 채로 남겨두고 이 소설을 다루는 일은 없었을 것이다. 애초에 청소년을 타깃으로 쓰여진 작품이기 때문이다.

『아몬드』는 제10회 창비청소년문학상 수상작으로 작가의 첫 장편소설이라 한다. 서점에서도 하위 장르가 '성장문학', '청소년책'으로 분류되어 있다. 물론 청소년을 대상으로 쓰여졌기에 읽을 가치가 없다거나 작품성이 떨어진다거나 한다는 뜻은 결코 아니다. 다만 청소년 대상의 소설은 지향점이나 내포독자가 다르다고 생각하여 염두에 두지 않았을 뿐이다.

그런데 반전이 일어났다. 청소년 독자들을 대상으로 한 이 책이 청소년뿐만 아니라 성인들 사이에서도 불타나게 팔리기 시작한 것이다. 인터넷 서점에서 늘 상위권에 올라 있는 것 같더니, 2018년과 2019년 2년 연속 소설 부문 베스트셀러가 되었다.● 내 주변의 소설을 읽지 않는, 특히 한국 소설과는 평소 거리가 있는 사람들 역시 "아이 책상에서 우연히 발견하고

● 　교보문고 기준 2018년 소설 부문 10위, 2019년 소설 부문 6위에 올랐다.

읽어보았는데 너무 재미있었다", "기대 이상으로 아주 좋았다"는 후기를 남기기도 했다. 그렇다면 어른들의 마음까지 사로잡은 청소년 소설의 매력을 한번 알아보도록 하자.

이야기는 길거리에서 묻지마 칼부림이 일어나는 장면에서 시작한다. 한 명이 다치고 무려 여섯 명이 죽은 엽기적인 사건을 중학생인 '나'는 그저 "언제나처럼, 무표정하게" 바라보고만 있다. 첫 장면부터 꽤나 세게 나오는 셈인데, 이 장면을 마주하는 독자는 대개 비슷한 생각을 할 것이다. 대체 어떻게 된 사람이기에 남이 죽는 것을 태연히 보고만 있나. 덜덜덜.

사실 '나'는 어려서부터 사람이 다치거나 죽는 것을 봐도 아무렇지도 않았는데, 여기에는 이유가 있다. 태어난 지 100일이 지나도록 잘 웃지도 않고 감정표현도 하지 않는 주인공을 보고 걱정이 된 엄마가 병원에 데려가 검사를 받아본 결과 머릿속 편도체의 크기가 다른 사람들 대비 아주 작았던 것이다. 사람의 뇌 속에는 외부의 자극을 관장하는 편도체가 있는데, 주인공의 경우 이것이 평균적인 수준보다 훨씬 작았고, 그렇기 때문에 감정을 거의 느끼지 못하는 상태였던 것. "누구나 머릿속에 아몬드를 두 개 가지고 있다"의 의미는 바로 이것이었다.

이대로라면 사회생활을 하는 데 상당한 지장이 있을뿐더러 생명이 위험한 상황에 처해질지도 모른다는 생각을 한 엄마는 주인공에게 감정을 교육시키기 위한 다양한 시도를 한다. 다른 사람들의 표정을 보고 상황을 파악하는 법, 비록 진심으로 공감은 되지 않더라도 상황에 맞추어 적절한 행동을 하는 법, 즉 눈에 띄거나 튀지 않게끔 '연기하는' 법을 가르친다. 그렇게 서서히 '보통 사람'의 범주에 가까워지고 있을 무렵, 비극적인 사건이 일어난다. 크리스마스 이브이자 주인공의 생일이기도 했던 어느 날, 다 같이 외출했다가 엄마와 할머니가 그만 묻지마 살인범에게 당하고 만 것이다. 할머니는 현장에서 목숨을 잃고 엄마는 식물인간 상태가 된다. 소설의 첫 장면은 바로 이 날에 대한 기록이었다.

그렇게 돌연 천애고아가 되다시피 한 주인공은 건물주 아저씨의 도움으로 할머니와 엄마가 운영하던 헌책방을 홀로 지키며 하루하루를 보낸다. 그러던 어느 날 한 아저씨가 찾아와 의미심장한 부탁을 한다. 내용인즉슨 자신은 어느 유명한 대학의 교수로, 아이를 잃어버렸다는 죄책감에 평생을 괴로워한 아내의 마음을 잠깐이나마 편하게 해주고 싶다면서, 죽어가는 아내를 만나 아들인 척해 달라는 것이었다. 그리고 주인공은 별반 해될 것 없다는 생각에 이 제안을 수락한다. 이것이 모든 비극의 시작이라는 것도 모른 채.

여기까지가 전반부의 내용으로, 일단은 흥미진진하다고 할 수 있다. 비록 엄마가 나를 치료하기 위해 기울이는 노력이나 나에게 호의를 베푸는 건물주 아저씨의 사연, 느닷없이 모르는 아저씨가 찾아와서 하는 부탁 등이 지나치게 작위적이기는 하지만 말이다.

아니 대체 편도체를 키우기 위해 매일 아침 아몬드를 먹인다는 게 말이 되는가? 편도체는 아몬드나 복숭아 씨앗의 모양을 하고 있기는 하지만 외관이 닮았을 뿐 실제 아몬드와는 아무런 관련이 없다. 아몬드의 어떤 성분이 편도체에 영향을 미친다는 근거 또한 전혀 없다. 그럼에도 불구하고 '책을 많이 읽고', '상당히 똑똑한' 것으로 묘사되는 주인공의 엄마는 실낱같은 희망을 갖고 아들에게 매일 아침 아몬드를 먹인다는 이야기인데, 이건 뭐 김태희 사진 계속 바라보면 김태희처럼 변한다도 아니고. 뿐만 아니라 엄마가 주인공에게 희로애락오욕의 감정을 학습시키기 위해 각 글자를 한자로 크게 써서 집 안 사방에다 붙여놓았다는 에피소드 역시 황당하기는 마찬가지이다. 글자를 보면 그 감정을 익히게 되는 것인가? 그렇다면 소설 표지를 뚫어져라 바라보면 내용을 절로 알게 되나?

건물주 아저씨의 사연 역시 참으로 놀랍다. 주인공 가족이 운영하던 헌책방과 같은 건물에 입주해 있던 빵집 아저씨라고만 생각했는데 알고 보니 건물주였던 데다가 심지어 빵집을 차리기 전에는 저명한 대학병원의 심장외과의였다는 것이다. 잘나가는 심장외과의가 일에만 몰두한 나머지 아내가 심장병으로 쓰러져가는 것도 몰랐고, 이에 대한 죄책감으로 병원을 그만두고 빵집을 열게 되었다나 뭐라나. 느닷없이 찾아와 죽어가는 아내를 위로하게끔 잃어버린 아들 노릇을 해달라고 부탁하는 또 다른 아저씨의 사연은 또 어떤지. 얼핏 생각해도 상식적으로 이해가 안 가는 부분이 한두 군데가 아니지만 지극히 소설적이고 만화적인 설정이라고 치고 넘어가자. 어쨌든 여기까지는 오케이. 문제는 나머지 후반부다.

사실 주인공을 찾아온 교수 아저씨는 어릴 적 잃어버렸다는 아들을 이미 찾은 상태였지만 아내가 충격을 받지 않도록, 험한 생활을 하며 비뚤게 자라난 아들 대신 주인공에게 부탁을 했던 것이었다. 이런 영문을 알 리 없는 주인공은 아저씨의 부탁대로 아주머니를 만나는데, 문제는 이 사실을 알게 된 아저씨의 진짜 아들 곤이가 몹시 분노하게 되었던 것.

때마침 주인공이 속한 반으로 전학을 온 불량소년 곤이는 그때부터 주인공을 본격적으로 괴롭히기 시작한다. 때리고, 폭언을 하고, 침을 뱉고, 물건을 망가뜨린다. 그러나 우리의 주인공이 누구던가. 감정을 느낄 줄 모르는 인물 아니겠는가. 당연히 어떠한 도발에도 꿈쩍을 않고, 이런 주인공을 보면서 더욱 흥분한 곤이는 자칫 생명이 위험할 정도의 심각한 폭력을 가하게 되는데, 놀랍게도(?) 그날을 계기로 둘은 점차 마음을 터놓는 사이가 된다. 이후 곤이는 헌책방에 오가며 남들에게는 말 못할 본심을 오직 주인공에게만 털어놓는다.

그러던 어느 날 수학여행에서 곤이가 도둑으로 의심받는 사건이 발생하고, 곤이는 사람들의 편견에 질렸다면서 이제는 제멋대로 살겠다는 선언을 하고 사라져버린다. 곤이가 소년원

　　　　　　　3장 _ 대중이 사랑한 이야기

시절부터 알고 지내던 철사라는 위험한 인물에게 향했다는 사실을 알게 된 주인공은 곤이를 찾아 나선다. 마침내 버려진 건물에서 심각한 부상을 입은 곤이를 발견하고 구출하려 하지만 현장에 나타난 철사에게 심한 구타를 당한 뒤 칼에 찔려 생명이 위태로운 상황에 처한다. 그러다 다행히도 그 순간 들이닥친 경찰에 의해 병원으로 실려가 건강을 되찾고, 곤이 역시 이번 사건을 계기로 개과천선하여 바르게 살기로 결심한다.

전반부는 다소 작위적인 부분이 있어도 나름 흥미진진하게 읽었으나 후반부에 들어서 정말 몇 번을 놀랐는지 모른다. 이 정도로 클리셰와 진부한 서사를 답습하는 이야기는 정말이지 오랜만이었다. 설마 앞으로 주인공 앞에 진짜 아들이 등장하여 "네 녀석이 우리 엄마의 마지막을 보다니 용서 못해!" 하면서 엄청 괴롭히는 것은 아니겠지? 싶으면 정말로 그런 대사와 함께 등장하여 엄청나게 괴롭히고, 설마 앞으로 두 사람이 화해하며 절친이 되는 것은 아니겠지? 에이 설마 그것만은 아닐 거야, 생각하면 화해하더니 절친이 되고, 설마 주인공이 칼에 찔리는 순간 경찰이 나타나 구해주는 것은 아니겠지? 하는 순간 경찰이 나타나고, 설마하니, 그래, 설마하니, 편도체가 커지는 일은 없을 테지, 싶은 순간 편도체가 커지는 식이다.

그렇다. 놀랍게도 이 모든 사건을 겪은 주인공은 돌연 감정을 느낄 수 있는 '평범한' 사람이 된 것이다. 정말이지 충격적인 장면이었다. 이 정도면 과학계에 보고해야 할 수준의 기적이 아닌가. 아무리 소설이라지만 줄거리가 이렇게 편리하게 가도 되나 싶어 여러 번 고개를 갸우뚱하게 된다.

등장인물들이 내뱉는 대사 또한 아주 전형적이기 그지없다. 드라마로 치면 "그만둬! 이런 행동은 당신답지 않아!" 하고 남자 주인공이 외치면, "나다운 게 뭔데요? 네? 나다운 게 뭐냐고요!" 하며 여자 주인공이 눈물을 흘리며 절규하는 수준에서 조금도 벗어나지 않는다. 그 밖에 곤이와 교수 아저씨네 집이 하필이면 언덕 위에 있는 호화 저택이라든지, 갑자기 주인공 앞에 무라카미 하루키의 소설에 나올 법한 여자아이가 등장하여 사랑을 고백한다든지, 군데군데 정말이지 아, 이거 어디선가 봤는데⋯ 아는 건데⋯ 싶은 설정들이 불쑥 불쑥 튀어나온다.

그렇다면 이렇게 빤한 구멍투성이의 이야기가 어떻게 그만한 사랑을 받았을까 싶은 의문이 들기 마련인데, 일단은 읽는 내내 마음이 아주 편안했다는 것을 큰 강점으로 꼽아야겠다. 예상치 못한 반전이나 함정 등에 깜짝 놀랄 필요 없이 모든 것이 익숙한 전개로 주우우욱 흘러가기에 긴장하거나 마음을 졸이며 읽을 필요가 전혀 없다. 가까운 이 중에 가끔 잠이 안 올 때 일부러 뻔한 액션이나 로맨스 영화를 본다고, 그러면 마음도 편안해지고 잠도 잘 온다고 이야기한 사람이 있었는데, 그 말이 무슨 뜻인지 이 소설을 읽으며 비로소 알게 되었다. 읽는 데 부담이 전혀 없다.

한편으로는 싱글맘, 학교폭력, 사회적 차별, 장애, 빈부격차, 묻지마 살인 등 묵직한 주제를 다루면서도, 독자가 부담을 느끼지 않을 정도로 아주 가벼운 터치만 하기 때문에 읽으면서 죄책감이나 공포 혹은 걱정이나 연민 같은 힘겨운 감정을 느낄 필요도 없다. 그저 줄거리를 편안하게 따라가기만 하면 된다. 물론 그러한 수많은 '뻔한' 설정 가운데에서도 백미는, 회복 불가능인 줄 알았던 엄마가 느닷없이 살아서 휠체어를 타고 웃으며 나타나는 장면. 설마하니, 설마하니 식물인간이었던 엄마가 되살아날 줄은!

그래서 이 소설에 대한 최종적인 감상을 말하자면, 그러니까 마치 한국 드라마의 마지막 회를 보는 듯한 느낌이었다. 최근에는 드라마를 거의 보지 않지만, 과거 인기 있는 작품을 자주 챙겨보던 시기에도 나는 늘 마지막 회는 일부러 스킵하곤 했다. 뜬금없이 여태까지 등장했던 모든 사람을 한데 모아 "그래서 모두 모두 오래 오래 행복하게 살았답니다. 우리 모두 하하호호 사이좋게 지내요" 하는 식으로 급격하게 마무리 짓는 특유의 결말이 마음에 들지 않았기 때문인데, 그럼에도 그토록 오래, 자주 반복되었다는 것은 역시나 나처럼 비뚤어진 사람보다는 좋아하는 사람 쪽이 훨씬 많기 때문이었을 테니, 이 소설 또한 같은 의미로 받아들이면 될 것 같다. 결국은 뭐, 좋은 게 좋은 거 아니겠는가. 독자 후기에 '해피엔딩'이어서 좋았다는 이야기가 많은 것을 보면 말이다.

17

세 상 밖으로
나 온
여 성들

『82년생 김지영』,
조남주, 민음사, 2016

※『82년생 김지영』의 결말을 포함하고 있습니다.

"근데 그 책이 무슨 내용이야? 도대체 무슨 내용이기에 그 난리야?"

어느 날 남편이 『82년생 김지영』 책을 두고 물어왔다. 참고로 남편은 책을 거의 읽지 않는 사람이다. 그중에서도 문학이랄까, 소설 쪽은 더더구나 취미가 없다. 그래서 내가 관련된 이야기를 신이 나서 떠들고 있으면 제아무리 유명한 작가나 작품이라 할지라도 눈을 껌뻑껌뻑하며 낯설어하는 표정을 하고 있다. 마치 물리학 이야기를 하는 남편을 바라볼 때의 나처럼. 그런데, 그런 남편조차 알게 되었을 정도로 유명해진 것이다. 『82년생 김지영』이.

『82년생 김지영』은 2018년 11월, 출간 2년여 만에 판매 부수 100만 부를 돌파했으며 그로부터 2년 가까이 경과한 지금까지도 여전한 판매고를 올리고 있다. 가뜩이나 어려운 출판계 현실에서 밀리언셀러 달성이라니. 그것도 한국 소설로. 이는 2009년 신경숙 작가의 『엄마를 부탁해』 이후 9년 만의 대기록이다. 심지어는 일본과 중국, 대만 등 다른 동아시아권의 국가에서도 모두 베스트셀러 순위에 올랐다.

물론 책과 상당히 거리가 있는 남편이 알게 된 것이 단순히 밀리언셀러가 되었다는 이유 때문만은 아니다. 그간 관련하여 이런저런 설화가 오죽 많았는가. 이건 완전 제 얘기예요… 하고 눈물 젖은 후기를 올리는 여성들이 있는가 하면, 맘 카페 등지에서는 책을 빌려드릴 테니 한번 읽어보시라며 자발적으로 돌려보는 여성들도 생겨났다. 반면 일부의 남성들 사이에선 마치 페미니스트의 교과서이자 성서처럼 여겨지기도 했다. 그런 이들은 걸그룹 멤버가 SNS에 『82년생 김지영』 책을 들고 있는 사진을 올렸다는 것만으로 해당 아이돌을 '꼴페미' 혹은 '남성혐오자'라고 강하게 비판하며 악성 댓글을 달기도 했다. 『82년생 김지영』을 읽는다고? 이제 보니 너도 메갈이로구나! 정의의 심판을 받아랏!

이와 같은 일들이 반복되는 사이 『82년생 김지영』은 역설적으로 점점 더 많이 팔려나갔다. 길에서 누가 싸우고 있으면 지나가던 아무 상관없는 사람까지 무슨 일인가 궁금한 마음에 자연스레 얼굴이라도 디밀어보게 되는 게 인지상정. 대체 어떠한 내용이기에 이처럼 논란이 되는 것인가 하는 사람들의 궁금증을 타고 오히려 점점 더 많이 팔리게 된 것이다.

그렇다면 실제로는 어떨까? 소문대로 읽는 여성을 모두 '사악한 페미니스트'로 계도시키는 '악마의 책'인가? 정말로 읽으면 무조건 래디컬 페미니스트가 되어버리는 마법전서? 아니면 누군가의 말처럼 문학이라고도 할 수 없는 형편없는 작품성의 '팩션'? 혹은 한국 여성의 현실을 오롯이 담아낸 위대한 작품? 이에 대한 결론은 좀 나중에 내리기로 하고, 우선 『82년생 김지영』이 어떤 내용인지 살펴보기로 하자. 소설 『82

년생 김지영』은 이렇게 시작한다.

> 김지영 씨는 우리 나이로 서른네 살이다. 3년 전 결혼해 지난해에
> 딸을 낳았다. 세 살 많은 남편 정대현 씨, 딸 정지원 양과 서울 변두리
> 의 한 대단지 아파트 24평형에 전세로 거주한다. 정대현 씨는 IT 계
> 열의 중견 기업에 다니고, 김지영 씨는 작은 홍보대행사에 다니다 출
> 산과 동시에 퇴사했다. 정대현 씨는 밤 12시가 다 되어 퇴근하고, 주
> 말에도 하루 정도는 출근한다. 시댁은 부산이고, 친정 부모님은 식당
> 을 운영하시기 때문에 김지영 씨가 딸의 육아를 전담한다. 정지원 양
> 은 돌이 막 지난 여름부터 단지 내 1층 가정형 어린이집에 오전 시간
> 동안 다닌다.(9쪽)

어디서 많이 본 이야기 같지 않은가? 혹은 실제로 존재하
는 누군가를 모델로 한 것 같은 느낌이 드는가? 정확하다. 그
런 느낌이 드는 것은 김지영이란 인물 자체가 대한민국 30대
여성의 삶을 평균화해서 만들어낸 캐릭터이기 때문이다. 일
단 이름부터가 그렇다. 한국인의 가장 흔한 성씨 중 하나인 김,
82년생 출생 여성 중 가장 많은 이름이라는 지영. 그런 김지영
씨의 생애는 대한민국 여성의 '평균적인' 삶을 그대로 따라간
다. 공무원인 아버지와 전업주부인 어머니 밑에서 삼남매 중
둘째로 태어나 남들처럼 학창 시절을 보내고 남들처럼 대학에
가고 남들처럼 취직을 해서 남들처럼 결혼을 한 후 남들처럼

임신을 하고 남들처럼 퇴사를 하여 남들처럼 아이를 키우는 대한민국 30대 여성의 삶.

그렇기에 김지영 씨는 대한민국 여성이 자라면서 겪었을 크고 작은 고초를 그대로 경험한다. 어린 시절에는 할머니로부터 남동생과의 사이에서 차별을 받고, 초등학생 시절 자신을 괴롭히는 남자아이 때문에 힘들어하던 시기에는 선생님으로부터 "짝꿍이 널 좋아해서 그런 거"라는 얼토당토않은 위로를 듣고, 중학생 때는 학교 주변에 출몰하는 바바리맨을 친구들과 합심해 경찰서에 끌고 가지만 여자애들이 겁도 없이 설친다며 되레 꾸중을 듣고, 고등학생 때는 버스와 지하철 등지에서 성추행범을 보고 놀라 도망치며 내가 뭔가 잘못한 게 있었나 스스로를 검열하고, 대학 시절에는 선배들이 자신을 두고 하는 음담패설을 듣고, 취업준비생일 때는 노력이 무색하게도 남자들에 밀려 계속 떨어지고, 실제 일을 하면서는 수도 없이 성희롱과 성추행을 당하고, 직장에서는 인근 화장실에서 몰카가 발견되기도 하며, 아이를 낳은 이후에는 맡길 사람이 없어 결국 퇴사를 하고, 그런 와중에 어린이집 등하원 길 벤치에 앉아 커피를 마시다가 주위에 있던 남자들로부터 '맘충'이라는 소리를 듣게 되는 식이다.

흔히 우리는 현실에 없을 것 같은 놀랍고 기이한 사건을 두고 '소설 같다'는 표현을 사용한다. 그런 면에서 『82년생 김지영』은 전혀 소설 같지 않다. 특수성이 아닌 보편성을 획득하는 것이 목표였던 이 소설은 종종 통계나 자료를 인용하며 모든 것을 평균으로 수렴시킨다. 거기에서 이 소설의 강점이자 약점이 탄생한다. 강점은 그야말로 대한민국 여성이라면 대부분이 공감할 수밖에 없는 내용이라는 것. 물론 김지영의 모든 일상을 그대로 답습한 사람은 당연히 없을 것이다. 모두가 결혼을 하는 것은 아니며, 모두가 자녀를 낳는 것도 아니다. 모두가 부모님을 따로 부양하지 않아도 좋을 만큼 사정이 괜찮은 것도 아니다. 아이를 낳고도 직장생활을 계속 병행하는 사람도 생각 외로 많다. 운 좋게 평생 성희롱이나 성추행을 한번도 겪지 않는 사람도 간혹 존재한다.

그러나 설령 그런 사람들이라 할지라도 여성인 이상 김지영이 겪는 모든 서사를 죄다 비켜서기는 어렵다. 성희롱과 성추행의 경험이라거나, 밤거리를 걷는 공포라거나, 경력단절의 아픔이라거나, 육아의 고통, 혹은 여성으로서 받게 되는 어떤 차별. 말 그대로 이것은 덜하거나 더한 것을 포함한 '평균적인' 삶일 뿐이지만, 그렇기 때문에 결국 소설을 읽는 대부분의 여성들은 자신이 겪었던 어떤 고통과 상처를 되새기며, 그래, 나만 그런 것은 아니었어라는 위안을 얻게 되기도 한다.

앞서 말했듯이 '현실'을 그대로 반영했다는 것은 반면에 큰 약점으로 작용하기도 하는데, 우선은 재미가 없다는 것이 있다. 소설깨나 읽는다는 사람들은 이 소설을 읽고 대부분 비슷한 이야기를 한다. 재미없어요. 이런 게 무슨 소설이야. 우리는 흔히 남들이 어떻게 사나 보려고, 또는 내가 모르는 것을 가상에서 경험하려는 목적으로 소설을 읽는다. 그런데 이미 내가 지긋지긋하게 겪고 있거나, 주변에서 신물 나도록 보는 것을 텍스트로 다시 읽는 것이 무슨 재미가 있겠는가. 심지어 가공의 인물을 바탕으로 써내려간 신문 특집 기사를 연상시키는 이 소설을 말이다.

줄거리는 평이하고, 인물들은 대단히 전형적이다. 사건은 현실적인 반면 인물들은 가짜처럼 느껴지기도 한다. 그렇기에 문학이 아닌 것 같다는 비판에도 일견 타당성이 있다. 그러나 인물이 얄팍하건 사건이 지루하건 이야기가 전형적이건 간에 관계없이, 이 소설의 성취는 어찌 되었건 현실을 텍스트로 옮겨서 사람들에게 보고 듣고 느끼게 해줬다는 데 있다. 우리 사회의 여성들이 이러한 문제를 공통적으로 겪고 있다는 사실을, 우리 전체가 바뀌지 않으면 동일한 일이 반복될 거라는 사실을 말이다.

『82년생 김지영』이 왜 인기가 있는지, 혹은 왜 팩션이라는 비판을 듣는지는 여기까지 하고, 그렇다면 또 다른 질문이 남는다. 남성들은 이 소설을 왜 그토록 싫어하는가. 『82년생 김지영』에 대한 남성들의 주된 비판 논리는 이것이다. 소설이 여성만 피해자로 묘사하고 있다는 것. '사소한' 문제점들을 가지고 '징징대고' 있다는 것. 여성만큼 남성도 힘든 삶을 살고 있다는 것.

3장_ 대중이 사랑한 이야기

그들이 그렇게 느끼는 것도 무리는 아니다. 일단 작품 속 많은 부분이 여성의 시점으로 서술되어 있으므로 남성 입장에서 편파적이라고 느낄 수는 있다. 자신이 겪어보지 않은 일들이기에 성희롱이나 성추행에 대한 공포를, 여성이라는 이유로 차별받는 현실에 대한 토로를 '징징대는' 것처럼 느낄 수도 있다. 또는 나는 저렇게 성희롱, 성추행하는 나쁜 놈이 아닌데 왜 도매급으로 싸잡아 비판하지?라는 억울함이 생길 수도 있다.

사실 그들의 말처럼 실제 세계에서는 여성뿐 아니라 남성도, 그러니까 우리 모두가 힘들게 살고 있는 것이 맞다. 군대 문제, 일자리 문제, 결혼, 출산, 육아 등등등. 여성들만큼 남성들도 힘들다. 그렇기 때문에 위와 같은 그들의 생각, 이를테면 『82년생 김지영』이 페미니즘의 교본이라든가, 남성혐오를 부추기는 책이라든가 하는 이야기는 부당한 비판이 된다. 왜냐하면 결국 모든 문제는 서로 맞물려 있기 때문이다.

여성이 불행한 세계에서 남성만이 행복할 수 있는가? 당연히 없다. 스트레스를 받은 김지영 씨가 이상해지면서 김지영 씨의 남편은 놀라고 당혹스러워 한다. 사실 남편인 정대현 씨에게도 여러 어려움이 있을 것이다. 회사에서 일하며 겪는 밥벌이의 어려움, 아내와 어머니 사이를 조율해야 하는 어려움, 조금씩 영혼이 새어나가는 듯한 아내에 대한 걱정, 아이의 반짝거리는 시절을 함께하지 못하면서 생겨나는 아쉬움 등. 다만 분명히 해두어야 할 지점은 정대현 씨에게 이런 어려움이 있다고 하여, 정대현 씨 역시 김지영 씨만큼 나름의 고민이 있다고 하여 결코 김지영 씨의 고통이 사라지지 않는다는 사실이다. 말하자면 이 책은 '고통 올림픽'을 위한 것이 아니란 뜻이다.

문학작품의 효용이 누군가 직접 겪지 못하는 것을 전달하기 위함이라고 할 때, 이것은 여성들이 어떤 삶을 살고 있는지, 그들이 어떤 것을 고민하는지를 전달하기 위해 쓰여진 책이라고 할 수 있다. 남성을 공격하기 위한 것이 아니라, 남성인 당신이 무조건 잘못했고, 여성인 나만이 피해자임을 주장하기 위함이 아니라, 우리는 이러한 삶을 살고 있다는 것을 그저 이야기하기 위함인 것이다. 실제로 책 속에서는 좋은 남자들도 많다고 자주 이야기하는 동시에 남성들뿐 아니라 여성들 역시 가해자와 피해자의 위치에 번갈아 서는 모습을 자주 보여준다. 말하자면 가부장제 자체가 모두가 패배하는 게임이라는 것을 말하는 것이 이 책의 궁극적인 목표인 것이다.

그러므로 여기서 다시 앞선 질문으로 되돌아가면, 『82년생 김지영』은 이 소설을 읽는 여성을 순식간에 래디컬 페미니스트로 바꿔주는 사악한 마법전서도 아니요, 문학성이라고는 조금도 찾아볼 수 없는 형편없는 팩션에 불과한 것도 아니요, 그렇다고 대한민국 여성들을 일깨워주는 위대한 작품도 아니라고 할 수 있다. 이것은 그냥 우리 사회의 거울인 동시에, 여성들의 평균적인 삶의 기록일 뿐이다.

더불어 이 책이 우리나라에서 200만 부 이상 판매되고, 한국뿐만 아니라 세계 전역에서 이토록 큰 반향을 일으킨다는 것은 그만큼 우리가 살고 있는 이 세상에 고통받는 김지영 씨가, 변화를 꿈꾸고 바라는 김지영 씨가 많다는 것을 의미할 뿐이다. 따라서 인스타그램 사진 속의 탁자 위에 『82년생 김지영』이 놓여 있다고 기겁을 하며 호들갑을 떨고 '아이고 우리 ××도 이제 꼴페미가 되어버리는 겁니까! 한때는 너와 결혼까지 생각했는데, 이젠 사진첩에 있는 너의 사진을 모두 지워버리겠다!'고 장엄하게 선언하는 행위는 아이러니하게도 소설 속 김지영 씨의 삶을 더욱 증명하는 행위란 얘기다. 『82년생 김지영』은 그냥 당신 곁을 스쳐 지나가는 30대 여성의 과거이자 현재일 뿐이다.

물론 이렇게 아무리 말해도 누군가에게는 여전히 공허한 메아리일지도 모르겠다. 실제로 『82년생 김지영』 열풍을 두고 몹시 분노한 일부는 이에 대항하여 『82년생 김진우의 변명』이라는 책을 펴내기도 했으니. 알려지지조차 않아 몇 명이나 봤을는지도 모르는 이 책에서 가장 인상 깊은 대목은 바로 아침밥 타령을 하는 부분이다.

누군가는 경력이 단절되고, 성희롱과 성폭행의 위협에 시달리고, 출산과 육아 문제로 고민을 하는 시기에, 따뜻한 밥을 먹어본 기억이 없다니. 뭐 좋다, 누군가는 아침밥 때문에 서운함을 느낄 수도 있다. 말했다시피 누구에게나 고민과 고통이 있고, 이 삶은 고통 올림픽이 아니므로 아침밥 때문에 서운하다는 의견 또한 충분히 표현할 수 있다. 그러나 상처를 입고 고통을 호소하는 사람에게 와서 야, 나도 아파, 나도 아프다고, 하며 종이에 베인 손가락을 보여주는 사람이 일반적인 시선에서 어떻게 보일지, 자세한 설명은 생략하기로 한다.

4

브랜드가 된
작가들

이전 장에서는 행운과 우연이 겹쳐 대중의 사랑을 받은 책들을 다루었다. 작가들로서도 그와 같은 엄청난 성공은 아마도 예상치 못한 결과일 텐데, 하루아침에 스타가 된 이들의 기분이 그와 같지 않을까. 어쩌면 출간 이후 몇 년째인 지금까지도 실감나지 않아 어안이 벙벙해하고 있을지도 모른다. 그런데 내가 당사자라면 매우 기쁜 한편으로는 몹시도 불안하고 두려운 마음이 들 것도 같다. 왜냐하면 한번의 성공은 성공 그 자체일 뿐 무엇도 증명해주지 않기 때문이다. 자칫하면 해당 작품 하나로 반짝하고 사라질 수도 있는 노릇이라, 오히려 기쁨 이상의 부담과 중압감으로 차기작을 쓰는 데 훨씬 큰 어려움을 겪고 있을지도 모르는 일이다.

어느 분야나 마찬가지겠지만 성공은 그 누구도 예측할 수 없다. 그중에서도 책의 성공 여부는 더더욱 예측이 불가능한데, 책의 '품질'과 '인기'가 반드시 비례하지는 않기 때문이다. 출판 트렌드는 수시로 변하고, 독자, 즉 대중의 기호 역시 종잡을 수 없다. 그 때문인지 실제로 앞서 언급한 작가들 대부분이 이후로는 대표작만큼의 성과를 내고 있지 못하다. 'ㅇㅇ의 저자 ㅇㅇ의 신작'이란 타이틀을 달고 대대적인 마케팅과 함께 복귀하지만, 돌아오는 반응은 대개 시큰둥하기만 하다.

그렇기에 꾸준히 작품 활동을 하며 일정한 수준의 판매고를 올리는 작가들은 참으로 대단하다고 할 수 있다. 대중의 입맛에 정확하게 부합하는, 그런 가운데에서도 자기만의 색깔을 확실히 보유한 사람들이기 때문이다. 비유하자면 3장에서 다룬 작가들이 〈백종원의 골목 식당〉 등에 소개되어 우연히 '대박'이 터졌다가, 초심을 잃고 품질 관리, 혹은 고객 응대 등을 제대로 못해서 실패하거나 본인은 잘못한 것이 없더라도 아예 유행 자체가 지나버려 파리가 날리는 식으로 망해버리는 '단타형' 맛집들이었다면, 이 장에서 다루는 작가들은 이유는 각자 다 다르겠지만 고객의 기대치를 어떤 방식으로든 꾸준히 만족시키는 프랜차이즈형 맛집이라고 할 수 있다.

프랜차이즈의 경우 다른 무엇보다도 '이름'이 중요하다. '백종원 쌈밥집'은 백종원이라는 그 이름 하나만 믿고 사람들이 찾아온다. 출판 분야 역시 이러한 흐름에서 벗어나지 않는다. 교보문고가 2009년부터 2019년 1월까지 소설 분야의 누적 판매량을 집계한 결과에 따르면, 1위가 히가시노 게이고, 2위가 무라카미 하루키, 3위가 베르나르 베르베르, 4위가 기욤 뮈소, 그리고 5위가 김진명이었다. 누적 판매량은 교보문고뿐만 아니라 온라인 서점이나 일간지에서도 종종 조사하는 사항인데 시기별, 조사기관별로 약간씩의 순위 변동은 있으나 1~5위에 해당하는 인물들이 달라지는 일은 없었다. 즉, 한국에서는 위의 5명이 대중소설 분야의 '검증된' 작가로 기능하는 것이다.

흥미로운 지점은 위의 조사 결과에서 5인 중에 한국 작가는 김진명 한 명뿐이었으며, 그 밖에도 순위권 내에 국내 작가

4장_브랜드가 된 작가들

들이 거의 없었다는 사실이다. 누적 판매량 20위권 내에 신경숙, 공지영 및 한강 등의 작가가 포함되어 있기는 했으나, 이들의 작품이 판매된 것도 모두 2016년 이전의 판매량이 합산된 결과일 뿐, 최근 몇 년간의 성적은 매우 지지부진한 상황이었다. 이는 한국 문학계에는 소위 말하는 '문학성'을 지닌 작가는 많지만, 대중의 기호를 만족시키는 '이렇다 할' 대중소설 작가가 부재하다는 방증이기도 하다. 대체 한국 소설은 무엇이 문제인 것일까.

이 장에서는 앞서 언급한 5명의 작가와 함께 또 다른 인기 작가인 알랭 드 보통의 작품을 다루는데, 어쩌면 그와 같은 내용들이 '스타' 작가가 없는 한국 문학계에 어떤 힌트가 될 수 있을지도 모르겠다.

18

어른에게도
동화가
필요해

『나미야 잡화점의 기적』,
히가시노 게이고, 현대문학, 2012

※『나미야 잡화점의 기적』의 결말을 포함하고 있습니다.

대학생 때 유럽 여행을 하던 중 같은 유스호스텔에 머물던 일본인 남성이랑 뜻이 맞아 며칠간 같이 다닌 적이 있었다. 나이도 비슷하고 말도 잘 통해서 엊그제 처음 봤는데도 오래 알고 지낸 친구 마냥 아주 즐거운 시간을 보냈는데, 그런 와중에 음악이나 영화 이야기를 하다가 그만 깜짝 놀라고 말았다. 아니 글쎄, 그 사람도 히가시노 게이고랑 라디오헤드를 좋아한다는 것이 아닌가! 직접적으로 말은 하지 못했지만 내심 혹시…? 하면서 가슴이 마구 두근거렸던 기억이 난다. 어머나, 나랑 같은 작가와 같은 밴드를 좋아하다니! 이건 운명이야!

지금 생각하면 정말 웃기는 일이다. 당시는 그의 작품이 국내에 막 소개되던 시절이었고, 그렇기에 히가시노 게이고를 아는 한국인 역시 많지 않아 잘 몰랐지만, 일본 현지에서는 그때부터 이미 다섯 손가락 안에 꼽히는 대중문학 작가였다. 영화화 혹은 드라마화된 작품도 많으며 상당한 팬덤을 가지고 있는. 그러니까 히가시노 게이고를 좋아하는 일본인이라는 것은 마치… 정우성을 좋아하는 한국 여성 정도의 비율에 가까웠던 것이다. 더군다나 라디오헤드라니. 말하자면 운명도 뭐도 아니었던 셈이다. 현실은 〈비포 선라이즈〉 같은 영화와는 달랐다.

그런 히가시노 게이고가 요즘은 국내에서도 유명해졌다.

그의 작품을 원작으로 하는 영화가 한국에서만 3편이나 개봉하기도 했으며,● 작년에 교보문고가 누적 판매량을 집계한 결과에 따르면 국내에서 10년간 가장 많이 팔린 작가라고 한다. 이런 상황이니 그 역시 일단 출간만 하면 베스트셀러에 오르는 것은 당연지사. 이제는 과거에 남들은 모르는 일본 작가를 안다며 뿌듯해하던 것이 멋쩍을 정도의 유명인사가 되었다. 그런데 그의 수많은 작품●● 중에서도『나미야 잡화점의 기적』의 인기는 독보적인 데가 있는데, 이 책은 2012년 출간 이래 단 한 차례도 베스트셀러에서 벗어난 적이 없기 때문이다.●●● 제아무리 유명한 책이라도 일정 기간이 지나면 수명이 다하기 마련이건만, 무려 10년 가까이 인기가 유지되고 있는 것이다.

　사실『나미야 잡화점의 기적』은 기존 히가시노 게이고가 주로 쓰던 작품들과는 다소 결이 다르다. 본래 히가시노 게이고의 주력 분야는 추리·미스터리·스릴러 장르였기 때문에 초기부터 그의 작품을 읽어왔던 팬들 중에는 이 책을 읽어본 뒤 실망의 내색을 감추지 않는 이들도 많았다. "이건 내가 생

●　〈백야행〉(2009), 〈용의자X〉(2012), 〈방황하는 칼날〉(2013)

●●　일 년에 최소 2~3편 이상의 작품을 내기 때문에 때로 '히가시노 게이고'란 이름을 필명으로 쓰는 일종의 '팀'이 있는 것이 아닌가 하는 의심을 산다고 한다.

●●●　교보문고 연간 베스트셀러 순위 기준 2013년 전체 5위, 2014년 전체 8위, 2015년 전체 4위, 2016년 전체 5위, 2017년 전체 4위, 2018년 전체 9위, 2019년 전체 36위

각하는 히가시노 게이고가 아니야", "그냥 평범한 감동 드라마잖아"라는 식으로. 그런데 놀랍게도 그런 소설이 만루 홈런을 쳐버렸다. 기존에 『백야행』이니 『방황하는 칼날』이니 『용의자 X의 헌신』이니 아무리 재미있다고 해도 거들떠도 보지 않던 이들까지 돌연 이 책을 사서 읽기 시작한 것이다.

실은 초창기 히가시노 게이고의 팬이었던 나 역시 애초에 이 소설은 볼 생각조차 하지 않았었다. 게다가 "마음이 따뜻해지는 훈훈한 이야기"라는 광고 문구를 보고 나니 더욱더. '훈훈한' 혹은 '따뜻한'이라는 수식어를 들으면 평소 경계심부터 발동되는 스타일이라 전혀 끌리지 않았던 것이다. 하지만 유명한 작가의 책을 다루는 이 챕터에서 유명한 작가의 가장 유명한 책에 대해 쓰지 않을 도리가 없었던 터라 결국은 읽게 되었는데, 읽으면서 바로 납득할 수 있었다. 아… 그랬구나. 이래서 사람들이 좋아했구나. 꽤나 두꺼운 분량(455쪽)에 등장인물도 적지 않지만 대략의 줄거리를 요약해보자면 이렇다.

고아원 출신의 쇼타, 고헤이, 아쓰야 세 사람은 어느 야심한 밤 훔친 자동차를 몰고 폐가가 된 한 가게로 향한다. 그런데 몸을 숨기고 날이 밝기를 기다리던 세 사람 앞에 이상한 일들이 일어나기 시작한다. 누군가 익명으로 상담 편지를 보내오기 시작한 것. 처음에 어리둥절해 하던 세 사람은 가게 바닥에 놓인 오래된 잡지를 통해 자신들이 몸을 숨긴 곳은 '나미야 잡화점'이란 장소이며, 나야미(고민)와 비슷한 이름 탓에 언제부턴가 고민 상담 편지가 날아들게 되었고, 그 어떤 장난스런 고민이든 무시하지 않고 성실하게 응답하는 주인 할아버지 덕에 일종의 지역 명소처럼 되었다는 사실을 알게 된다.

다만 미스터리한 점은 그 또한 벌써 40여 년 전의 일이고, 잡화점은 이미 폐업한 지 오래인데 대체 누가 이런 편지를 보내오느냐는 것이다. 심지어는 시험 삼아 보낸 답장에 그 즉시 새로운 편지가 들어오기까지 한다. 그런데 내용은 미묘하게 현실과 어긋나 있다. 결국 세 사람은 나미야 잡화점 내부의 시간은 바깥 세상과 다르게 돌아가고 있으며 편지 또한 과거로부터 날아온다는 사실을 깨닫는다. 결국 장난기를 벗고 점차 진지하게 상담에 임하게 된 도둑 3인조는 졸지에 카운슬러 역할을 하게 되는데, 그러면서 사람들의 고민을 해결해준다는 것이 주요한 골자이다. 책에서 소개되는 고민은 크게 잡아 총 5건으로 각각의 챕터로 나뉜다.

제1장 답장은 우유 상자에

올림픽 전지훈련을 앞둔 운동선수의 고민. 그녀에게는 불치병에 걸린 연인이 있는데 죽음을 앞둔 그의 마지막 소원은 그녀가 훈련을 열심히 받아 올림픽에 출전하는 것이라 한다. 함께 있을 날이 얼마 남지 않은 연인 곁을 지킬 것이냐, 아니면 연인이 부탁한 대로 전지훈련을 떠날 것이냐, 그녀는 갈등하며 편지를 보내온다.

4장_브랜드가 된 작가들

제2장 한밤중에 하모니카를

꿈을 좇을지, 현실에 순응해야 할지 기로에 선 남성의 고민. 가수 지망생 가쓰로는 건강이 악화된 아버지의 뒤를 이어 가업인 생선가게를 이어갈지, 딱히 성과가 없었음에도 지금껏 포기하지 못했던 가수의 길을 계속 걸어갈지 심각하게 고민하다 조언을 구해온다.

제3장 시빅 자동차에서 아침까지

유부남과 내연관계를 맺었던 가와베 미도리의 고민. 임신 사실을 알게 된 그녀는 고민에 빠진다. 가장 이상적인 해결 방법은 임신을 중단하는 것이지만 문제는 수술을 받고 나면 건강상의 문제로 다시는 임신을 할 수 없다는 것. 평소 간절히 아이를 원해왔던 미도리 역시 고민 끝에 편지를 보내온다.

제4장 묵도는 비틀스로

중학생 고스케의 고민. 부잣집 아들로 남부러울 것 없이 자란 고스케는 아버지의 사업이 망하면서 어려운 처지에 놓인다. 가족이 다 같이 야반도주를 해야 하는 상황이 되었는데, 고스케 입장에서는 도무지 그런 비겁하고 부당한 방법이 내키지 않고, 결국 고민 끝에 나미야 잡화점으로 편지를 보내게 된다.

제5장 하늘 위에서 기도를

호스티스 하루미의 고민. 돈을 많이 벌기 위해 얼마 전부터 부업으로 호스티스를 시작한 회사원 하루미. 기대보다 꽤나 쏠쏠한 돈을 벌게 된 그녀는 아예 회사를 그만두고 풀타임으로 호스티스 업무에 집중하는 것에 대해 어떻게 생각하느냐며 편지를 보내온다.

대략 이러한 내용으로, 세간의 기준으로는 다소 어처구니없는 내용도 있고, 심각한 고민도 있다. 대중의 상식(?)선을 크게 벗어나지 않는 3인조는 강도 주제에 때로는 호통을 치고 때로는 타이르고, 혹은 미래를 아는 입장으로서 현실적인 조언을 해주기도 하며 의뢰인들에게 나름 성실하게 답장을 보낸다. 그러다 그들은 어느덧 고민의 주인공들이 서로 묘하게 연결되어 있다는 것을 깨닫는다. 심지어는 자신들이 자란 시설 환광원과 깊은 연관이 있다는 사실까지. 그러면서 드디어 나미야 잡화점의 '비밀'이 밝혀진다.

읽는 동안 두드러지게 느낀 것은 일단 이야기가 매우 '착하다'는 것이다. 인물도 착하고 줄거리도 착하다. 고민 또한 착하다. 병이 든 연인의 부탁을 들어주기 위해 갈등하는 운동선수에다가 노쇠한 아버지 대신 가업을 잇기 위해 꿈을 포기할까 고민하는 청년이라니. 심지어 야반도주는 비겁해서 싫다는 중학생이라니. 내가 중학생 때는 하루 종일 좋아하는 가수

4장_브랜드가 된 작가들

생각밖에 안 했건만.

　고민하는 이들의 주변 인물들도 만만치 않다. 죽을 날이 머지않은 불치병 환자는 자기의 안위보다도 연인의 성공을 걱정하며, 당장 건강에 문제가 생긴 아버지 또한 여러모로 어려운 상황에서도 아들의 꿈을 끝까지 지원해주려 한다. 중학생 아들과 함께 야반도주하려던 부모는 또 어떻고. 부모는 결국 비극적인 결말을 맞이하고 말지만 마지막 순간에도 아들의 앞날에 누가 되지 않기 위해 최선의 노력을 다한다. 이처럼 선량한 주변인들의 마음을 알게 된 고민의 의뢰인들 역시, 감동적인 깨달음과 함께 앞으로 최선을 다해 남을 위해 살겠다는 결론을 내리게 된다. 정말로 착하고도 착한 이야기들이다. 그런데 사실 이것들은 앞서 언급한 나미야 잡화점의 '비밀'에 비하면 아무것도 아니다.

　그 '비밀'이란 다름 아닌 이것이다. 옛날옛날 어느 부잣집의 고명딸이 가난한 기계공과 사랑에 빠져 연인과 함께 도주 계획을 세우게 되었다. 하지만 피치 못할 사정으로 약속 장소에 나가지 못하게 되었고, 홀로 남겨진 청년은 처음에는 연인을 원망하다 나중에는 이해하고 용서한 뒤, 되레 당신을 혼란스럽게 만들고 괴로움을 남겨 미안하다는 편지를 써서 보낸다. 이후 두 사람은 각자의 자리에서 서로를 그리워하며 평생을 보냈고, 부잣집 딸은 심장병으로 세상을 떠나는 순간까지 옛 연인의 축복을 빌었다는 것이다.

그렇다. 예상 가능하다시피 나미야 잡화점의 주인 할아버지가 그 가난한 기계공 청년이었고, 평생을 독신으로 살았다는 환광원의 원장이 다름 아닌 부잣집의 고명딸이었다. 결국 두 사람 사이의 이루어지지 못한 인연이 나미야 잡화점을 중심으로 이런 기묘한 현상이 일어나게 했고, 상담자들의 인생을 구원하는 '기적'을 일으켰다는 것이 다름 아닌 그 '비밀' 되시겠다.

정말 말도 안 되게 '착한' 내용이지 않은가. 비록 오해였다고는 하나 자신을 버린 연인을 용서하는 것을 넘어 사과까지 하다니! 게다가 그 편지를 받은 연인은 평생 동안 고아원을 운영하며 봉사정신으로 사랑을 승화시킨다니! 숨을 거두는 마지막 순간에는 온 세상에 축복을 내리다니! 세상에 착해도 이렇게 착할 수가 있나요.

이처럼 이 소설 속에서는 모든 사람이 아주 쉽게 반성하고, 회개하고, 용서하고, 감동하고, 사랑을 다짐한다. 하기야, 착하기로 따지면 주인공 3인조 도둑들 또한 만만치 않다. "나이도 똑같고 중고등학교도 함께 다녔다. 몰려다니면서 못된 짓도 많이 했다. 날치기, 소매치기, 자판기 털기까지 폭력을 쓰지 않는 절도 행위라면 대부분 다 해봤다"(436쪽)던 셋은 나미야 잡화점에서 하룻밤을 보내며 고민 상담을 하는 동안 아… 나도 사람들에게 도움이 될 수 있구나, 세상에는 이렇게 열심히 사는 사람들이 많구나, 나미야 잡화점에 이런 '감동적인'

비밀이 얽혀 있구나 등을 깨우치면서 갑자기 개과천선을 한다. 이런 대사까지 읊으면서.

> "그 별장으로 가자. 우리가 훔쳐온 거, 다시 돌려주자." (…)
> "문제는 그다음이야. 점점 더 일자리를 얻기가 힘들어질 텐데 어찌지?"
> 아쓰야는 고개를 저었다.
> "그걸 내가 어찌 알겠냐. 하지만 한 가지만은 분명해. 이제 다시는 남의 물건에 손대지 않는다." (445쪽)

애초에 이 정도로 쉽게 깨달음을 얻을 거였으면 처음부터 범죄를 저지르질 말라는 이야기를 하고 싶다. 하여간 이해가 안 가는 인물들이다. 물론 세상을 살다보면 간혹 아주 보기 드물게 '착한' 사람들을 만나게 되지만, 이렇게나 한꺼번에 등장하는 경우는 참 무슨 말을 해야 할지. 그런데 사실은 이러한 '착함'이야말로 대중들의 마음을 사로잡은 핵심 요인이었을지 모른다.

현대를 사는 사람들은 기본적으로 지쳐 있다. 뉴스를 보면 온통 비극적인 소식뿐이다. 생활고에 시달리던 아버지가 자식들을 살해한 뒤 자살한다던가, 육아우울증에 지친 어린 엄마가 아기를 내다 버려 숨지게 만든다던가, 한때 사랑하던 연인의 약점을 빌미로 협박을 한다던가, 지나가는 여자를 그저 홧김에 죽인다던가, 기타 등등 끔찍한 뉴스가 끝도 없이 쏟아진다.

그런 상황에서 이처럼 선량한 사람들이 잔뜩 나오는 이야기가 인기를 끄는 것은 어쩌면 필연이라고 할 수 있다. 가뜩이나 힘들어 죽겠는데 소설에서까지 끔찍한 내용, 슬픈 이야기를 봐야 해? 소설만이라도 흐뭇한 걸로 보자! 좀! 뭐 이런 마음들인 것 아닐까. 다들 어둡고 혼탁하고 끔찍하고 각박한 세상을 잠시나마 잊기 위한 위로가 필요한 것이다. 그러니까 이 소설은 말하자면 어른들을 위한 동화라고 할 수 있겠다. 비록 눈에 띄지는 않지만 착한 사람들은 어디엔가 분명 있어, 세상에는 이렇게 '따뜻하고' '훈훈하며' '감동적인' 사연도 있으니 너무 절망하지는 말라는 메시지를 주는.

물론 이 동화 같은 소설에도 나름 현실적인 대목은 있다. 답장을 받은 뒤 고민의 의뢰인들이 취하는 태도이다. 그들은 3인조가 뭐라 하든, 아무리 간곡하게 조언을 하든, 무섭게 훈계를 하든, 혹은 의뢰인의 결정을 비웃든, 결국 자기 하고 싶은 대로 하는데, 이 부분이 판타지에 가까울 정도로 착한 인물만이 등장하는 이 비현실적인 소설에서 유일하게 현실적인 부분이라 할 수 있겠다. 실제로도 고민을 상담하는 사람들의 대다수가 이런 행동을 취하기 때문이다.

몇 시간 동안 공들여 이야기를 들어주고, 성심성의껏 이런저런 조언을 해주어봤자 정작 그 조언과 반대로, 조언을 무시하고 본인 내키는 대로 하는 사람들을 우리는 그간 얼마나 많이 보고 듣고 경험했는지. 하지만 어쩌면 이것이야말로 고민 상담의 본질인지도 모른다. 고민을 상담한다는 것은 결국 마음속 답답함을 풀어내기 위한 행위일 뿐이며, 결정은 남이 뭐라든 결국 자기가 하고 싶은 대로 하는 것이다. 실제로 소설 속에서 나미야 할아버지 또한 이렇게 말한다. "내가 몇 년째 상담 글을 읽으면서 깨달은 게 있어. 대부분의 경우, 상담자는 이미 답을 알아. 다만 상담을 통해 그 답이 옳다는 것을 확인하고 싶은 거야."(167쪽)

갑자기 히가시노 게이고에게 묻고 싶다는 생각이 든다. 어째서 이 부분만 묘하게 현실적이냐고. 혹시 한국에 있는 '답정너'라는 단어를 알고 있었던 것은 아니냐고. 참고로 답정너의 뜻은 이것이다. '답은 정해져 있고 너는 대답만 하면 돼.'

19

웰 컴 투
하 루 키
월 드

『1Q84』,
무라카미 하루키, 문학동네, 2009

※『1Q84』의 결말을 포함하고 있습니다.

유명해질수록 팬과 안티가 동시에 늘어난다고는 하지만, 그중에서도 무라카미 하루키만큼 호불호가 갈리는 작가도 없을 것이다. 하루키는 대중에게 전폭적인 사랑을 받는 것과 동시에 소위 책깨나 읽는다는 사람들 사이에서도 관심을 받는 아주 드물고도 특수한 케이스라 할 수 있다. 신작이 나왔다 하면 아무것도 묻지도 따지지도 않고 구매부터 하는 고정 팬덤이 상당하며, 거의 모든 작품이 출간과 동시에 일단 베스트셀러에 오른다. 놀라운 것은 그런 한편으로 꾸준히 노벨문학상의 후보로도 거론되고 있다는 사실이다.

때문에 이러한 하루키를 둘러싸고 대략 두 가지 양상의 의견이 보인다. 전혀 그럴 만한(?) 작가가 아닌데 팬덤을 이유로 지나치게 과대평가되어 있다는 것과, 대중에게 사랑을 받는다는 이유로 문학적으로 지나치게 과소평가되어 있다는 것. 하루키의 작품을 엄청난 걸작이라고 칭송하는 사람들이 있는 반면, '싸구려 삼류 에로소설'이라고 거침없이 발언하는 사람도 적지 않다. 물론 취향은 다양하므로 누군가의 마음에 꽂힌 소설이 나에게는 전혀 와닿지 않는 일이야 흔하지만, 이 정도로 평가가 극단적으로 갈리는 경우는 참으로 드물다.

고백하자면 과거의 나 역시 하루키를 색안경을 끼고 보는 1인이었다. 아마도 중학생 무렵이었던가, 야하다는 소문에 이

끌려 도서실에서 『상실의 시대』를 빌려서 봤는데, 명성과는 다르게 전혀 야하지도 않았을뿐더러 등장인물의 행동이 이해가 가질 않아 엄청나게 실망하고 말았던 기억이 있다. 이후 그의 작품이라면 쳐다도 보지 않으며 유구한 세월을 보내던 찰나, 누군가의 추천으로 몇 년 전 시험 삼아 다시금 읽어보게 되었는데, 아니 이럴 수가, 너무 재미있는 것이다. 소설도 재미있었으며, 에세이는 더욱더 재미있었다. 특유의 위트와 유머, 편안한 문장 등이 참으로 좋았다. 더불어 에세이에서 드러나는 직업인으로서의 그의 성실한 태도 또한 마음에 들었다. 그러고서 다시 읽은 『상실의 시대』 또한 어린 시절의 기억과는 사뭇 다른 책이었다. 그렇게 냉담자가 '하루키교'의 일원이 되는 것은 순식간이었다.

그러나 고백하자면 하루키의 팬이 된 뒤에도 그의 작품에 열광적으로 반응하는 경우는 별로 없었는데, 하루키를 좋아하는 것과는 별개로 여전히 그의 소설 속 특정한 요소들에 문제의식을 느꼈기 때문이었다. 하루키의 작품이 누군가가 말하듯이 '싸구려 삼류 에로소설'이라고 폄하될 만한 수준은 분명 아니라고 생각했지만, 그렇다고 어떤 이들이 추켜세우는 것처럼 '엄청난 걸작'이라는 평가에도 동의할 수 없었다는 뜻이다.

이처럼 한마디로 정의 내리기 어려운 하루키의 작품 세계를 논하려면 아무래도 『1Q84』를 짚고 넘어가야 할 듯하다. 2009년 출간된 이 소설은 이제껏 나온 하루키의 수많은 작품

중에서도 가히 최고의 히트작이라고 할 수 있다. 일본 현지에서는 출간 당시 7초당 1권씩 팔려서 아이폰에 버금가는 인기라며 화제가 되었고, 국내에는 번역되어 나오기도 전부터 수십억 원의 선인세를 지급했다고 하여 여러모로 논란을 불러일으키기도 했다. 출간 이후 5년간 국내에서만 무려 200만 권 이상이 판매되었으며, 판매량만큼이나 작품성과 외설성 관련한 수많은 말을 낳기도 했다.

하루키답게 논란을 몰고 다닌다는 생각이 드는 한편, 이렇게 두꺼운, 도합 3권의, 합산하면 무려 2000페이지에 달하는 어마어마한 분량을 잘도 사람들에게 읽게 만들었다는 생각에 역시나 흥행력에 있어서는 타의 추종을 불허하는구나 싶은 감탄도 하게 된다. 그리고 이 논란이 가득한 책을 읽고 난 뒤 나의 감상으로 말할 것 같으면, 역시나 작가 하루키에 대한 의견과 마찬가지로 참으로 복잡하단 이야기를 해야겠다. 그러니까 '재미'의 기준으로 따지면 재미있고, 좋으냐 싫으냐고 묻는다면 '좋다' 쪽에 손을 들 만한 부분이 분명 있지만, 그럼에도 불구하고 여러모로 뒷맛이 씁쓸한, 확연한 장점만큼 뚜렷한 단점을 고루 갖춘 소설이었다고, 읽으면서 즐거웠던 한편 불쾌했던 순간도 적지 않았다고 말이다.

우선 줄거리부터 알아보자. 이 소설은 기본적으로 아오마메와 덴고라는 두 남녀의 사랑 이야기다. 홀수 장이 아오마메의 이야기였다면 짝수 장은 덴고의 이야기가 나오는 식으로 둘의 사연이 번갈아서 등장한다.

주인공 아오마메는 소프트볼 선수 출신으로 현재 스포츠 센터에서 트레이너로 일하는 여성이다. 평소 규칙적이고 절제된 생활을 하는 그녀에게는 사실 치명적인 비밀이 하나 있었는데, 그것은 바로 남몰래 킬러로도 활동하고 있다는 것. 어릴 적 친구가 가정폭력에 시달리다 자살한 사건을 계기로 오래전부터 폭력적인 남자들을 살해하는 일을 해왔다. 어느 날 약속 장소로 향하는 길에 극심한 교통체증에 갇힌 아오마메는 택시 기사의 조언을 듣고 비상통로로 탈출한 뒤 이상한 일들을 겪기 시작하고, 그러면서 자신이 비슷해 보이지만 완전히 다른 또 하나의 세계로 넘어왔다는 사실을 깨닫는다. 약간 기묘하다 싶었던 택시기사도, 택시에서 흘러나오던 뭔가 위화감이 느껴진다 싶었던 배경음악도 모두 일종의 '전조'였던 셈. 아오마메는 새로운 세계를 기존에 있던 1984년이 아닌 1Q84의 세계로 명명한다.

이번에는 덴고 차례다. 학원에서 수학을 가르치며 여가시간에는 잡지에 글을 쓰는 소설가 지망생 덴고에게 어느 날 고마쓰라는 편집자가 묘한 제안을 한다. 신인문학상을 위해 투고된 한 소설을 고쳐서 훨씬 규모가 큰 아쿠타가와상에 내보자고 한 것이다. 처음에는 말도 안 된다며 거절하려던 덴고는 원작자인 후카에리라는 17세 고등학생을 만나 그녀가 '선구'라는 이상한 종교단체에서 탈출하여 아버지의 친구였던 교수

밑에서 생활하고 있다는 사실을 알게 되면서 결국 개작에 임하게 된다. 덴고의 손을 거친 『공기 번데기』는 보란 듯 아쿠타가와상을 수상한 뒤 엄청난 베스트셀러가 되는데, 그때부터 덴고의 앞에도 이상한 일들이 펼쳐지기 시작한다. 그렇게 덴고 또한 자신이 현실이 아닌 또 다른 세계에 들어와 있다는 사실을 깨닫는데 예상 가능하다시피 그 세계는 아오마메가 있는 바로 그곳이었다.

결국 덴고와 아오마메 두 사람은 세계를 빠져나갈 수 있는 방법은 어린 시절의 첫사랑인 서로를 찾는 것뿐이라는 사실을 깨닫고, 간신히 만난 서로의 손을 잡고 함께 1Q84의 세계를 탈출하기에 이른다.

대략 이런 내용으로, 요약본만으로도 사람들이 왜 그렇게 열광했는지를 바로 알 수 있다. 그냥 그 자체로 아주 재미있기 때문이다. 현실과 아주 유사한 듯 보이지만 사실은 또 다른 세계가 존재하며, 곳곳에 뿌려져 있는 키워드와 실마리를 수집하여 정해진 시간까지 그곳을 탈출해야 한다는 설정은 마치 유명한 RPG 게임의 시놉시스 같기도 하고, 나쁜 남자들을 처리하는 냉혹한 킬러 아오마메의 이야기는 꼭 스파이 영화를 보는 것만 같다. 신인상에 투고된 작품을 고쳐 쓴다는 공모 계획은 스릴러나 추리소설 같기도 하며, 고등학생 작가 후카리가 속했던 종교단체 '선구'에 대한 이야기는 흥미진진한 시사다큐 프로그램을 연상시킨다. 그리고 이것이 무라카미 하루키 소설의 특징이자 인기의 비결이기도 하다. 다양한 장르의 특징을 복합적으로 지녔다는 것. 서로 다른 장르들이 위화감 없이 기가 막히게 어우러진다는 것. 그야말로 혼종성.

　동시에 하루키는 사람들의 지적 허영심을 충족시키는 데도 특별한 능력을 갖추었기도 하다. 일례로 그의 소설 속 등장인물들은 문학, 음식, 음악 등 분야를 막론하고 다양한 장르에 관해 이야기의 큰 흐름과는 상관없는, 일명 TMI(Too Much Information)스러운 대화를 자주 나누는데, 그때 등장하는 소재들이 미묘하게도 대단히 마니악하지도 않으면서 그렇다고 아주 대중적이지도 않다는 공통점을 지녔다. 이를테면 소설 속에서 덴고가 체호프의 책을 읽는다든지, 아오마메가 야나체크의 음악을 듣는다든지 하는 부분 등이 그러하다.

　물론 이미 해당 분야에 해박한 지식을 가진 전문가 혹은 마니아 입장에서는 응? 체호프나 야나체크가 뭐? 하는 반응을 보일지도 모른다. 그러나 대중들, 그중에서도 특히 지적 허영심을 지닌 사람들에게는 이런 부분들이 사뭇 다르게 다가올 것이란 이야기다. 체호프라고? 어디서 들어본 적이 있긴 한데… 음… 잘 모르겠지만 뭔가 있어 보여… 그럴듯해… 앞으로 누가 좋아하는 작가를 물어보면 체호프라고 답해야겠다. 야나체크의 〈신포니에타〉… 멋져… 클래식은 잘 모르지만, 아니 아예 모르는 것은 아니고 베토벤의 〈월광 소나타〉 정도는 알지만 하여간 앞으로 나도 누가 좋아하는 작곡가를 물어보면

　　　　　　　　　　4장_ 브랜드가 된 작가들

야나체크라고 대답해야겠어! 이와 같이 너무 어렵지도 그렇다고 지나치게 흔하지도 않은, 적당하게 있어 보이고 적당하게 고급지고 적당하게 그럴듯한 자잘한 정보가 하루키의 소설 내에 수없이 등장한다는 이야기다.

그리하여 하루키의 소설들을 읽다보면 때로 아주 잘 꾸며놓은 카페나 분위기 있는 식당에 온 것 같은 느낌이 들 때가 있다. 귓가에는 좋은 음악이 흐르고, 서가에는 훌륭한 책들이 꽂혀 있고, 어디선가 향긋한 커피 내음이 풍기며, 기분이 좋아지면 마실 수 있도록 위스키나 와인도 팔고, 한쪽 구석에는 핀볼 게임기까지 갖추어진 편안하며 세련되고 취향이 좋은 카페. 이러니 사람들이 좋아할 수밖에.

반면 되레 그런 까닭으로 인하여 나는 하루키의 작품들이 딱히 엄청난, 그러니까 이를테면 노벨상을 수상할 만한 작품성을 지녔다고도 생각하지 않는다. 사람들이 좋아하는 요소를 재료 삼아 솜씨 좋게 요리한 꽤 훌륭한 오락소설이며, 재밌는 이야기임에는 이견이 없지만, 그 이상의 깊은 것, 보다 심오하고 치밀한 인간 내면의 정신세계를 다룬다고 보기는 어렵기 때문이다. 이세계, 탈출, 킬러, 사이비 종교, 첫사랑 등이 적당히 어우러진 줄거리는 모두 어디선가 본 듯한 대중문화의 클리셰들을 적당히 버무린 것에 불과하며, 인물은 얼핏 입체적인 것처럼 보이지만 사실은 모두 하루키가 만들어낸 게임 속에서 움직이는 하나의 캐릭터일 뿐이다.

참고로 이들 캐릭터는 오직 하나의 목적의식만을 가진다. 주인공이며 엑스트라며 모두가 마치 개미나 벌처럼 더듬이를 달고 일정한 전파를 찾아 움직일 따름이다. 1Q84 속 인물들 역시 마찬가지여서, 덴고와 아오마메 역시 오로지 '사랑'이라는 가치 하나를 찾아 그 세계를 탈출하겠다는 목적의식을 가질 뿐이다. 무엇 때문인지도 정확하게 모르면서 단지 그래야 할 것 같은 기분을 느끼면서 말이다. 과연 이들이 인간의 복잡하고 양가적인 측면을 보여준다고 할 수 있을까? 한편 '사랑'이 모든 것을 해결할 거라는 주제의식은 또 얼마나 나이브한가 말이다.

그러나 인물이 단편적이라느니, 소재가 너무 대중적이니, 주제의식이 나이브하느니 하는 것은 사실 곁다리 문제다. 나는 다른 무엇보다도 하루키의 여성관에 상당한 문제의식을 느끼고 있다. 그러니까 여성을 착취하고, 때리고, 죽이는, 뭇 '마초' 소설가들의 작품만은 못하지만, 하루키는 다른 방식으로 여성에게 가혹하다고 할 수 있다. 일례로 하루키의 소설 속에서는 여성이 대부분의 장면에서 그저 쓰고 버려지는 일종의 도구로밖에 기능하지 않는다.

이를테면 고등학생인 후카에리가 덴고와 성관계를 하는 장면 등이 그렇다. 후카에리는 덴고의 정액을 빨아들여 아오마메에게 전달하려는 목적으로 어느 새벽 알몸으로 덴고를 '덮치는데', 덴고와 아오마메 사이의 연결고리를 만들기 위한 장치를 후카에리라는 미성년자 여성의 '몸'으로 풀어낼 수밖에 없었던 당위성을 나로서는 도저히 찾을 수 없었다. 소설 속 종교단체인 '선구'의 리더로 활동하는 후카에리의 아버지가 10세 전후의 여아들을 성폭행한다는 설정 역시 마찬가지이다. 종교단체 선구의 폭력성을 일깨우고 아오마메를 각성시키기 위한 방법이 오로지 강간당한 여성 피해자인 이유를, 그것도 피해자들은 죄다 10세 전후의 어린 여성들이어야 하는 절대적이고 불가결한 이유를 나는 도무지 읽으면서 알 수가 없었다는 말이다.

물론 하루키는 소설 속에서 그것이야말로 덴고와 아오마메를 연결시킬 수 있었던 방법인 양 설명을 하고, 아동강간 피해자야말로 아오마메에게 강렬한 자극을 주며 그녀를 '각성'시킬 수 있는 방법이었던 것처럼 그려내고 있지만, 글쎄⋯ 남성과 여성의 교감을 오로지 섹스 하나로밖에 상상하지 못하는 것, 폭력적인 장면을 묘사할 때 여성이 강간당하고 살해당하는 장면밖에 상상하지 못하는 것은 남성 창작자들의 흔한 변명에 불과하다는 생각이랄까.

한편 아오마메는 나중에 강간을 당한 아이들이 실제 인간이 아니라 일종의 '껍데기'에 불과했다는 사실을 알고 분노를 가라앉히고 이성을 되찾는 모습을 보이기도 하는데, 이는 소설 전체에서 가장 문제시되는 그야말로 궁극의 무책임한 태도였다. 그 대상이 실체가 아니라면 여성을 강간을 하든, 학대를 하든, 폭력을 쓰든 아무런 문제가 없는 것인가? 실제 인간이 아니라면, 리얼돌이라면, 만화 혹은 게임 캐릭터라면 10세에 불과한 소아를 50대의 남성이 강간하고 학대하더라도 아무런 윤리적·도덕적 이슈가 없는 것인가? 물론 논란이 분분한 문제이지만 하루키는 '응, 모든 것은 게임이었고 그러므로 이것은 아무런 의미가 없었어'라고 말하고 있는 것이나 마찬가지인 셈이다.

하루키 본인은 이런 말을 들으면 억울해할지도 모르겠다. 나는 그저 소설을 썼을 뿐이라고, 여성을 공격하기 위한 의도가 아니었다고, 그건 그저 '이야기'일 뿐이라고. 그런데 사실은 앞서 언급했다시피 그것이 진짜 문제다. 하루키의 소설 속에서 여성은 늘 이야기를 진행시키기 위한 하나의 '도구'로만 기능할 뿐이다. 하루키의 소설은 늘 자신이 누구인지, 무엇을 해야 하는지 모르는 인물들을 데리고, 숨겨진 비밀 열쇠를 찾아 매 스테이지를 클리어해서 수수께끼를 푸는 방식으로 진행되는데, 이때 수수께끼를 푸는 과정에서 '사용'되는 것은 이상하게도 늘 여성들인 것이다. 육체적으로든, 정신적으로든, 그리고 그런 여성들과의 관계를 바탕으로 (남성) 주인공은 앞으로 나아가는 것. 그것이 하루키 소설의 주된 테마라고 할 수 있다.

상황이 이렇다보니, 하루키 팬덤 중 남성 비율이 유독 높은 것 또한 자연스레 이해가 간다. 나를 둘러싼 세계. 평범하고 조용하며 하루하루 큰 문제없이 살아가는 소시민인 나. 그런 와중에 돌연 다른 세계로 이동한 뒤 그곳을 탈출해야 한다는 미션이 주어지고, 가만히 있기만 해도 모르는 여자들이 마구 달려들며 성적으로 어필을 하고, 한편으로는 그녀들 모두가 제각기 매력적인데, 그 게임과도 같은 세계가 어찌 재미가 없을 수가 있겠는가. 내가 남자였더라도 마구 달려들어 플레이하고 싶은 욕구가 절로 들 것 같다. 예를 들어 허리는 가느다랗고 가슴은 수박만 하고 다리는 길쭉한 미소녀라거나, 가슴은 비록 작지만 놀라운 신체적 능력과 지능을 자랑하는 카리스마 여성이라거나, 마치 버스 전광판에 붙여진 게임 광고 속 여성 캐릭터 같은 인물들이 나에게 달려드는 그런 세계 말이다.

20

무 책 임 한
상 상 력 의
끝 에 는

『고양이』,
베르나르 베르베르, 열린책들, 2018

※『고양이』의 결말을 포함하고 있습니다.

불문과 출신의 지인이 재미있는 이야기를 해준 적이 있다. 불문과를 희망하는 고등학생들의 입시용 자기소개서를 검토해준 적이 있는데, 열에 여덟은 좋아하는 프랑스 작가로 베르나르 베르베르를 꼽는다면서, 그렇게 쓰면 100퍼센트 탈락한다는 것이 요지였다. 우리나라에서 가장 잘 알려진 프랑스 작가인 베르나르 베르베르는 실상 불문과 교수들이 가장 싫어하는 작가라나 뭐라나. 당시에는 그저 재미있네 하고 넘어갔는데, 훗날 관련 기사를 몇 개 읽다가 그 '갭'이 떠올랐다.

베르나르 베르베르의 경우 자국인 프랑스보다 한국에서 더 잘나가는 상당히 예외적인 인물이라고 할 수 있다. 〈한국일보〉 기사에 의하면 전 세계에 팔린 그의 책 2300만 부 중 무려 절반 가까이가 한국에서 판매되었다고 한다. 심지어는 한국 예능 프로그램에도 출연하고, 작품에 수없이 한국 관련 코드를 넣어 '팬서비스'를 할 정도로 한국 사랑을 숨기지 않는 모습을 보면, 과연 이 사람이 프랑스 작가인지 한국 작가인지 혼동이 될 지경이다. 실제로 영어권에서는 그가 누구인지조차 모르는 사람들이 많으며 일본에서도 대표작인 『개미』 정도만이 겨우 출간되었을 뿐이라고 한다. 그럼에도 한국에서는 이토록 큰 사랑을 받고 있다는 사실이 놀랍다.

나 역시 오래전 베르나르 베르베르의 소설 몇 편을 읽어보았던 적이 있다. 워낙 예전이라 잘 기억나지는 않지만 대체로 '기발하다'와 '가볍다'는 것이 주된 인상이었다. 신의 관점에서, 혹은 천사의 관점에서, 개미의 관점에서 그려낸 세계가 나름 참신하고 흥미로웠다. 물론 몇 권 읽다보니 계속해서 반복되는 어떤 '패턴'에 식상함을 느껴 더는 찾지 않게 되었지만. 그는 매년 한 권 꼴로 꾸준히 작품을 냈는데, 역시나 출간하는 족족 베스트셀러 반열에 올라 이름만으로 독자의 지갑을 열게 만드는 일종의 '브랜드'라는 것을 증명해왔다. 그처럼 꾸준히 인기가 있다보니 개인적 호불호와는 별개로 과연 요즘은 어떨까 하는 궁금증이 생겼고, 결국 그의 최근작 중 하나인 『고양이』를 읽어보게 되었다.

2018년 출간된 이 소설은 제목처럼 고양이에 관한 내용이다. 정확히 언제부터인지는 모르겠으나 최근 몇 년간 한국에서 고양이에 대한 인기가 급속도로 높아졌다. 심지어 한때는 "나만 없어 진짜 사람들 고양이 다 있고 나만 없어" 같은 문구가 유행했을 정도. 그만큼 고양이가 대중적으로 관심과 호감을 불러일으키는 대상이 되었다는 뜻인데, 어쩌면 베르나르 베르베르는 이런 한국의 트렌드를 이미 다 파악하고 일부러 고양이를 소재로 삼았는지도 모르겠다. 그의 입장에서는 한국 독자의 취향에 맞추는 게 가장 중요할 테니 말이다. 역시나 기존 작들처럼 평범하게 고양이를 다루는 것이 아니라 고양이의 시점으로 세계를 바라본다는 것이 특징이다. 즉 고양이가 주인공인 것.

주인공인 바스테트는 세상에 대한 호기심으로 가득 찬 성년 암고양이다. 인간을 이해하고 싶은 마음에 자신의 시중을 들어주는 '집사'를 대상으로 끊임없이 의사소통을 시도하지만 '어리석은' 인간들은 그녀의 말을 영 못 알아들어 답답하기만 하다. 그런 바스테트 앞에 옆집에 사는 수컷 고양이 피타고라스가 나타난다. 바스테트는 그에게 호감을 느끼며 적극적인 구애를 시도하지만 피타고라스는 그러한 애정공세에도 꿈쩍 않고, 그 대신 세상에 관한 다양한 지식을 전수하기 시작한다.

마침 인간 세계에 전쟁이 발발하고, 혼란스러운 바깥세상을 피해 바스테트의 주인 나탈리와 피타고라스의 주인 소피는 한 집에 모여 벙커를 꾸린다. 굶주림과 두려움에 떨며 하루하루를 견디던 어느 날 바스테트가 사냥을 나간 사이 벙커가 습격당하면서 소피는 그대로 사망한다. 돌아온 바스테트 역시 그 자리에서 인간들에게 죽임을 당할 뻔하지만 다행히도 위기의 순간에 나타난 피타고라스의 도움으로 간신히 목숨을 건진다. 이후 바스테트는 피타고라스와 함께 어디론가 사라진 자신의 아기 고양이 안젤로 및 집사 나탈리를 찾아 떠난다.

그렇게 유랑생활을 시작한 지 얼마 안 되어서 이번에는 페스트가 유행한다. 인간들이 전쟁을 벌이는 사이 유전자변형으로 더 커지고 사나워진 쥐들이 변종 페스트를 일으켰던 것이다. 전쟁까지 소강상태에 이를 정도로 상황이 심각해지자 바스테트는 피타고라스와 지혜를 합쳐 쥐들에 대항하기로 결심한다. 그러나 고양이들의 힘만으로는 한계가 있다는 사실을 깨닫고 사자에게 도움을 요청하는 한편 인간들과도 힘을 합치고자 시도한다. 그리고 대망의 결전일, 그들은 결국 쥐들을 물리치는 데 성공한다.

모든 고난이 끝나고 드디어 고요가 찾아오자 바스테트는 명상에 잠겨 지금의 지식을 간직한 채로 계속해서 살아갈 수 있는 방법에 대해 고민한다. 피타고라스는 그에 대한 답으로 '책'을 제시한다. 말하자면 책에 의해 바스테트의 경험과 사유가 대대손손 이어질 수 있다는 것이다. 그리하여 바스테트는 책을 쓰기로 결심한다.

여기까지가 1~2권 합산하여 대략 500페이지에 해당하는 줄거리인데, 나는 이 소설을 읽은 뒤 문자 그대로 병이 나버렸다. 장이 꼬이고 배가 아파 며칠을 누워 있어야 했다. 원인은 스트레스성 장염이었는데, 물론 스트레스에는 복합적인 요인이 작용했을 테지만, 하여간 분명한 것은 이 소설을 다 읽은 직후부터 증상이 시작되었다는 것이다. 그 정도로 이 소설을 읽는 게 고난이었던 모양이다. 읽는 동안 머릿속에는 물음표와 느낌표가 가득했고, 입에서는 분노의 감탄사가 끊이지 않았다. 베르나르 베르베르의 작품이 처음도 아니고 그의 스타일을 어느 정도 알고 있는 입장에서도 도저히 받아들이기 어려운 수준이었다.

　　　　　　　　　4장_브랜드가 된 작가들

일단 줄거리부터가 도무지 개연성이라고는 찾아볼 수가 없다. 전쟁이 나고 페스트가 발병하여 그 원인이 된 쥐들을 해치우겠다는 것까지는 그러려니 하겠으나, 고양이처럼 독립적인 동물들이 대항수단으로 군대를 가장 먼저 떠올린다는 것부터 일단 이해가 가질 않았다. 더군다나 그 와중에 뜬금없이 사자는 왜 나오며, 사자가 오로지 쥐와 개만 공격하는 이유는 또 무엇인지 등등 의문점이 너무도 많았다. 게다가 마지막에 바스테트와 피타고라스가 느닷없이 책에 관한 대화를 나누는 장면이란. 이처럼 읽다보면 아무리 소설이라고는 하지만 근거와 이유를 알 수 없는, 대체 왜?라는 질문이 튀어나오는 상황이 끊임없이 등장한다. 페이지를 넘기면 넘길수록 여기는 어딘지, 나는 누군지, 내가 지금 읽고 있는 것은 무엇인지 알 수가 없어지는 것이다. 이것이 이 소설의 가장 큰 문제점이다. 말하자면 '세계관' 자체가 견고하지 않다는 것.

예를 들어 〈캣츠〉처럼 동일하게 고양이들의 세계를 배경으로 한 작품을 보면, 고양이들이 인간처럼 서로 대화를 하고 사고를 하지만 그 안에서도 나름의 규칙과 논리를 갖추었다는 사실을 알 수 있다. 『워터십 다운』과 같이 토끼가 주요 등장인물인 작품 또한 마찬가지이다. 「장화 신은 고양이」 같은 작품 역시 주인공 고양이가 두 발로 걸어 다니고 멋진 장화를 신고 주인을 위한 계략을 아낌없이 뽐내더라도 이미 세계관 자체가 그렇게 형성되어 있으므로 독자로서는 읽으면서 위화감을 느낄 여지가 전혀 없다. 그런데 베르나르 베르베르의 『고양이』
는 전혀 그렇지가 않다. 처음에 그냥 '고양이'처럼 보이던 존
재들이 나중에는 막 두 발로 서서 걸어 다니고, 전쟁도 일으키
고, 책도 쓰고, 동영상 검색까지 한다.

특히 주인공 바스테트만큼 큰 비중을 지닌 샴 고양이 피
타고라스의 경우 어지간한 대학 교수 저리 가라 할 만큼의 지
능을 갖추었는데, 책에 의하면 그가 이런 지식을 갖추게 된 연
유는 다름 아닌 그의 주인이자 과학자인 소피가 뇌에 USB를
연결할 수 있는 장치를 만들어주었기 때문이라고 한다. 해당
장치를 통해 피타고라스는 인간들이 사용하는 PC에 접속해
서 인터넷을 할 수 있게 되었고, 비록 인간의 글자는 모르지만
동영상을 보며 지식을 축적했더란 것이다. 그러한 지식을 통
해 '진리'를 깨우치게 되었다는 것인데, 도대체가 말이 안 되
는 이야기다. USB 연결 장치가 생겼다는 것만으로 PC에 접속
하게 되었다는 부분도 그렇지만, 동영상을 많이 봐서 똑똑해
졌다니, 심지어 글자도 모르는데 소리는 대체 어떻게 알아들
었담. 다 떠나서 그럼 우리도 지금부터 하루에 유튜브를 10시
간씩 보면 천재가 될 수 있다는 뜻인가.

물론 소설은 '픽션'인 만큼 현실 세계와 반드시 일치할 필
요는 없다. 특히 판타지나 SF소설 같은 경우를 예로 들자면 정
말 상상조차 할 수 없었던 일들이 일어나기도 한다. 소설 속에
서는 화성에 집도 짓고, 토끼의 왕국도 만들고, 죽은 사람도 만

나고 하는 모든 일들이 가능해진다. 그러나 아무리 허구의 공간이라도 공사는 필요한 법이다. 즉 어떤 막연한 '아이디어'를 소설로 만들어내기 위해서는 특정한 세계관이 필요하고, 그 세계관을 떠받치기 위해서는 일정한 논리를 마련해야 한다. 마치 머릿속에 떠올린 아름다운 건물을 실제로 짓기 위해서는 정교한 설계도가 필요한 것처럼, 소설에 대해서도 그러한 밑그림 작업이 필요하다.

말하자면 고양이가 인간과 유사한 지능을 가지게 되고 전쟁을 일으켜 쥐를 물리친다는 아이디어 자체는 나쁘지 않았지만, 그 아이디어를 풀어내기 위해서는 훨씬 더 정교한 디테일과 튼튼한 기초공사가 필요했다는 이야기다. 단순히 뇌에 USB 단자를 꽂았더니 똑똑해졌다! 동영상을 보고 인간문화를 학습했다! 똑똑한 고양이에게 지식을 전수받았더니 덩달아 똑똑해졌다! 이렇게 대충 때우려고 하면 안 된다는 소리다.

이처럼 미흡한 세계관은 고양이들이 성교를 하는 장면에서 더욱 극명히 드러난다. 사실 이 소설에서는 고양이들의 짝짓기 장면이 상당히 많이, 지나칠 정도로 자세하게 등장하는데 이렇게 쓴 작가의 의도부터가 매우 의심스러워진다. 그저 자극적인 재미 그 이상도 이하도 아닌 듯하다. 심지어는 완성도가 처참한 수준이라 의도와는 달리 별반 자극적이지도 않다. 예를 들어 아래의 장면을 보자.

"인터넷에서 여길 찾았어. 프랑스 대통령의 캐노피 침대에서 너와 사랑을 나누고 싶어서."

그가 나를 뚫어지게 응시한다.

우리는 매트리스에 뛰어올라가 아기 고양이들처럼 엉겨 붙어 뒹굴고 깨물면서 짓궂게 장난을 친다. 그가 나를 시트 밑으로 끌어들이자 시트가 봉긋이 솟는다. 그가 인간처럼 내게 키스를 해온다. 입 속의 이물감을 극복하는 순간 기분이 좋아진다. 그는 인간 흉내를 내며 젖꼭지를 간지럽히고 앞발로 나를 끌어안는다.

나는 그가 하는 대로 지켜본다.

내가 기다리다 못해 엉덩이를 내밀자 그는 올라타기는커녕 앞으로 하자는 생뚱맞은 제안을 한다. 그러고는 인간처럼 쉴 새 없이 애무를 하고 키스를 한다. (…)

이 형벌 같은 전희는 대체 언제 끝나?

"하자, 제발!"

나는 애원하듯 소리친다.(2권 101~102쪽)

이 장면에서 '나'와 '그'가 고양이란 사실을 잊지 말자. 이쯤 되면 독자 입장에서는 대체 지금 고양이 관련 소설을 읽고 있는 것인지, 동물에 특별한 페티시를 지닌 사람들을 위한 포르노 소설을 읽는 건지 알 수가 없어진다. 아니 글쎄, 형벌 같은 전희라니요. 고양이 입에서 "하자, 제발"이라는 말이 나온다니요!

사실은 고양이 바스테트의 캐릭터부터가 원체 그렇다. 바스테트는 성욕이 넘치고, 질투심이 많고, 자아가 강하지만 좋아하는 수고양이에게는 순종하는 암고양이란 설정으로, 척 보기에도 무늬만 고양이일 뿐 그 알맹이는 남성 작가들이 선호하는 전형적인 여성 캐릭터에 가깝다. 성적으로 개방적이고 제멋대로지만, 자신이 따르기로 결심한 남성에게는 적극적으로 순종하며 복종하는 여성. 남성의 늙은 육체보다는 정신적 성숙함에 더 끌리는 여성. 도도한 듯하지만 결정적인 순간에는 남성에게 매달리고 의지함으로써 남성의 정복 욕구를 만족시키는 여성.

　　물론 작품 속 세계는 어디까지나 작가에게 속하는 공간이므로, 누구나 자기가 선호하는 혹은 원하는 캐릭터를 만들 수 있다. 그것이 아무리 여성혐오적 편견과 선입견에 가득 찬 캐릭터라도 말이다. 문제는 베르나르 베르베르가 그려내는 여성, 고양이라고는 하지만 실질적으로는 여성 인물이나 다름없는 바스테트가 여성혐오적인 것을 넘어 도무지 현실성이라곤 느껴지지 않는 캐릭터라는 데 있다. 몇 달 전 인터넷 뉴스를 보다가 "나 전남 여고딩인데 정치인 누구 좋게 생각하는 사람 없다", "나 10대 청년인데 우리 동년배들 다 무슨 정당 싫어한다"라는 댓글을 보고, 누가 봐도 나이가 매우 많은 노인의 말투로 고등학생이나 10대 흉내를 내는 것이 재미있어 웃었던 적이 있는데, 베르베르의 소설을 읽으며 마치 그때와 같은 느낌을 받았다.

　말하자면 쓰고 있는 본인은 좋아, 자연스러웠어라고 만족스러워 할지 모르지만 남들 눈에는 그 속이 빤히 다 들여다보이는, 글쓴이의 정체와 욕구가 투명하게 들여다보이는 그런 문장들이란 것이다. 결국 '요염한 암고양이' 바스테트는 여성의 성별을 지녔다면 고양이마저 성적으로 대상화하지 않고는 못 견디는 작가의 욕구를 그대로 드러냈을뿐더러 그마저도 제대로 대상화하는 데 실패한 형편없는 캐릭터에 불과하다는 이야기를 해야겠다. 요염함은커녕 나이 든 아저씨가 뇌내 판타지를 실현하기 위해 억지로 젊은 여성인 척하는 것으로밖에 느껴지지 않았다.

　사실 베르나르 베르베르에게 지속적으로 제기되어온 문제점 역시 이것이다. '무책임한 상상력.' 그가 쓴 소설들은 SF 스타일로 정교한 과학적 설정을 하는 것도, 판타지처럼 탄탄한 세계관을 짜는 것도 아닌 채로, 그저 머릿속에서 자유분방하게 흘러간 상념들을 어떠한 '구체화'도 없이 되는 대로 무책임하게 쏟아내기만 한다는 비판을 지속적으로 받아왔다. 심지어는 자기복제까지 거듭해가면서.

　이런 이유 때문인지는 몰라도 그의 소설은 갈수록 판매고가 떨어지는 듯하다. 물론 여전히 신간이 출간되면 어김없이 화제가 되고 일정 부수 이상 판매되는 것은 틀림없으니 아직까지는 '이름빨'이 남아 있다고 할 수도 있겠지만, 확실히 몇 년 전부터는 순위에 머무는 기간이 확연히 짧아졌다. 『고양이』만 하더라도 2018년에 소설 부문 6위에 겨우 올랐을 뿐이다. 물론 훌륭한 성적이지만, 문제는 '추세'다. 과거 그의 작품들이 누렸던 인기에 비하면 턱없이 낮은 평가란 것이다. 계속 이런 식의 작품만을 써낸다면 아무리 베르나르 베르베르와 같은 유명 작가라 할지라도 언제까지 버틸 수 있을는지 모를 일이다.

21

시드니 셸던의
후예들

『아가씨와 밤』,
기욤 뮈소, 밝은세상, 2018

※『아가씨와 밤』의 결말을 포함하고 있습니다.

아마도 초등학교 5학년 무렵이었을 것이다. 지금처럼 읽을거리가 풍족치 않았던 시절. 읽을 책이 부족해서 집에 있는 그림책이며 어린이용 문고판 소설들을 읽고 또 읽고 적어도 몇십 번씩은 돌려 읽었던 시절. 같은 책을 반복해서 읽는 것이 지겨워졌던 어느 날, 별 생각 없이 엄마 아빠의 책장을 훑어보다 손이 가는 대로 한 권을 뽑아서 읽기 시작한 나는 그만 눈이 휘둥그레지고 말았다. 이런 별세계가 있다니! 이건 내가 지금까지 읽어왔던 것들하고는 차원이 다르잖아! 엄마 아빠는 이런 걸 여태껏 자기들끼리만 읽었던 건가! 뭐 그런 억울한 마음이었다고나 할까. 그날 앉은 자리에서 그대로 다 읽어버리고 말았던 그 책은 다름 아닌 시드니 셸던의 『별빛은 쏟아지고』였다.

20세기를 풍미한 미국 작가 시드니 셸던은 전 세계적으로 2억 부 이상의 판매고를 올리고, 한국에서만도 무려 400만 부의 책을 판매한 그야말로 대중문학의 대부와도 같은 인물이다. 돈, 명예, 사랑, 음모, 살인, 복수 등의 자극적인 키워드가 적절한 비율로 버무려진 그의 이야기는 당시 초등학생이던 나에게 그야말로 문화충격이었다고 할 수 있다. 그렇게 시드니 셸던을 계기로 대중문학에 입문한 뒤부터는 하굣길에 떡볶이를 사 먹고 싶은 마음을 꾹 참고 모은 용돈으로 그의 책을 사서 밤이 새도록 읽곤 했다. 미처 보지 못한 책들은 도서관에서 빌려다 봤고, 가끔은 동네의 도서대여점에서 헐값에 낡은 책들을 구해오기도 했다.

그러다보니 얼마 지나지 않아 나와 있는 모든 작품을 읽어버리고 말았는데, 다행히도 더 이상 읽을 것이 없다고 아쉬워할 틈은 없었다. 왜냐하면 그와 유사한 계열의 작가가 끊임없이 등장했기 때문이다. 바로 존 그리샴이나 로빈 쿡 같은 인물들. 그들은 나에게는 청소년기를 함께 보낸 아주 친한 친구 같은 존재였다. 물론 아무리 맛있는 음식도 너무 자주 먹다보면 질리는 것처럼, 어느 순간 매번 반복되는 어떤 '패턴'에 지겨움을 느끼고 더 이상은 찾지 않게 되었지만.

그러다 몇 년 전에 누군가 요즘은 이 작가가 참 재미있다며 선물해준 책을 가벼운 마음으로 넘겨보다가 그만 깜짝 놀라 작가 이름을 다시 한번 확인하게 되었는데, 이유는 그 책이 앞서 언급한 '옛 친구들'에 대한 추억을 소환시켜주었기 때문이다. 요즘에도 이런 작품들이 계속 나오고 있었다니! 뭐 그러한 반가움과 놀라움이 뒤섞인 감정이었다. 물론 그 책의 작가는 시드니 셸던이 아니었고, 줄거리 역시 시드니 셸던의 작품들과는 전혀 달랐다. 다만 역시나 대중문학에서 흔히 볼 수 있는 일종의 '코드'를 지니고 있었는데, 그가 바로 기욤 뮈소였던 것이다.

1974년 프랑스 앙티브에서 태어난 기욤 뮈소는 고등학교

교사로 일하다 전업 작가가 된 케이스다. 한국에서 본격적인 명성을 얻기 시작한 것은 2005년 『구해줘』라는 작품을 발표 하면서부터. 이후 『당신, 거기 있어 줄래요?』, 『종이 여자』, 『센트럴파크』, 『브루클린의 소녀』를 비롯한 수많은 소설을 매년 출간했고, 대부분의 작품이 나오는 족족 베스트셀러에 오르며 일종의 '브랜드'이자 '현상'으로 자리 잡았다. 그는 지난 10년 간 한국에서 가장 많이 팔린 소설가 5인 중 한 명이기도 하다.

미처 읽어보지 않은 사람들은 이런 인기의 비결이 궁금할 텐데, 앞서 언급한 바와 같이 그의 소설들은 '시드니 셸던' 류 의 냄새를 강하게 풍긴다. 막장 드라마를 자주 본 사람들은 아 주 작은 단서로도 막장의 기운을 재빨리 캐치해내는 것처럼, 대중소설을 많이 읽어본 사람들이라면 몇 페이지 지나지 않아 아마 바로 알아챌 수 있을 것이다. 이를테면 2018년 출간된 그 의 최근작인 『아가씨와 밤』이라는 소설은 앙티브를 배경으로 한 미스터리 스릴러인데, 시작한 지 얼마 되지 않아 이런 장면 이 등장한다.

알렉시의 실루엣이 보름달이 빛나는 청명한 하늘 아래에서 불쑥 나 타났다. 빙카는 소리가 난 곳으로 다가가기 위해 몇 걸음을 내딛었다. 눈꺼풀이 깜박거릴 때마다 잠시 후 밀어닥칠 짜릿한 흥분에 대한 기 대감이 증폭되었다. 활화산처럼 한번 터지면 도저히 중도에서 멈출 수 없는 쾌락이었다. 서로의 몸이 한데 뒤섞였다가 떨어져나가며 파

도와 바람 속으로 녹아들기까지 계속될 몸짓이었다. 갈매기 울음소리와 하나 되어 터져 나오는 탄성, 넋을 잃게 만드는 폭발, 경련을 불러일으키는 자극, 온몸을 산산조각 내버릴 듯 눈부시게 다가서는 섬광이 이제 곧 밀어닥치리라.(17~18쪽)

경련이 일어날 정도의 자극이라면 응급실에 가야 하지 않나 싶은데, 뭔지는 모르겠지만 아무튼 엄청난 자극이라는 것은 알겠다. 뭐 소설이니까 그러려니 넘어가자. 아무튼 시드니 셸던의 후예답게 뭐든지 화려하고 엄청나다. 대체 앞으로 무슨 일이 일어나는 것일까.

이야기의 주인공은 프랑스 코트다쥐르의 앙티브 출신인 소설가 토마. 토마는 동창회가 열린다는 소식에 25년 만에 고향인 앙티브를 찾았다가 고교 시절 짝사랑했던 빙카의 실종과 관련된 새로운 증거가 나왔다는 이야기를 듣고 두려움에 떨기 시작한다. 토마가 이처럼 불안에 떨 수밖에 없는 이유는 그가 오래전 절친 막심과 함께 빙카의 연인이었던 알렉시를 죽여 체육관 벽에 숨겼고, 그 사건 직후 빙카가 사라졌기 때문이다. 토마는 결국 빙카 사건을 적극적으로 조사하기 시작하고, 그 과정에서 엄청난 비밀들이 계속해서 밝혀진다.

예를 들어 자신의 아버지와 빙카가 내연관계였다는 것, 친구 파니가 오래전부터 이 모든 사실을 알고 있었다는 것, 심지어는 파니가 25년 전 그날 빙카를 죽여 체육관 벽에 숨겼다

4장_브랜드가 된 작가들

는 것, 토마의 어머니이자 교장이었던 안나벨이 이 범죄에 가담했다는 것 등등. 심지어 토마는 어머니가 사실은 막심의 아버지인 프란시스와 오랫동안 내연관계였으며 따로 집까지 마련해두고 이중생활을 하고 있었다는 사실까지 알게 된다. 두 사람이 이중생활을 하던 장소를 찾은 토마는 벽에 걸린 사진을 통해 자신의 생부가 막심의 아버지인 프란시스라는 사실을 깨닫는다.

줄거리만 봐도 알겠지만 막장도 이런 막장이 따로 없다. 일단 족보부터가 너무 꼬여 있어서 도표를 그려가며 읽어야 할 수준이다. 우리나라 아침 드라마에서 밥 먹듯이 등장하는 출생의 비밀은 이 소설 속 출생의 비밀에 비하면 애교 수준이라고 해야겠다. 아니 글쎄 친구의 아버지가 사실은 내 아빠였다니! 그러나 그보다 더 놀라운 점은 등장인물들이 이러한 비밀을 알고 별로 놀라지도 않는다는 것이다. 아, 그렇구나, 어쩐지… 하고 넘어가는 것이 다이다.

나는 이제야 비로소 의문을 가질 수밖에 없었던 지난 일들을 모두 이해할 수 있었다. 내 아버지 리샤르로부터 왜 단 한번도 애정을 느끼지 못했는지, 왜 막심을 형제처럼 가깝게 여겼는지, 프란시스 아저씨가 사람들로부터 비난을 받을 때마다 왜 본능적으로 방어에 나섰는지 납득이 되었다.(334쪽)

납득이 너무 쉬운 거 아닌지 싶지만, 생각해보면 저런 태도가 오히려 당연하지 싶기도 하다. 끝도 없이 비밀이 튀어나오는 이런 소설에서 비밀이 밝혀질 때마다 일일이 놀라다보면 심장이 남아나질 않을 테니까. 이것이야말로 시드니 셸던 류의 또 다른 특징이라 할 수 있다. '어마어마한 비밀'이 끝도 없이 등장한다는 사실. 보통 반전은 하나 정도면 족하건만, 여기서는 반전에 반전에 반전에 반전이 거듭된다. 그러므로 하나가 밝혀졌다고 아니 이럴 수가! 하고 놀라고 있을 틈이 없다. 새로운 비밀이 바로 이어서 또 나오니까.

이런 류의 소설에서 눈에 띄는 또 다른 특징은 인물들이 모두 엄청난 비밀을 가진 동시에 그 자체로 아주 화려한 캐릭터라는 것이다. 등장인물들 모두 부잣집 혹은 고위 가문의 자제로 집안도 좋고 능력도 출중하다. 주인공인 토마는 부유한 교육자 가문 출신의 베스트셀러 작가이며 토마가 사랑했던 빙카는 여배우의 딸이자 부유한 가문의 손녀이고, 친구인 막심은 지역을 좌지우지하는 유명한 기업가의 아들이자 현재는 성공한 정치인이다. 무슨 〈베벌리힐스 아이들〉도 아니고 성공하지 않거나 부자 아닌 사람이 없다. 그런 와중에 외모까지 빼어나다.

나는 지금도 막심의 조각 같은 몸, 서핑 애호가들처럼 기른 긴 머리, 립컬 상표 수영복, 끈 없는 반스 운동화를 뚜렷이 기억하고 있

다.(67쪽)

만약 빙카가 스무 살 시절 모습을 그대로 간직하고 이 시대에 나타
난다면 아마도 인스타그램에서 난리가 날 거야. 적어도 팔로어를 6백
만 명 정도 거느린 잇걸이 되겠지.(140쪽)

알렉시 클레망, 나이 27세, 잘생긴 얼굴에 테니스 랭킹 15위, 알핀
A310 자가 운전, 쇼펜하우어 텍스트를 줄줄 외우는 남자.(84쪽)

꽃미남에 달변가이자 카사노바였던 아버지는 나이를 열다섯 살 더
먹은 알렉시 클레망이나 다름없었다.(150쪽)

알겠니? 이 사람들 엄청 화려하고 멋지다는 거? 혹시 눈
치 못 챈 것은 아니겠지? 너 지금 엄청나게 화려하고 멋있는
사람들의 놀라운 서스펜스에 대해 읽고 있는 거야!라고 귓가
에서 작가가 계속해서 외쳐대는 느낌이 든다. 도무지 못생긴
사람이라고는 등장을 하지 않는데, 어쩌면 그렇기 때문에 사
람들이 이런 류의 소설을 좋아하고 즐겨 찾는지도 모르겠다.
멋있고 예쁜 인물들이 막장의 행동을 저지르는 것을 지켜보는
데 어찌 지루할 틈이 있나. 말하자면 할리우드 타블로이드 잡
지와 비슷한 역할인 셈.
　한편으로는 그러한 이유로 이러한 류의 소설에서는 '개

연성' 따위를 찾으려고 해서는 안 된다. 예를 들어 강간당했다는 빙카의 주장을 듣고서 곧바로 눈이 돌아 알렉시를 찾아가 야구배트로 때려눕히는 토마나, 그런 토마를 보고 느닷없이 달려들어 알렉시를 칼로 찌르는 막심이나, 오랫동안 토마를 짝사랑한 나머지 질투심에 못 이겨 빙카를 약물로 살해하려는 파니나, 빙카가 당신 남편의 아이를 가졌다며 보여준 임신 테스터기에 분노하여 조각상으로 그녀의 머리를 내리치는 토마의 어머니 안나벨이나 모두 세간의 기준으로 따지면 분노 조절 치료를 받아야 하는 환자들이라고 할 수 있지만, 여기에서 그런 언급이 전혀 없는 것에 대해 불만을 품거나, 토마 아버지의 기지로 이 모든 사건이 재수사 없이 그대로 묻히고 만다는 설정에도 의문을 품어서는 안 된다는 말이다. 예를 들어 이 소설은 이처럼 살인이 빈번히 일어났음에도 누구 하나 감옥에 가지 않고 끝나는데 주인공 토마에 의하면 그럴 수 있는 이유는 다음과도 같다.

> 경찰 취조 당시 아버지는 최근 벌어진 일련의 살인사건을 치정 관계에 의한 복수극이었다고 진술했다. 아버지는 몇 달 전부터 알렉시 드빌과 연인 관계로 지내왔는데 엄마가 두 사람 사이를 눈치 채면서 일이 꼬이게 되었다고 했다. (…) 아버지의 시나리오는 제대로 먹혀들어갔다. 사실관계가 명확하고, 살해 동기도 설득력이 있어 경찰은 아버지의 진술을 수용하지 않을 수 없었다.(373~374쪽)

4장_브랜드가 된 작가들

말도 안 되는 설명을 늘어놓고 '사실관계가 명확하고' '설득력이 있다'고 자기 입으로 말하는 장면을 보니 참 복잡미묘한 감정이 드는 동시에, 이런 설명을 듣고 그대로 납득을 한다니 프랑스 경찰은 대체 바보 아니면 호구인가 싶은 생각까지 들지만, 앞서 말했다시피 이런 류의 소설은 애당초 '개연성'을 찾는 것이 목적이 아니므로 그런 의문은 저리 치워두도록 하자. 그냥 작가가 그렇다면 그런 것으로 알면 된다.

이 정도쯤 하면 시드니 셸던을 읽어본 적 없는 사람들도 '시드니 셸던 류'가 무엇을 의미하는지 확실히 알았을 듯싶다. 역시나 동서고금을 막론하고 사람들은 막장 드라마를 좋아한다는 사실이 다시금 증명되는 순간이다. 그런 의미에서 참으로 안타깝다는 생각이 든다. '막장 드라마' 분야에서 일가견을 이룬 한국에서 '막장 소설'은 별로 나오지 않았다는 사실이… 그리고 보니 우리나라에서 아직 전 세계적 베스트셀러를 써낸 작가가 별로 없다. 그러나 실망할 필요는 없는 것이, 막장으로 유명한 K-드라마를 만들어낸 실력이라면 막장 소설 역시 써낼 수 있을 것이기 때문이다. 한국 작가들이여, 용기를 갖자.

22

이 토 록
달 콤 한
고 통

『낭만적 연애와 그 후의 일상』,
알랭 드 보통, 은행나무, 2016

※『낭만적 연애와 그 후의 일상』의 결말을 포함하고 있습니다.

"연예인 A양과 B군 밀회 장면 포착!" 어느 날 포털사이트에 뉴스를 보러 들어갔더니 대문짝만 한 헤드라인과 함께 온갖 언론사에서 관련 소식을 다루고 있었다. 실시간 검색어에는 기사에 등장한 두 주인공들의 풀네임과 해당 '특종'을 포착해낸 언론사 이름이 모두 상위권에 올라와 있기도 했다. TV를 잘 보지 않아 연예계 정보에 어두운 나는 그날 처음으로 A양과 B군의 이름을 듣고 얼굴까지 알게 되었는데, 사실 속으로 상당히 의아했다.

이런 말은 조금 미안하긴 하지만, '그렇게까지' 유명한 사람들도 아닌데 왜들 저렇게 난리지? 트럼프랑 김정은이 사귄다는 것도 아니잖아. 푸틴이랑 시진핑이 키스했다는 것도 아니고. 누가 누구랑 연애를 한다는 사실 가지고 왜들 저렇게 호들갑인 걸까? 대략 이런 느낌이었다고 할 수 있겠다. 만약 A양이 고양이를 한 마리 데려다 키운다고 한들 "충격! A양 고양이를 좋아하는 것으로 밝혀져!" 이런 식으로 보도가 나올 리 없고, B군이 쌀국수를 매일 먹는다고 해봤자 "B군, 밤마다 쌀국수 먹는 장면 포착!"이라는 기사가 나올 리 만무한데, 누가 누구를 좋아하고 만나고 사귀고 자고 헤어지고 하는 것 따위가 뭐가 대수라고 싶은 그런 마음이었던 것이다. 그러면서 궁금해졌던 것 같다. 왜 타인의 '연애' 문제에 사람들은 이토록 깊은 관심을 보이는 걸까. 연애와 엮인 온갖 잡다구리한 '썰'들은 왜 이렇게나 큰 주목을 받는 것일까.

곰곰이 생각하다보니 이와 같이 '사랑'에 열광하는 행태는 어제오늘의 일이 아니었다. 기억해보면 아주 어린 시절부터 아이들은 항상 서로를 온갖 사유로 놀리며 장난을 쳤고, 그 '놀림' 속에는 언제나 애정 문제가 포함되어 있었다. "얼레리 꼴레리, 철수는 영희를 좋아한대요" 류의 노래와 같이, 누가 누군가를 좋아한다는 사실은 언제나 일종의 약점 혹은 숨겨야 할 비밀이었던 동시에 비밀이란 말이 무색할 만큼 가장 빠른 속도로 확산되는 이야깃거리였던 것이다.

그런데 당연한 것 같기도 하다. 인간은 사회적 동물이며 타인과 정서적·신체적으로 특정한 관계를 맺고 싶은 욕구를 지닌다. 그중에서도 사랑이라는 감정은 가장 개인적이고 사적인 영역이며 누군가의 연약하고 내밀한 본모습을 확연히 드러내는 기제로 작용할 때가 많다. 그런 선상에서 타인의 연애사를 알게 되는 것, 사랑을 하는 누군가를 지켜본다는 것은 마치 그의 민낯이나 알몸을 훔쳐보는 것과 같은 관음의 느낌을 주기에, 당연히 많은 이들이 본능적으로 열광할 수밖에 없는 주제인 것이다. 비유하자면 아기들이 똥이나 방귀와 같은 생리적 현상을 두고 까르르 웃으며 넘어가는 것과 마찬가지인 셈이다.

그런 와중에도 한국인들은 유난히 더 '사랑'과 '연애'에 관심이 많은 듯하다. 사실 한국의 문화산업, 그중에서도 드라

4장_브랜드가 된 작가들

마 장르에서는, '연애'가 거의 인물, 사건, 배경과 같은 픽션의 3요소만큼이나 필수적인 요건 중 하나라고 할 수 있다. 한국 드라마는 극중 배경이 회사건, 병원이건, 재벌집이건, 방송국이건 가리지 않고, 주인공의 신분이 도깨비건, 왕이건, 유령이건 상관없이, 밤낮으로 연애를 해댄다는 특징이 있다. 이런 상황이니, '사랑학'을 전문으로 다루어온 알랭 드 보통이 한국에서 큰 인기를 누리고 있는 것도 당연하다.

1969년 스위스 취리히에서 태어난 알랭 드 보통은 하버드 대학교에서 프랑스 철학을 전공하다 전업 작가로 전환했다. 스물세 살에 쓴 첫 장편 『왜 나는 너를 사랑하는가』를 필두로 『우리는 사랑일까』, 『키스 앤 텔』에 이르기까지 주로 사랑과 인간관계를 다룬 글을 꾸준히 써왔는데, 그 때문인지 우리나라에서는 유난히 좋은 반응을 얻어왔다. 『낭만적 연애와 그 후의 일상』은 그러한 알랭 드 보통의 최근작으로 역시나 2016년 출간 즉시 베스트셀러에 올랐으며*, 이후로도 꾸준한 판매고를 보여온 작품이다.

이 책은 사랑에 관한 소설이지만, 엄밀히 따지면 소설이라고 분류하기 애매한 책이다. 인물은 인류 보편의 어떤 특성을 추려 '평균'으로 수렴시켜 만든 것 마냥 그저 납작해서 종이인형처럼 느껴지며, 줄거리 또한 실질적으로 플롯이라고 할

* 교보문고 기준 2016년 종합 베스트셀러 13위

만한 것이 없다. 그저 여자와 남자 둘이 만나고, 사랑에 빠지고, 결혼하고, 출산을 하고, 그러다 오랜 결혼생활로 인해 매너리즘에 빠지고, 바람을 피우고, 이혼 위기를 겪고, 그 위기를 가까스로 수습하면서 더욱 견고하고 안정된 관계로 나아간다는 것이 전부다. 그러므로 누구나 다 겪는, '소설 같은'이라는 정의에 결코 어울리지 않는 소설이기도 하며, 같은 선상에서 『82년생 김지영』과 상당히 유사한 느낌을 주기도 한다. 픽션은 픽션이지만 다큐멘터리에 가까운 픽션. 그렇지만 허구의 인물을 대상으로 구성한 것이니 다큐멘터리라고도 할 수 없는 이야기.

소설의 주인공은 스코틀랜드에 사는 라비와 커스틴이라는 두 남녀. 라비는 어느 날 우연히 직장에서 만난 커스틴이라는 여성에게 흥미를 느껴 데이트를 신청하고, 다소 긴장되지만 성공적인 첫 데이트 이후 진지한 호감을 키우게 된다. 두 번째 데이트까지 성공리에 치러낸 두 사람은 점점 더 가까워지다가 마침내 본격적인 '사랑'에 빠지고, 다른 여느 커플들이 그러하듯 애정이 절정에 이른 지점에서 결혼식을 올리며 가정을 이룬다.

여기까지가 책의 1/3 정도에 해당하는 내용으로 앞서 언급했다시피 이렇다 할 특별한 사건이 전혀 없다. 현재 결혼 상태에 있는 대부분의 커플들이 겪는 일들을 어떻게든 통계적으로 다듬어서 구체화시킨 결과값이 라비와 커스틴이라고 해도 좋을 정도다. 누군가를 만난 후 호기심을 느끼고, 그 호기심이 호감으로 변하고, 호감이 갈망으로 변하는 과정. 다만 이 소설이 특이한 점은 기존의 수많은 러브스토리들과 다르게 사랑이 '완성'된 것처럼 보이는 그 장면에서 다시금 본격적인 이야기를 펼친다는 데 있다.

예를 들어 함께 있기만 해도 무한한 행복을 느끼던 라비와 커스틴은 소설이나 영화에서 사랑이 '이루어진' 것처럼 보이는 시점, 그러니까 결혼 서약을 하고 함께 살게 된 이후부터 미친 듯이 싸우기 시작한다. 그런데 싸우는 이유가 참으로 사소하다. 이케아에서 사고 싶은 컵의 모양이 서로 다르다든지, 잘 때 선호하는 방 안의 온도가 다르다든지 하는 것들이다. 재미있는 것은 본인들도 자신들이 지극히 사소하고 하찮은 사유를 가지고 유치한 신경전을 벌이고 있다는 사실을 인지하고 있다는 점이다. 그럼에도 둘은 싸움을 멈출 수가 없다. 그러면서 둘은 "내가 혹시 '잘못된 인간'과 결혼한 것은 아닐까", "도대체 우리는 왜 이렇게 되었을까", "난 결혼제도와 안 맞는 것일까" 등의 심각한 고뇌에 빠진다.

그러나 이때까지만 하더라도 아직 둘 사이에는 '열정'이라 할 만한 것이 남아 있는 상태다. 싸우고 서로에게 분노하고 괴로워하는 과정에서도 여전히 서로에 대한 소유욕과 성적 긴장감을 바탕으로 한 일말의 '낭만'을 간직하고 있다. 문제는 세월이 흐르면서 서로를 어느 정도 파악하고, 그러면서 싸움을 피하는 방법을 익히고, 그렇게 싸움이 점차 줄어들고, 더 이상 마찰점이 없을 정도로 상대에게 익숙해진 상황에서 일어난다. 더 바랄 바 없이 모든 게 안정적인 상태인데도, 무언가 부족함을 느끼게 되는 것이다.

이런 라비에게 자연스럽게 낯선 여성으로부터의 유혹이 찾아오는데, 라비는 아내를 더없이 사랑하고 깊은 애정을 가지고 있음에도 결국 유혹에 굴복하여 출장지에서 바람을 피우게 된다. 어린아이가 부모에게 혼날 것을 뻔히 알면서도 사탕 상자에 손을 뻗는 것처럼, 그러면 안 된다는 사실을 인지하면서도 유혹에 굴복하고 마는 것이다. 그리고 그날부터 라비의 앞에는 지옥이 펼쳐진다. 라비는 바람을 피운 자신에 대한 혐오감, 아내인 커스틴에 대한 죄책감, 현재까지 일구어온 모든 것을 잃어버릴 것 같은 두려움에 시달리는데, 한편 그런 상황에서조차도 외도의 상대와 연락을 끊지 못할 정도로 유혹에 약한 모습을 보이기도 한다.

정말이지 이 이상 현실적일 수가 없을 정도로 현실적인 이야기라고 할 수 있다. 뜨겁게 사랑해서 서로 죽고 못 살 것 같았던, 남들 눈에 완벽해 보이는 커플이 결혼해서는 지지고 볶고 맨날 싸우고, 드디어 안정기가 왔다 싶으니 이젠 바람을 피운다니. 주변에서 너무 자주 보고 들어서 별로 새삼스러울 것도 없다. 이 때문에 어떤 사람들은 이 '라비'의 캐릭터를 보고 역시 남자들 다 저럴 줄 알았어 하면서 매우 분노할지 모른다. 그러나 책이 라비의 시점 위주로 그려져 있어서 그렇지 실상 커스틴 역시 크게 다르지는 않을 것이란 생각이 든다. 라비는 '남성' 전체를 대변한다기보다는 그저 인간의 한 측면을 보여준다고 할 수 있다. 물론 사람에 따라, 그리고 상황에 따라 조금씩 달라지겠지만, 두 가지 상반된 욕구에 시달린다는 것은 인간인 이상 누구나 마찬가지이기 때문이다. 안정의 욕구와 모험의 유혹 사이에서 고뇌하고, 정념과 이성 사이에서 번민하는 가여운 인간들.

사라 폴리 감독의 영화 〈우리는 사랑일까〉에서 주인공 마고와 친구들은 수영장에 갔다가 샤워를 하면서 무조건 새것이 좋다고, 남자도 새 남자가 좋다는 식의 농담을 하며 까르르 웃는다. 그러자 옆에 있던 할머니들이 그 말을 듣고 의미심장한 한마디를 던진다. "새로운 것은 반짝거리지. 그러나 반짝거리는 것들도 곧 오래되고 말아." '사랑'에 대해 이보다 더 절묘한 비유가 있을까. 멀리서 볼 때 반짝거리던 것은 손에 들어오는 순간 필연적으로 그 빛을 잃어버리고 만다. '욕망'의 기본적인 속성 자체가 그렇다. 그렇기 때문에 욕망은 기본적으로 고통과 기쁨을 동시에 선사한다. 결핍이 존재하지 않을 때는 고통도 없지만 만족감 역시 있을 수 없다.

그리고 여기에서 사랑을 하는 이들의 고통이 나온다. 누군가를 사랑하게 되면 가까워지고 싶은 욕구가 드는 것이 인지상정이다. 그런데 이 가까워지고 싶은 욕구의 아이러니와 모순은, 이 욕구가 어디까지나 거리감을 전제로 발생한다는 데 있다. 그러니까 거리감이 없는 대상에게는 '낭만적 감정'을 느끼는 것이 불가능하다는 뜻이다. 결국 사람들은 누군가를 좋아하게 되면 그와 가까워지고 싶어서 괴로워하고, 괴로움을 해소하기 위하여 거리감을 좁히기 위한 각고의 노력을 기울이게 되는데, 정작 그러한 노력의 대가로 거리감이 좁혀지면 '욕망' 자체가 아예 사라지면서 아무런 자극과 즐거움을 느낄 수 없게 되고, 그러므로 또다시 괴로워하게 된다는 것이다.

결국 이 책의 의의는 라비와 커스틴의 케이스를 통해 독자에게 '사랑'이라는 감정에 일종의 패턴이 있음을 깨우쳐주는 데 있다. 뜨거운 열정은 오직 그것이 손 안에 없을 때 타오르는 것이며 손에 잡히는 순간에는 꺼져버리고 만다는 것. 결핍은 오로지 결핍으로 존재할 때만 가치가 있는 것. 안전의 기쁨을 누리면서 모험의 즐거움까지 만끽할 수는 없다는 것.

그 때문인지 누군가는 이 책을 보고 신혼부부들이 필독서로 읽어야 한다는 이야기를 하기도 했다. 나 역시 그에 동의한다. 물론 낭만적 연애의 탄생과 소멸의 과정이 지극히 '정상가족 이데올로기'에 맞추어 서술되어 있다는 것과 아무리 일반화시켰다고는 해도 라비와 커스틴의 케이스 역시 결국은 매우 개별적인 하나의 사례에 불과하다는 것을 잊어서는 안 되겠지만, 그럼에도 이 책을 통해 낭만적 감정의 속성에 대한 어느 정도 힌트는 얻을 수 있을 것이기 때문이다. 물론 언제나 그렇

4장_브랜드가 된 작가들

듯이 이론과 실전은 엄청난 차이가 있는 법. 책을 읽는 것과
그것을 실생활에 적용하는 것은 아주 다른 문제겠지만.

23

이 해 할
수 없 는
것 들

『직지』,
김진명, 쌤앤파커스, 2019

※『직지』의 결말을 포함하고 있습니다.

30대 이상의 한국인이라면 누구나 김진명 작가에 대해 알고 있을 것이다. 물론 아주 가끔 예외가 있을 수 있겠지만, 그런 사람들조차 『무궁화 꽃이 피었습니다』란 작품에 대해서는 들어본 적이 있을 정도로 대한민국을 '뒤흔들다'시피 한 작가이며 소설이기 때문이다.

1992년 『플루토늄의 행방』이라는 제목으로 출간되었던 이 책은 다소 낯선(?) 제목 때문인지 처음에는 독자로부터 외면받았으나, 이듬해 『무궁화 꽃이 피었습니다』로 개작 출간되면서 초대형 베스트셀러가 되었다. 총 판매 부수는 450만 부가량. 지금으로서도 엄청난데 당시에 450만 부라면 대한민국 국민 대부분이 봤다고 해도 과언이 아닐 정도의 어마어마한 수치다. 핵을 개발하여 자주독립하려던 박정희 대통령과 핵물리학자 이휘소 박사의 계획이 미국에 의해 안타깝게 좌절된다는 내용으로, 실제 인명과 지명을 그대로 차용하여 마치 '진짜로' 있었던 일인 마냥 수많은 사람들에게 착각을 불러 일으켰던 것이 특징이다.

그렇기 때문에 더욱 문제시되는 작품이기도 했다. 말하자면 역사에 대한 사람들의 인식을 왜곡할 수 있는 책이었던 것. 독자들이 너도 나도 사실이 아닌 소설 속 내용을 진짜로 믿어버린 뒤 애국심에 불타올라 엉뚱한 주장을 하곤 했던 것이다.

핵을 개발해야 한다느니, 미국을 때려 부숴야 한다느니 등등. 대중의 호응만큼 각계각층에서 상당한 비판이 제기되었으며 실존인물인 이휘소 박사의 유가족들은 명예훼손 소송을 걸기도 했다. 그런 논란에도 불구하고 김진명은 차기작들 ―『하늘이여 땅이여』, 『황태자비 납치사건』, 『고구려』― 까지 줄줄이 성공시키며 명실상부한 '베스트셀러 작가'로서의 면모를 과시했는데, 여기서 놀라운 지점은 30여 년이 흐른 지금까지도 그 지위를 유지하고 있다는 사실이다.

2019년 8월 출간된 그의 소설 『직지』는 일주일도 지나지 않아 30쇄를 찍었으며, 불과 4개월 만의 판매량으로 그해 교보문고 소설 부문 베스트셀러 목록에 이름을 올리기도 했다.● 십 년이면 강산도 변하고 권력도 바뀌고 유행도 달라지는 세월이건만, 1993년의 베스트셀러 작가가 2019년도에도 여전히 비슷한 위치를 유지하고 있는 것이다. 잘나가는 외국 작가들도 이만큼 오랜 세월을 버티는 경우는 거의 없다는 것을 생각하면 참으로 놀라운 일이 아닐 수 없다.

논란이 있다는 것을 감안해도 이 정도로 꾸준한 팬덤을 보유한 작가라면 적어도 내용 하나만은 기가 막히게 재미있는 것 아닐까? 남들이 따라잡지 못할 뭔가 특별한 매력이 분명 있겠지? 그런 생각으로 내심 기대하며 그의 최신작인 『직지』

●　　2019년 교보문고 베스트셀러 소설 부문 12위

를 펼쳐든 나는 그야말로 복잡한 심경에 젖고 말았는데, 왜냐하면 이제껏 내가 읽었던 그 어떤 책과도 비교할 수 없는, 아예 책의 기준을 뛰어넘는 새로운 책이었기 때문이다.

이런 책이 진짜로 베스트셀러란 말이야? 아니, 이런 책을 사람들이 정말 산단 말이야? 잠깐만… 이게 정말 책이란 말이야? 같은 느낌이었다. 읽으면서 의문을 끊임없이 품게 만드는, 그야말로 엄청난 정신적 충격을 안겨주는 책이었다. 구성은 소설이라는 이름을 붙이기 민망할 정도로 허술했으며, 문장은 30년 가까이 소설로 먹고 살아온 전업 작가의 필력이라고 믿기 어려운 수준이었다. 줄거리와 주제의식이야 두말할 것도 없었고. 솔직히 말하면 대체 무엇에 대한 이야기인지, 무슨 말을 하고 싶은지 읽어내는 것조차 힘겨웠는데, 그런 가운데 어렵게 파악해낸 줄거리는 다음과 같다.

주인공은 신문기자로 일하고 있는 기연. 어느 날 취재에 나선 기연은 엽기적인 살인사건과 마주한다. 은퇴한 어느 노교수가 귀는 한짝이 잘려서 바닥에 나뒹굴고, 몸은 기다란 창에 찔려 있고, 목에는 마치 뱀파이어에게 물린 것 마냥 송곳니 자국이 나 있는 채로 죽어서 발견된 것이다. 너무도 수상해 보이는 이 사건을 경찰은 정신이상자의 소행이 틀림없다며 대충 종결시키려 들고, 심상찮은 기운을 느낀 기연만이 홀로 사건을 파고들기 시작한다.

조사 과정에서 기연은 피해자인 노교수가 직지(금속활자의 명칭) 연구자였음을 알게 되고, 독일과 한국 양국 간에 구텐베르크와 직지 중 어느 것이 금속활자의 원조인가를 두고 상당한 갈등이 있었다는 사실 역시 알게 된다. 한국 쪽은 당연히 직지가 원조라 하고, 독일 측은 구텐베르크가 먼저라 주장하며 오랜 세월 다투어왔던 것이다. 기연은 노교수의 컴퓨터에서 살인사건이 바티칸의 교황청과 연관되었다는 단서를 발견한다. 거대한 음모가 엮여 있다는 것을 눈치 챈 기연은 독일에 앞서 프랑스로 건너가 심층 조사를 벌이고, '카레나'라는 의문의 인물이 비밀의 열쇠를 쥐고 있다는 사실을 깨닫는다.

여기까지가 1권에 해당하는 줄거리인데, 왠지 어디선가 본 듯한 느낌이다. 그렇다. 이것은 댄 브라운의 소설 『다빈치 코드』를 한국식으로 베낀 버전이라고 할 수 있다. 디테일이야 당연히 다르지만, 세계적인 문화유산에 뭔가 거대한 비밀이 숨겨져 있고, 해당 비밀을 감추려 암약하는 집단이 존재하며, 그 집단이 사실은 교황청, 혹은 수도회와 밀접한 연관이 있다는 부분 등이 그렇다. 레오나르도 다빈치의 작품 대신 금속활자인 직지가 소재일 뿐이다. 결국 뛰어난 발상도, 놀라운 아이디어도, 엄청난 줄거리도 아닌, 그저 세계적으로 검증된 베스트셀러의 아이디어를 그대로 차용한 뒤 애국심을 자극할 만한 소위 '국뽕' 요소를 끼얹은 이야기에 불과한 것이다.

물론 이 세상에 완벽히 새로운 것은 존재할 수 없다. 더구나 제임스 홀이 『베스트셀러는 어떻게 만들어지는가』에서 지

　　　　　　　　　　　4장_브랜드가 된 작가들

적한 대로 사람들이 좋아하는 이야기 구조는 대개 비슷하기도 하다. 따라서 이 이야기가 『다빈치 코드』와 비슷하다는 사실은 다소 찜찜하기는 하지만 어디까지나 우연으로 치고 넘어갈 수도 있다. 다만 이 소설의 '진짜' 문제는 줄거리나 주제의식을 떠나서 아예 '책'으로서 함량이 미달이라는 데 있다. 읽어보면 전반적으로 소설의 문장이라고 할 만한 것이 많지 않다. 일례로 아래 프랑스에 간 기연과 그녀와 동행한 김 교수가 대화를 나누는 장면을 보자.

> 눈앞에 시선을 사로잡는 대성당이 나타나자 김 교수는 자기도 모르게 감탄사를 내놓았다.
> "와, 정말 놀랍네요. 엄청나게 크고 또 엄청나게 섬세하네요."
> "어머, 표현력이 대단하신데요. 빅토르 위고가 이 성당을 본 순간 김 교수님과 똑같이 표현했대요. '경탄할 만큼 거대하고 섬세하다.'"
> "흐, 그래요? 소 뒷걸음에 쥐가 잡혔군요."(1권 159쪽)

"엄청나게 크고 또 엄청나게 섬세하"다고만 했는데 표현력이 대단하시다고 하는 것은 무엇이며, 빅토르 위고는 또 왜 나오나. 그에 대한 반응으로 소 뒷걸음에 쥐가 잡혔다는 대답은 또 무어란 말인가. 이것이 정녕 30년간 정상을 차지한 소설가의 어휘란 말인가. 2권에 등장하는 인물 은수가 쿠자누스라는 수도사와 대화하는 장면 역시 마찬가지다.

"코리는 어떤 나라요?"

"작은 나라예요. 중국의 등쌀에 무척 힘들어하는 슬픈 나라죠. 하지만 누구보다 백성을 사랑하시는 왕이 계셔요."

은수의 뇌리에 상감의 얼굴이 떠올랐다. 글자 쓰기 내기를 하시던 모습, 짐짓 지지 않으려 악을 쓰시던 모습, 지고 나서 그리도 즐겁게 웃으시던 모습…… 은수는 눈물이 나려 하는 걸 마음속으로 가나다라마바사 아자차카타파하를 외며 간신히 참아냈다.(2권 161쪽)

눈물이 나는데 마음속으로 가나다라마바사 아자차카타파하를 외며 참는다는 것은… 개그인가? 심지어 저 당시는 한글 자모 순서가 지금과는 달랐는데 대체 가나다라마바사는 어디서 나온 것일까. 뿐만 아니라 웹소설이나 웹툰처럼 대화로만 서너 페이지 이상 구성된 장면도 상당하며, 그마저도 우우, 아얏, 아아, 흐, 헉, 허걱, 크, 하하핫, 낄낄, 치이, 핏 등과 같이 만화에서나 볼 법한 표현으로 때운 것이 대부분이다. 더구나 그러한 표현마저도 상황과 썩 어우러진다고는 결코 말할 수 없는데, 전화벨은 삐리릿! 하고 울리며, 대학 교수가 낄낄! 하고 웃는 식이기 때문이다.

게다가 주인공들의 심리나 행동을 납득시키기 위해 마땅히 동반되어야 하는 설명이 현저히 부족하다. 예를 들어 일반적으로 우리가 아는 논리의 구조는 다음과 같은 식이다. 나는 A를 좋아한다. A는 사과를 좋아한다. 그러므로 사과를 본 나

4장_브랜드가 된 작가들

는 A를 떠올린다. 그런데 이 소설 속 인물들의 논리 구조는 아래와 같이 흘러간다. 나는 A를 좋아한다. A는 사과를 좋아한다. 그러므로 세상 사람들은 사과를 좋아하는 것이 당연하다! 여기에 어떤 논리의 구조가 있는가. 없다. 논리가 없으므로 설명이나 해석 자체가 불가능하다.

예를 들어 조사를 위해 기연과 함께 프랑스로 건너간 직지 연구회의 일원 김정진 교수는 수도원에 찾아가서는 오래전 동방의 수도승들이 해당 수도원에서 죽었다는 '소문'을 듣고 다음과 같이 외친다. "그들이 로마에서 아비뇽까지 온 것도, 그리고 이 수도원에서 죽임을 당한 것도 모두 금속활자 때문인 게 분명해요. 도대체 무슨 다른 이유가 있겠어요!"(1권 191쪽) 금속활자 때문인 게 분명하다니. 대체 어디에서 그러한 생각이 갑자기 튀어나왔단 말인가. 설령 그게 사실이라 하더라도 거기에 이르기까지의 논리가 모조리 생략되어 있다. 맥락도 없고 근거도 없이 머릿속에서 떠올린 인물의 망상뿐이다.

그런데 2권으로 넘어가면 더욱 놀라운 일들이 펼쳐진다. 배경은 어느덧 조선시대로 바뀌었다. 때는 세종이 훈민정음을 창제한 뒤 그것을 백성들에게 널리 알리기 위해 고민하던 시기. 어명에 따라 산골에서 열심히 금속활자와 서체를 연구하던 은수는 조정 대신의 음모로 중국으로 끌려갔다가 탈출하면서 바티칸까지 흘러가게 된다. 바티칸에 금속활자의 기술을 전파하여 세종의 뜻을 전 세계에 널리 알리려고 시도하는 은수. 그러나 교황은 누구나 성경을 쉽게 읽을 수 있게 된다는 사실에 분노하고, 은수를 마녀로 몰아 처형하려고 한다. 하지만 각종 고문으로 목숨이 끊어지려는 은수를 쿠자누스라는 수도사가 구출하며 새로운 국면이 시작된다. 쿠자누스는 은수에게 카레나라는 이름을 선사하는데, 이는 절세미녀 헬레나에 코리아의 코를 결합한 것이다.

이후 프랑스 고르드의 수녀원에 몸을 안치한 은수는 자신에게 연모의 마음을 품게 되었다는 쿠자누스에게 금속활자를 만드는 비법을 전수하고, 쉽사리 모습을 드러낼 수 없는 자신 대신 금속활자를 만들어 대중에게 전파해줄 것을 간곡히 청한다. 쿠자누스는 은수에 대한 사랑으로 위험을 무릅쓰고 오랜 벗인 구텐베르크에게 협조를 구하고, 그의 요청을 받은 구텐베르크는 10년간의 노력 끝에 마침내 금속활자를 개발하여 성경을 인쇄하는 데 성공한다.

그렇다. 2권은 1권에서 어렴풋이 등장했던 '카레나'라는 인물의 정체를 다루는 내용이었는데, 이에 따르면 결국 독일의 구텐베르크는 조선의 금속활자 인쇄술을 전수받은 것이었고, 이러한 사실이 드러날 위기에 처하자 연관이 있는 프랑스 수도원 쪽에서 한국의 노교수를 죽였다는 것이 살인사건의 전모라는 이야기가 되시겠다. 오오, 그렇다면? 그렇다. 이 소설은 역시나 국뽕의 대가가 쓴 작품답게 궁극적으로는 『환단고기』와 맥을 같이하는 작품이었던 것이다. 한민족이 전 세계의 조상이며, 한반도의 문화유산이 세계 곳곳에 영향을 뻗지 않은 곳이 없어라! 그런데 사실은 아직도 놀랄 일이 남았다. 그것이 무엇이냐면… 다름 아닌 이 모든 것이 기연의 상상이라는 사실!

길고 긴 상상을 마친 기연은 그간 책상 위에 늘 펼쳐두었던 구텐베르크 전기를 비롯해 쿠자누스 평전 등 모든 전적과 자료를 덮었다.(2권 226쪽)

말하자면 앞서 조선시대를 배경으로 한 은수의 스토리는 '카레나? 혹시 카+레나? 카는 코리아에서 온 카? 레나는 헬레나에서 온 레나? 그럼 카레나는 코리아에서 온 미녀?'라고 하는, 평범한 우리로서는 상상조차 못할 논리를 바탕으로 기연이 머릿속에서 혼자 망상한 이야기였던 것이다. 그런고로 한국의 직지가 독일의 구텐베르크보다 더 앞섰다는 주장도 결국은 근거가 없는 것이며, 노교수가 살해를 당한 이유 역시 끝까지 명확하게 밝혀진 바 없는 것이다. 물론 맥락없이 행동하는 인물들답게 이런 상상을 마친 기연은 마치 자신이 셜록 홈즈라도 된 양 행동하지만.

『직지』는 이와 같이 처음부터 끝까지, 주제부터 문체까지, 무엇 하나 쉽사리 납득이 가고 이해가 되는 항목이 없었던 소설이다. 심지어 위에 언급한 것들은 이 소설을 읽으며 의문을 품었던 사항의 극히 일부에 해당할 뿐이며, 사실은 540페이지 전체에 대한 이야기를 하려면 사흘 밤낮을 새도 모자랄 지경이다. 맥락, 줄거리와 상관없는 음담패설이나 의미를 알 수 없는 이상야릇한 표현은 또 어찌나 많이 등장하는지, 읽으면서 눈살이 찌푸려질 수준이었다.

그런데 사실은 앞서 이야기한 무맥락의 음담패설이나, 논리 구조를 알 수 없는 이상야릇한 대화들을 보다보니, 이 소설이 왜 인기를 끌었는지 어렴풋이 납득이 가기도 했다. 다름 아니라 SNS 등지에서 낯선 여성의 사진 밑에 아무런 맥락 없이 꽃 사진을 붙이며 "아름다우세요" 같은 댓글을 달거나 한밤중에 메시지를 보내 도대체가 의도를 알 수 없는 이상한 말을 하는 남성들이 떠올랐던 것이다. 그런 이들의 또 다른 특징으로는 애국심이 투철하며, 종종 맥락에 어긋나는 대화를 하며, 그런 와중에 음담패설은 또 아주 좋아한다는 것을 꼽을 수 있는데, 이 소설을 읽고 보니 어쩐지 그 모든 맥락이 한 지점으로 모여든다는 사실을 알 수 있었다.

그러므로 이와 같이 차마 소설이라고도 부르기 어려운 소설이 왜 인기를 끄는지는 더 이상 고민하지 말기로 하자. 아무리 고민해봤자 평범한 우리로서는 도저히 알 도리가 없다. 그것은 낯선 여성에게 꽃 사진을 바치며 아름답다는 댓글을 다는 아저씨들의 머릿속만큼 이해하기 어려운 것이므로.

5

책을 읽는
이유

이러니저러니 해도 사람들이 책을 읽는 근본적인 이유는 결국 '무언가를 알고 싶다'는 욕구에서 기인하는 경우가 많은 것 같다. 힐링 에세이나 자기계발서 따위가 많이 팔리는 세상이니 앞으로 출판시장은 가망이 없다거나, 싸구려 삼류 소설 따위만 잘나간다고 한탄을 하는 사람들이 늘어가는 와중에도 베스트셀러 순위에 괜찮은 '지식 서적'이 종종 올라오는 것을 보면 말이다.

여기에서 말하는 '지식 서적'이란 인문학, 사회과학 등 모든 지식서를 총괄하는데, 흔히 인문사회과학서라고 부른다. 이 인문사회과학서의 주제를 살피다보면 당대의 사람들이 어떤 주제에 관심을 가지고 있는지가 어느 정도 드러난다. 예를 들어 2010년에는 『정의란 무엇인가』가 베스트셀러에 오르기도 했다. 분량도 많고 다소 난해한 이 책이 무려 베스트셀러까지 올랐던 것은 당시에 정의롭지 못한 세상에 분노를 느끼는 이들이 그만큼 많았다는 방증이 아닐까 싶다. 그리고 현재 베스트셀러에 오른 인문사회과학서의 리스트를 보건대, 아마도 우리 시대의 사람들은 '더불어 살아가는 것'에 관심이 많은 듯하다.

그도 그럴 것이 이 챕터에서 다루는 책 『사피엔스』, 『팩트풀니스』, 『라틴어 수업』, 『공부머리 독서법』은 모두 세상사의 공리주의적 측면을 강조하여 독자의 이타심과 공감능력을 유도한다는 공통점을 보이고 있기 때문이다. 별다른 조건 없이,

베스트셀러에 오른 지식서라는 단 하나의 기준만으로 선택했음에도 이런 의도하지 않은 결과가 나와 스스로도 놀랄 지경이었다. 물론 마지막으로 다루는 『반일 종족주의』는 조금 결을 달리하지만.

앞서 말한 4권의 책은 각각 상상력을 키우고 언어를 활용해야 하는 이유, 세상을 냉정하고 합리적인 시선으로 바라보아야 하는 이유, 공부를 해야 하는 이유, 책을 읽어야 하는 이유로 공리주의를 꼽는다. 나와 타인이 어떻게 연결되어 있고 타인의 행복이 나와 직결되는 지점을 설명한다. 그리하여 우리가 결국은 정의롭거나 선량한 사람이 되기 위해서가 아니라, 우리 자신의 행복과 안위를 위해 공리를 택해야 함을 보여준다. 그리고 그렇게 공리를 추구하기 위해 택할 수 있는 방법이 '언어'나 '공부'라는 사실을 시사한다.

이 챕터에서 다루는 『팩트풀니스』의 저자 한스 로슬링은 세상은 우리의 생각보다 훨씬 더 좋아지고 있다고 이야기한 바 있는데, 나에게는 이 챕터에서 다루는 책들이 베스트셀러가 되었다는 사실이 마치 그 증거처럼 느껴졌다. 세상에는 암울한 일이 가득하고, 사람들은 자기밖에 모르는 이기적인 존재로만 느껴지며, 출판시장은 망해가는 것 같아도 여전히 함께 잘 살 수 있는 방법을 고민하는 사람들이 있으며, 모든 좋은 책이 다 성공하지는 못하더라도 정말로 좋은 책들은 여전히 독자의 마음에 가닿을 수 있다는 사실을 보여주는 듯했던 것이다.

　물론 그렇게 세상이 진보하고 있다고 그대로 안심하고 넋을 놓고 있어서는 안 될 일이다. 어떠한 '노력' 없이는 이러한 상태가 유지되기 어려우며 세상의 현 상태가 마냥 안심할 수도 없는 상황이기 때문이다. 공리주의적 공통점을 보이는 베스트셀러 지식서 사이에 『반일 종족주의』가 끼어 있는 것만 보아도 알 수 있듯이.

24

서는
래리 그
우소읽

서는을다
래리설는
그우소읽

『사피엔스』,
유발 하라리, 김영사, 2015

개나 고양이 같은 반려동물을 기르다보면 의외로 인간과 비슷한 부분이 많다는 사실에 깜짝 놀라게 된다. 이러한 동물들은 기쁨과 슬픔, 분노와 즐거움 등의 기본 감정을 느끼는 것은 물론, 질투를 하거나 토라지는 등의 고차원적이고 섬세한 감정 표현 역시 가능하다. 꿈을 꾸고 때로 잠꼬대까지 하는 모습을 볼 때면 얘네들 말만 못할 뿐이고 머릿속은 완전 사람이랑 똑같은 거 아냐? 싶은 생각이 들 때도 있다. 물론 개는 말을 할 수 없으므로 으르렁거리거나 짖는 것이 다이지만.

개나 고양이뿐만이 아니다. 대학생 때는 친구가 기르던 토끼가 주인의 목소리를 알아듣고 깡충깡충 뛰어오는 모습을 보고 어찌나 놀랐는지 모른다. 토끼가 사람 말을 알아듣고 반응을 한다니! 그건 어쩜 토끼도 생각을 할지 모른다는 얘기잖아! 개나 고양이야 머리가 좋은 줄은 진작에 알았지만 토끼마저… 하며 거의 충격 수준으로 놀랐던 것이다. 그런데 사실 조금만 생각해보면 당연하다. 개, 고양이, 토끼 모두 생명체로서의 욕구가 있을 것이며, 그 욕구를 충족시키기 위해서는 일련의 사고과정을 거쳐야 할 것이고, 다른 생명체와의 의사소통이나 상호작용이 필요할 것이므로.

한편 결혼을 하고 두 아이를 낳아 기르면서부터는 거꾸로 인간이 얼마나 동물에 가까운가를 매일같이 실감하기도 했다. 아이들을 지켜보다보면 인간이 어떤 상황에서 기쁨 또는 슬픔을 느끼는지, 그와 같은 감정은 어떤 방식으로 표현하는지, 분노할 때의 대응 방법은 어떠한지, 경쟁과 협상은 어떻게 해나가는지, 자신보다 육체적으로 우월한 상대와 맞서야 할 때는 어떤 행동을 취하고 반대로 약해 보이는 대상은 어떻게 대하는지 등등을 자연스레 알게 되는데, 놀랍게도 그렇게 지켜보며 관찰한 아이들, 아직 육체적·정신적으로 미성숙한 '미니 인간'의 행태는 새끼 강아지나 고양이의 그것과 큰 차이가 없었던 것이다. 혹은 TV나 책에서 보는 원숭이나 침팬지 등의 유인원 같기도 하고.

그러면서 생각하게 되었다. 어쩌면 어려서부터 줄곧 들어오던 말들, 인간은 "만물의 영장"이라거나, "유일무이하고 특출 난 존재"라는 이야기들은 진실이 아닐지 모른다고. 인간 역시 거대한 포유류의 한 종류에 불과하며 오직 인간만이 사고하고 생각한다는 것은 모두 환상일지도 모른다고. 그런 생각을 하다보면 자연스레, 잠깐만, 만약 그렇다면 왜 지금의 동물과 인간은 서로 다른 생활을 하고 있는 거지? 왜 지구의 모든 것이 인간 위주의 시스템이 된 것이지? 하는 의문에까지 이르는 것이다. 그런데 아무래도 그간 이런 의문을 품은 사람이 나 하나만은 아니었던 모양이다. 유발 하라리의 『사피엔스』가 전 세계적인 베스트셀러가 된 것을 보면.

2015년 출간된 『사피엔스』는 국내에서만 무려 65만 부가 판매되었다. 비단 지식서에 한정된 이야기만은 아니지만, 대중과 학계 둘 다로부터 인정받는 것은 참으로 어려운 일이다.

　　　　　　　　　　5장_ 책을 읽는 이유

대개 대중에게서 마음을 얻은 책들은 내용이 허술하고 깊이가 얕다는 이유로 학계의 비판을 받고, 학계로부터 호응을 받으면 어렵거나 지루하다는 이유로 대중에게선 외면을 받기가 일쑤다. 그런데 이 책은 예외였다. 출간 전부터 유명인들의 추천사와 함께 화려하게 등장하더니 찬사가 무색하지 않게 독자로부터도 뜨거운 반응을 얻었다. 책깨나 읽는다는 사람들은 물론 평소 지식서를 잘 읽지 않는다는 사람들 중에도 재미있다는 평을 남긴 이들이 많았다. 무려 600여 페이지에 달할 정도로 아주 두꺼운, 소위 말하는 '벽돌책'이 이렇게나 큰 인기를 끌었다는 사실이 참으로 놀랍다.

이 책은 『사피엔스』라는 제목에 걸맞게 인류를 만물의 영장이 아닌 '사피엔스'라는 하나의 종으로서 조망한다.● 본래 자연 속 수많은 동물 중 하나일 뿐이었던 인간이 어떻게 지구의 지배자로 올라섰는지, 다른 일반 동물들과 다르게 문명을 건설하고 사회를 일구고 조직화되었는지를 문화, 역사, 종교 등 다양한 측면에서 총체적으로 다루었다고 할 수 있다. 앞서 내가 품었던 의문에 그야말로 적절한 해답이 되는 셈인데, 중간중간 곁들이는 예시 등이 재미있으면서 문장이 쉽고 간결하여 평소 인문사회과학서와 거리가 멀었던 독자들도 수월하게 읽을 수 있다는 것이 특징이다.

● 　분류학적으로 인간은 동물계의 영장목 사람과 사람속에 속하는 하나의 '종(種)'이다.

책에 의하면 나무에 열린 열매나 따먹고 맹수들이 먹고 남긴 다른 동물의 시체나 먹으며 살던 인간은 농업혁명을 통해 한곳에 뿌리를 내리고 정착하게 되었다고 한다. 이후 식량을 생산하고 저장하는 일련의 활동을 통해 '잉여 재산'이라는 개념을 가지게 되었고, 이로 인해 화폐와 자본이 발명되고 빈부격차가 생겨나게 되었으며, 부족한 자원에 대한 불만 혹은 더 많은 자원에 대한 갈망으로 약탈 및 전쟁을 거쳐, 보다 체계적인 '문명'을 세우게 되었다고 한다. 각 문명은 과학이나 문화의 발전 정도에 따라 쇠락과 번영을 거듭하였고, 그런 와중에 마침내 과학혁명과 함께 단순히 조공을 받는 수준의 식민지배를 넘어 보다 적극적이며 효율적인 방법으로 개발과 착취에 몰두하는 본격적인 시스템을 만들게 되었는데 이것이 다름 아닌 '제국'이다. 제국이 그렇게 조금씩 확장되는 가운데 세계는 오늘날처럼 하나의 거대한 공동체가 되었다는 것이 인류와 문명을 대하는 저자의 기본적 의견이라 할 수 있다.

말 그대로 '인류의 역사'에 대한 종합적인 해설이라 할 수 있는데, 이렇게 적으면 아마도 아니 이걸 누가 몰라? 기존 역사책에서 흔히 보던 내용이잖아. 인간이 수렵채집 하다가 농경사회를 이루고 상업이 발달하고 전쟁을 일으키고 다 이미 들었던 이야기인데 새삼스럽게 이게 뭐? 지구가 거대한 공동체가 된 게 뭐? 〈기생충〉이 오스카를 수상하고 전 세계 사람들이 넷플릭스로 자기 집 안방에서 한국 드라마 〈킹덤〉을 보는 시대잖아! 하는 사람들이 있을지도 모른다. 그러나 기존의 역사책과 『사피엔스』의 차이점은 인간이 다른 동물들과 구별되는 삶을 살게 된 핵심적인 요인으로 다름 아닌 '상상력'을 꼽고 있다는 사실이다.

유발 하라리는 여타의 다른 포유류와 크게 다르지 않았던 인류가 압도적인 발전을 이루게 된 것은 언어와 상상력 때문이라고 말한다. 인류에게 모종의 인지혁명이 일어나면서 뇌의 크기가 비약적으로 커졌고, 그러면서 기존의 단순한 의사소통 체계를 뛰어넘는 언어가 생겨났고, 해당 언어를 기록하여 남기고자 하는 욕망으로 문자를 발명했고, 문자를 통해 '이야기'를 전달할 수 있는 능력을 가지게 되었고, 그러한 '이야기'의 능력을 통해 비로소 상상의 세계와 가상의 개념을 창조하여, 그를 통해 공통의 이해관계가 없었던 수많은 인류의 협력을 유기적으로 이끌어낼 수 있었다는 것이다.

유발 하라리의 이런 주장에 대해 어떤 이들은 의문을 제기할지 모른다. 대체 이야기 따위가 뭐라고, 이야기를 할 수 있게 되었다는 것만으로 인류가 이토록 큰 발전을 할 수 있다는 게 말이 되는가 하고 말이다. 그것은 인류가 다른 동물보다 우연히도 지능이 높았던 탓이며 이야기를 만들어내는 능력이나 상상력과는 딱히 관계가 없다고. 그러나 실상 이야기는 우리가 생각하는 것보다 훨씬 더 우리의 삶과 맞닿아 있다.

평소 남을 도와야 한다거나, 생명을 소중히 여겨야 한다거나, 약하고 어려운 사람을 보살펴야 한다거나 하는 명제를 부정하는 사람은 아마도 없을 것이다. 이미 사회가 그런 규칙을 바탕으로 구성되어 있고, 일부는 법적 조항으로도 굳어져 있기 때문이다. 그러나 고대에는 그렇지 않았다. 왜 약한 사람을 도와야 하는지, 왜 살인을 해서는 안 되는지, 왜 내가 가지고 싶은 것을 남에게서 억지로 빼앗으면 안 되는지 사람들은 납득하지 못했다. 왜냐하면 자연이란 그런 것이니까. 본래 강한 것이 살아남고 약한 것은 도태되기 마련이니까. 그런데 이때 이야기가 나서서 그런 역할(설득)을 하게 된다. 다름 아닌 '종교'의 이름으로.

종교를 통해 한낱 거대 포유류의 하나일 뿐이었던 인간은 일종의 규칙을 갖게 된다. 인간은 신의 자녀이므로 그의 말에 무조건 복종해야 한다는. 하나님(또는 알라, 또는 부처님, 또는 기타 등등)의 명에 따라 살인을 해서는 안 되고, 거짓말을 해서도 안 되며, 이웃을 사랑하고, 약한 자를 보살펴야 한다는 규범을 가지게 된 것이다. 이야기는 경전이 되어 당위성을 획득하고 그러면서 교리가 만들어진다. 그렇게 인간들은 종교를 통해 약육강식과 적자생존의 원리를 바탕으로 운영되던, 무자비한 자연 생태계와 같았던 과거에 비해 다소간 안전한 생활을 누릴 수 있게 되고, 그런 환경 하에서 안심하고 문명을 건설할 수 있게 된다.

그러면서 인간은 점차 학습해나간다. 규칙이 강화되고 사회가 안전해질수록, 더 평화롭고 안전한 상태가 지속될수록 더욱 큰 자유와 발전을 누릴 수 있다는 것을. 공공의 선을 추구해야 하는 까닭은 우리의 타고난 본성이 선량해서가 아니라 그것이 인류 전체에게 더 큰 이득이 되기 때문이라는 것을. 전쟁을 일으키고 약한 것을 괴롭히고 착취하고 죽이는 모든 행동들이 궁극적으로는 자기 자신에게도 해로울 수 있다는 것을. 물론 인간이 이러한 모든 것을 염두에 두고 종교를 발명해 낸 것은 아닐 것이다. 우연히 여러 욕구가 맞닿아 생겨났을 수도 있고, 혹은 사회적 필요에 의해서 누군가 임의로 생각해냈을 수도 있다. 닭과 달걀처럼 무엇이 먼저였는지는 아무도 이야기할 수 없다. 그러나 분명한 것은 종교가 인간 삶에 이처럼 지대한 영향을 끼쳐왔다는 사실이다.

물론 오늘날에는 종교가 예전처럼 힘을 갖고 있지 못하다. 법과 제도가 갖추어지면서 종교는 사회질서의 수호를 위한 역할보다는 커뮤니티와 이익집단에 더 가까운 형태로 변화해왔다. 오히려 종교의 교리가 변화하는 사람들의 인식과 생활방식을 따라가지 못해 문제를 일으키는 경우도 많다. 약한 자를 보호하고 사회질서를 수호하기는커녕 되레 인권탄압의 기제로 작용하기도 한다. 그렇다면 이제 또 다른 질문이 남는다. 오늘날에는 무엇이 종교와 같은 역할을 하고 있는가. 종교가 예전 같은 역할을 하지 못하는 가운데 인간은 어떻게 공공선에 대한 관념을 학습하고 타인에 대한 사랑을 유지할 수 있는가.

유발 하라리는 그것을 그저 '상상력'이라고만 말했지만 나는 그 상상력이 문학을 의미한다고 본다. 여기에서의 문학은 소설뿐 아니라 연극, 영화, 만화 등 '서사'를 가진 모든 것을 의미한다. 종교가 당위적 측면을 강조했다면 문학은 타인에게도 나와 비슷한 감정이 있다는 것을 일깨우고, 사람의 생각과 행동이 얼마나 복잡한 결에 의해 움직이는지를 인류에게 학습시켜주는 역할을 한다고 할 수 있다. 그리고 종교의 영향력이 사뭇 약해진 오늘날에도 여전히 문학의 힘은 유효하다. 사람들은 책이나 영화를 보며 흥미로운 줄거리 그 자체에서 자극과 재미를 느끼기도 하지만, 인물에 자신을 투영하여 공감하고 이입함으로써 내가 아닌 다른 사람 역시 생각과 감정을 가지고 있는 한 명의 '인간'이라는 사실을 깨닫게 된다.

매리언 울프의 『다시, 책으로』에는 소설을 읽을 때 독자의 뇌가 어떻게 반응하는지에 관한 내용이 등장한다. 매리언 울프에 따르면 소설을 읽는 행위는 '상황 실험'에 임하는 것과도 같다. 우리의 뇌는 소설을 읽는 동안 등장인물이 겪는 사건을 마치 자신이 현재 당면한 일처럼 받아들이는데, 그러면서 스스로는 상상조차 하지 못했던 상황에 처하는 경험을 하게 되고, 주인공이 겪는 갈등과 감정을 생생하게 체험하며, 그 과정에서 타인에 대한 이해심과 공감능력을 기르게 된다는 것이다.

우리가 발을 딛고 선 곳이 자본주의를 바탕으로 한 세상이다보니 오늘날에도 여전히 문학의 무용함을 외치는 사람들이 많이 보인다. 문학을 읽거나 쓰는 행위는 아무런 경제적 가치를 생산해내지 못하는, 그야말로 '여가' 혹은 '오락'으로 치부되는 것이다. 그러나 문학, 즉 이야기와 상상력은 유발 하라리의 주장처럼 이 세상을 지탱해온 근간이자 모든 발전의 핵심이다.

언어는 인간이 복잡한 감정과 상상력을 바탕으로 오늘날의 거대한 문명을 이룩하게끔 한 원동력이다. 우리는 언어를 통해 이야기를 만들고, 이야기를 통해 타인을 이해하게 된다. 우리는 문학을 통해서 비로소 세상의 복잡한 맥락을 이해하고, 동물의 한 종류로서 가질 수밖에 없는 공격성을 억누를 수 있으며, 그렇게 함으로써 '인간성'을 유지하고, 그리하여 더 나은 세상으로 한 걸음 다가설 수 있다.

흔히 잔인한 범죄가 발생하면 많은 사람들이 성악설을 외치곤 한다. 하지만 인간 역시 동물의 한 종류라는 것을 생각할 때 그와 같은 잔인하고 사악한 행동은 어쩌면 일종의 생존본능이라 볼 수도 있다. 그러므로 우리는 이와 같은 약육강식의 생태계를 목도하거나 인간의 악한 행동을 발견할 때마다 인간의 본성이 원래 그러하므로 어쩔 수 없다고 체념하거나, 자연의 섭리라고 받아들이는 대신 어떻게 하면 그러한 원시적인 본능을 억제하고 조절할 수 있는지를 생각해야 한다. 그리고 문학이 그러한 역할을 할 수 있다. 이것이 『사피엔스』를 읽으며 내가 생각한, 우리가 이제껏 소설을 읽어왔던, 그리고 앞으로도 계속 읽어야 하는 이유이다.

25

한
사 람 을
위 한 마 음

『팩트풀니스』,
한스 로슬링, 김영사, 2019

대학생 때 1년간 워킹홀리데이로 일본의 도야마 시에서 살았던 적이 있다. 도토루라는 커피 전문점에서 아르바이트를 하며 지냈는데, 하루는 같이 일하는 동료 아르바이트생 중 하나가 이렇게 물었다. "있잖아, 서울에도 백화점이 있니?"

10년도 더 지난 지금까지 생생히 기억이 날 정도로 충격적이었던 순간이다. 아니 글쎄, 백화점이 있냐니. 인구 천만의 도시, 한국의 수도인 서울에 백화점이 있냐니. 심호흡을 가라앉히고 차분한 자세로 당연히 있다고 말하자 동료는 눈을 동그랗게 뜨고 깜짝 놀란 표정으로 다시 물었다. "그렇구나. 전혀 몰랐어. 그럼 혹시 편의점도 있니?" 으아아, 얘네들 대체 한국을 뭐라고 생각하는 거야. 서울을 여전히 해방 전후 뭐 그런 공간으로 생각하고 있는 거야? 편의점이 있냐고! 인구가 40만 명밖에 안 되는 중소 도시 도야마에도 있는데 서울에 없겠니!• 넌 도대체 〈겨울연가〉도 안 본 거냐! 하며 내심 기분 나빠 했던 기억이 난다. 어떻게 이렇게 모를 수가 하며 속으로 혀를 끌끌 차기도 하고. 물론 상대는 전혀 악의가 없는 행동이었겠지만.

그런데 아주 오래전의 이 기억을 떠올릴 만한 일이 최근에 있었다. 중국과 한국에서만 극성인 줄 알았던 코로나가 전 세계로 확산되기 시작했을 무렵이었다. 이란에서도 감염자가

• 2020년 기준으로, 강원도 원주시 인구가 31만 명, 경상남도 김해시 인구가 55만 명이다.

속출한다는 뉴스를 보다가 나도 모르게 "참, 큰일이다. 저기는 의료 시설도 별로 없고 경제적 환경도 안 좋을 텐데, 저걸 어쩌나" 하고 중얼거렸는데, 그 소리를 듣고 곁에 있던 남편이 이런 말을 한 것이다. "이란 돈 많아. 국민들은 가난해도 나라는 나름 잘 살아." 헉 그래? 하면서 깜짝 놀라 찾아보았더니 정말이었다. 이란의 GDP는 2019년 기준 세계 25위였으며, 구글 스트리트로 검색한 도시의 풍경 역시 내가 상상했던 것과는 완전히 딴판이었다. 도로는 모두 포장되어 있었고 높은 빌딩도 많았다. 쇼핑몰 내부나 교통 체증을 포착한 사진들 역시 등장인물의 옷차림을 제외하면 우리나라와 크게 다를 바가 없었다. 솔직히 고백하자면 머릿속에서 영화 〈알라딘〉의 배경 같은 모습을 상상하고 있었건만.

그러면서 깨닫게 되었다. 과거 서울에 백화점이 있냐고 물었던 일본 동료가 특별히 이상하거나 무지하지 않았다는 것을. 나 역시 내가 살고 있는 한국이나 내가 방문해본 몇 개의 나라 이외에 세상의 물정에 대해서 전혀 모르고 있다는 것을. 아마도 이것은 비단 그 동료나 나 하나만의 문제는 아닐 것이다. 오래전 아일랜드인 친구가 유럽 여행을 하며 만난 미국인들이 "더블린에는 버거킹이 있니?" 같은 질문을 했다며 분통을 터뜨리던 모습을 생각하면.

우리는 학창 시절 세계사를 배우고 뉴스나 인터넷을 통해 지구촌 곳곳의 주요 소식을 접하면서도 정작 세계의 '진짜'

현실에 대해서는 잘 모르고 있는 경우가 태반이다. 한국과 물리적으로, 정서적으로 아주 가깝다고 할 수 있는 일본의 한국에 대한 인식이 이랬을 정도이니(물론 이 또한 10여 년도 더 전의 일이므로 지금은 또 다를 것이지만) 일찌감치 세계의 정상을 차지하여 국제 정세를 선도해온 서방 국가의 시민들이 아직도 아시아나 중동 또는 아프리카를 70~80년대 당시의 모습 그대로 인지하고 있는 것도 그다지 놀라운 일은 아니다.

그렇다면 왜 우리의 인식은 이와 같이 과거의 어느 '지점'에 머무른 채로 큰 변화가 없는 것일까? 왜 우리는 뉴스와 인터넷을 통해 끊임없이 새로운 정보를 획득하면서도 머릿속 지도는 업데이트하지 못하는 것일까? 왜 합리적이고 이성적이며 지적이라 판단되는 전문가들조차 '현실'에 이토록 무지한 경우가 많은 것일까?

스웨덴의 학자이자 의사인 한스 로슬링은 『팩트풀니스』에서 이러한 현상은 사람들의 '간극본능'과 '과도하게 극적인 세계관' 때문이라 이야기한다. 사람의 뇌는 본능적으로 분명하고 극단적인 것을 선호하는 경향이 있으며, 한번 굳어진 인식이나 사고를 쉽게 변형하지 않으려는 습성이 있는데, 이 때문에 사고나 인식 수준이 70~80년대에서 크게 달라지지 않았다는 것이다. 실제 현실은 과거와 엄청나게 달라졌음에도 불구하고.

2019년 김영사에서 번역 출간된 『팩트풀니스』는 역시나 세계 지식인들의 추천을 받은 책●답게 출간되자마자 입소문을 타고 큰 화제가 되었다. 특이하게도 초반에 유명세를 타고 반짝하는 다른 많은 인문교양서와 다르게 독자들로부터 꾸준히 좋은 평가를 받으며 높은 판매고를 기록하기도 했는데, 그만큼 내용 측면에서 대중과 지식인들 두루에게 깊은 인상을 남긴 것이 아닌가 싶다. 출간 후 8개월 동안 15만 부가 판매되었으며 교보문고 기준 2019년 인문 분야 베스트셀러 7위에 오르기도 하였다.

'팩트풀니스(Factfulness)'는 '사실충실성'을 의미하는 단어로, 이는 추론이나 직관 또는 어림짐작이 아닌 데이터와 팩트에 근거해 세계를 바라보고 이해하려는 습관을 뜻한다. 다른 말로 정확한 근거에 기반한 합리적이고 객관적인 사고방식이라고 표현할 수도 있겠다. 한스 로슬링은 책의 도입부에서 세계의 현황에 대한 13가지의 간단한 질문—저소득 국가에서 초등학교를 졸업한 여성의 비율, 저소득 국가에서 살고 있는 인구의 비율, 오늘날 세계의 기대 수명, 2100년 예상되는 아동의 수 등—을 던지는데, 놀랍게도 이 질문에 대한 정답률이 대부분 형편없이 낮았다고 한다. 심지어는 동물원 침팬지들에게 과일을 던져 아무 답이나 맞추게끔 해본 결과, 세계 유

● 마이크로소프트의 창업자인 빌 게이츠는 이 책을 자신에게 영향을 끼친 가장 중요한 책으로 꼽으며 2018년 미국의 전 대학교 및 대학원 졸업생들에게 한 권씩 선물하기도 했다.

수의 학자들보다 훨씬 높은 점수를 획득했다고. 보기가 셋밖에 안 되는데도 랜덤으로 찍거나 한 번호로 줄을 세우는 것보다도 정답률이 더 저조했던 것이다.

나 역시 13개 중 절반도 맞추지 못했다. 처음에는 이 정도쯤이야 하고 당연하게 선택했던 답들이 모두 틀린 것을 알고는 상당히 놀랐다. 질문을 듣고 직관적으로 떠오른 답안과는 다르게 정답은 대부분 가장 좋거나 높은 수치였다. 나는 아프리카나 중동에서 초등학교를 졸업한 여성의 수가 그렇게 많은 줄 몰랐다. 세계의 극빈층 비율이 그렇게 확연히 줄어들었는지도 몰랐다.

이 책은 이와 같이 기존에 우리가 자주 하던 오해, 세상은 점점 더 나빠지고 있고, 점점 더 많은 사람들이 죽어가고 있고, 빈부격차는 점점 더 극심해진다는 것이 사실이 아님을 책 전체에 걸쳐 찬찬히 밝히고 있다. 실질적으로 세계의 대다수는 더 부유해졌고, 더 여유로우며, 더 건강해졌다는 사실을, 전 세계 75퍼센트 이상의 사람이 부유하진 않지만 더 이상 가난하지도 않다는 사실을 매우 구체적인 '수치'를 통해 보여준다. 세계는 더 이상 후진국 – 개발도상국 – 선진국과 같은 선명하고 위계적인 형태로 나뉘어 있지 않으며, 대부분 평균에 수렴하는 형태로 확연히 좋아졌다는 '사실'을 실질적인 '통계'로 증명한다.

이런 이야기를 하면 일부에서는 반론을 제기할지도 모른

다. '평균적으로' 더 나아졌다는 게 사실이라고 치더라도 그게 뭐가 그렇게 중요하냐고. 지금 당장 세계 어느 곳에서는 내전으로 죽어가는 사람들이 있는데, 여전히 깨끗한 물을 구할 수 없어 죽어가는 사람들이 있는데 평균이 올라간 것이 뭐가 그리 대단하냐고. 기득권이나 가진 사람들을 위한 논리 아니냐고. 단순히 기분이 좀 좋아지고 일시적인 희망이 생기는 것 이외에 어떤 효과가 있느냐고. 그러나, 이러한 의견과는 다르게 세계가 더 나아지고 있다는 '사실'을 인식하는 것은 대단히 중요하다.

이는 단순한 낙관이나 희망 때문만이 아니다. 현실을 제대로 인식하지 않으면 무엇이 문제인지 제대로 파악할 수 없고, 그렇게 되면 그 문제점을 해결하기 위한 가장 효율적인 방법에 접근할 수도 없다. 배가 고파 아우성치는 사람들에게 "음식도 중요하지만 교육이 먼저다"라는 식의 원론적인 해법을 제시하거나 목이 말라 당장 쓰러질 것 같은 사람에게 꽃을 잔뜩 꺾어다주게 되는 일도 생기는 것이다. 실제로 아프리카에서는 멀쩡한 병원을 놔두고 주민들이 치료를 받지 못해 그대로 사망하는 사례가 종종 발생한다. 아무리 많은 병원과 학교를 세워봤자 그곳까지 도달하기 위한 도로망이나 교통수단을 확보하지 못한다면 모두 무용지물이나 다름없다는 것을 보여주는 사례다.

세계를 정확하게 인식하는 것은 빈곤국가의 실질적인 구

제뿐만이 아니라 경제적인 측면에서도 의의를 갖는다. 예를 들어 요가복 업체를 하나 새로 세우려 한다고 생각해보자. 대부분의 사업자들은 요가복을 구매할 고객, 즉 시장을 생각할 때 요가를 즐길 것 같은 부유하고 여유로운 북미나 유럽인들의 이미지밖에 떠올리지 못한다. 그러나 유럽과 북미에서는 이미 요가가 보편화된 지 오래이며, 따라서 요가복 시장이 거의 포화상태라고 할 수 있다. 그러므로 이런 시장에서 기존의 사업체들을 제치고 성과를 거두려면 대단히 혁신적인 기능이나 디자인을 새롭게 고안해내야만 한다. 단순히 생각해도 보통 일이 아니다.

그러나 이때 세계의 실상을 정확히 인식하게 되면 상황이 조금 달라진다. 이전까지 빈곤국이라 생각했던 아프리카나 동남아시아의 생활수준이 생각보다 높다는 것을 깨닫는다면, 해당 국가에서 레저와 여가활동의 범주가 점차 확대되고 있다는 것을 인지한다면, 이들을 대상으로 새로운 시장을 개척하는 것이 가능해지는 것이다. 새롭게 눈을 뜬 고객들은 기존의 고객보다 덜 까다로우면서 더 경제적인 제품을 원하기 마련이므로 이미 포화상태인 기존 시장에서 벗어나 신규 시장을 확보할 수 있게 된다.

물론 이런 이야기를 하면 또다시 반대하는 목소리가 나올지 모른다. 선진국과 대기업의 자본으로 저소득 국가를 착취하려 드느냐고. 그러나 이 역시 과거의 어느 시각을 벗어나지 못한 비판이다. 이미 진행된 문명을 과거로 되돌리는 것은 거의 불가능에 가깝다. 만약 2020년에 살고 있는 한국인들에게 1940~50년대 방식으로 돌아가자고 권하면 아무도 수긍하지 않을 것이다. (상대적) 저소득 국가, 저개발 국가의 국민들 역시 우리가 현재 누리는 것과 같은 생활을 원하고 있다. 집에 전기를 연결하고, 인터넷을 하고 TV를 보며, 냉장고에 음식을 보관하고, 자녀를 교육시키고, 여가시간과 레저활동을 즐기는 그러한 생활수준을 원한다는 말이다.

오늘날의 세계는 더 이상 과거 식민주의 시대같이 한 국가가 다른 국가를 일방적으로 착취하는 방식으로 돌아가지 않으며 그렇게 돌아갈 수도 없다. 이번에 중국의 한 도시에서 시작된 코로나 바이러스가 전 세계를 뒤흔든 팬데믹만 보더라도 알 수 있는 것처럼 지구는 이제 거대한 하나의 공동체나 다름없으며 그 안에 속한 우리 역시 서로에게 속해 있다. 국제정치와 같은 거대 담론뿐만이 아니라 세상의 모든 문제가 그렇다. 사람들은 종종 딱 한 가지만 해결하면 세상의 모든 근심과 걱정이 사라질 것처럼 생각하곤 하지만 우리가 사는 세상은 그리 단순하지 않다.

이처럼 『팩트풀니스』는 전방위에 걸쳐 세상의 모든 문제가 서로 연결되어 있으며 다른 공동체의 행복과 건강과 안위가 내 삶에 직결된다는 사실을 시사하는데, 여러모로 많이 배우고 공감하며 읽었다. 다만 한 가지 안타까웠던 부분은 그와 같이 현실적이고 사실적인 숫자가 자칫 어떤 이들의 삶은 완전히 가려버릴 수도 있다는 지점이었다. 물론 저자가 굉장히 조심하고 있기는 하나 이 책은 기본적으로 상당히 '냉정한' 책이다. '더' 많은 사람을 구하기 위해 '더' 중요한 것에 집중하자고 이야기하는 내용이니까 말이다.

물론 나 역시 근본적으로는 저자의 의견에 공감한다. 다만 그러한 상황에서 여전히 그 뒤편에 남아 있는 '일부'의 사람에 대한 생각을 지울 수가 없을 뿐이다. 대부분의 삶은 개선되었다고는 하더라도 그 대부분에서 제외된, 일부에 속하는 누군가에게는 그것이 전부일 테니까. 전체에 비하면 아주 적은 숫자에 불과할지라도 그들 자신의 인생에서는 전부일 것이므로.

그런 차원에서 이 책이 더욱 많은 사람들에게 읽히기를 바라는 한편, 사람들이 책을 읽는 동안 세계와 현실을 인식하는 명료한 방법을 배우는 동시에 그 안에 속한 한 사람 한 사람을 떠올려주었으면 하는 바람을 가져본다. 일부가 모여 전체가 되는 것처럼 전체 역시 일부가 모여 이루어진 결과물이라는 사실을 잊어서는 안 된다. 나는 더 많은 사람을 구하고 싶다거나 세상을 더 좋아지게 만들고 싶다는 신념은 실상 전체에서 소외된 일부, 그 안에 속한 한 사람 한 사람에 대한 애정이 바탕이 되었을 때에만 제대로 기능할 수 있다고 믿는다.

26

공부하는
마음

『라틴어 수업』,
한동일, 흐름출판, 2017

어릴 적 즐겨 읽었던 책 중에 지경사에서 나온 소녀소설 시리즈가 있었다. 『다렐르와 별난 친구들』, 『쌍둥이는 아무도 못말려』 등 그 종류가 수십 권에 달했는데, 캐릭터나 에피소드에 있어 조금씩의 차이는 있지만 대략의 구성은 모두 비슷했던 것으로 기억한다. 영국의 기숙학교를 배경으로 한 말괄량이 소녀들의 좌충우돌 성장기.

그 책들을 마르고 닳도록 읽으며 당시로서는 생소하기 짝이 없었던 이국의 문화에 대해 많이 배웠다. 영국에서는 초등학교 1학년 정도의 아주 어린 친구들도 기숙학교에 들어가는 경우가 있다든지, 학기가 우리와 다르게 9월에 시작한다든지, 물고기를 넣은 샌드위치를 먹는다든지(앤초비 샌드위치. 여전히 무슨 맛인지 감이 잘 오지 않는다) 등등을 알게 되었다. 그렇게 생소하게 느껴졌던 문화 중에는 라틴어도 있었다. 책 속에서 등장인물들은 하나같이 라틴어를 싫어하고, 라틴어 선생님을 무서워하며, 공부를 아주 잘하는 친구들조차도 라틴어 때문에 고생하는 모습을 보이는데, 그걸 보면서 생각하고는 했던 것이다. 영국 학교에서는 어째서 저렇게 어려운 언어를 배우는 것일까. 배워봤자 쓸 곳도 없는데. 아이들을 괴롭히는 것이 목적인가?!

이렇게 라틴어에 대해 다소 부정적(?)인 인상을 안고 성장했던지라 성인이 되어 이곳저곳에서 라틴어를 주워들으면서도 특별한 관심을 갖게 되는 경우는 별로 없었다. 그저 라틴어로구나 하고 넘어갔다. 영화 〈죽은 시인의 사회〉를 보면서 남들이 카르페 디엠에 열광할 때에도 그냥 순간을 즐기라고 영어로 하면 될 것이지 굳이 라틴어를 쓰는 까닭은 무엇이냐, 잘난 척하는 거냐, 있어 보이고 싶냐, 라틴어로 말하면 뭐가 좀 다르냐 하는 삐딱한 생각을 하기도 했다. 때문에 『라틴어 수업』이라는 책이 베스트셀러가 된 것을 알았을 때는 꽤나 놀랐다. 라틴어에 관심 있는 사람들이 이렇게나 많았다니! 그것도 베스트셀러가 될 정도로!

2017년 흐름출판에서 나온 한동일의 『라틴어 수업』은 2010년부터 2016년까지 서강대에서 진행했던 라틴어 초급·중급 강의를 정리하여 책으로 묶어낸 것이다. 국내 저자가 쓴 인문서로는 드물게 발간 6개월 만에 10만 부를 달성했으며 꾸준한 판매고를 올려 이듬해 교보문고 인문 분야 9위에 올랐고, 이후로도 각종 추천도서 선정 및 꾸준한 입소문을 통해 단순히 '많이 팔린 책' 이상의 좋은 반응을 거두기도 했다. 라틴어 자체가 생소한 국내에서 이렇게 성과를 거두었다는 것이 참으로 놀랍다.

이는 어쩌면 저자의 특이한 이력과도 관계가 있을지 모른다. 저자인 한동일은 한국인 최초이자 아시아 최초로 바티칸 대법원 로타 로마나(Rota Romana) 변호사가 된 인물인데 저자 소개에 의하면 로타 로마나의 변호사가 되기 위해서는 유럽의 역사와 더불어 오랜 역사를 가진 교회법을 깊이 있게 이해해야 할 뿐만 아니라, 유럽인이 아니면 구사하기 힘들다는 라틴어는 물론이고 기타 유럽어를 잘 구사해야 하며, 라틴어로 진행되는 사법연수원 3년 과정을 수료해야 한다고 한다. 또한 이 모든 과정을 마쳤다고 해도 변호사 자격시험에 합격하는 비율은 5~6퍼센트에 불과하다고도 한다. 정말 듣기만 해도 무시무시하다. 그런데 한국인이 그 시험에 합격했다니 놀라지 않을 수가.

그와 같은 저자의 독특하고 화려한 이력, 거기에 더해 국내에서는 거의 접하기 힘든 라틴어에 대한 호기심이 이 책의 초기 판매를 견인하지 않았나 싶다. 라틴어는 어렵다는 이야기만 들어봤지 제대로 아는 것이 없는데, 잘은 모르겠지만 왠지 뭔가 있어 보이는 것 같고, 그렇지만 어떻게 배울 방법은 없는 찰나, 똑똑한 선생님이 나에게 그 어렵다는 라틴어에 대한 족집게 강의를 해줄 것 같다는 기대감.

그러나 그런 기대감을 안고 책을 펼쳐든 대부분의 독자는 놀랐을지도 모르겠다. 왜냐하면 이 책은 제목과는 다르게 라틴어 교재가 아니기 때문이다. 이 책은 라틴어의 문법을 알려주고 단어와 문장을 공부하게 함으로써 라틴어로 된 지문을 읽게 하거나 회화를 할 수 있게끔 만들어주는 그런 책이 아니다. 그보다는 라틴어가 어떤 언어인지, 라틴어를 공부함으로써 궁극적으로 무엇을 배울 수 있는지, 라틴어를 배우는 행위가 우리 삶에 어떤 영향을 끼칠 수 있는지를 논하는 소위 '인문학' 서적에 가깝다고 할 수 있다.

　저자는 라틴어 공부의 의의는 라틴어 그 자체를 학습하는 데 있는 것이 아니라 '공부하는 방법'을 익히는 데 있다고 말한다. 동사 하나의 변화만 하더라도 무려 160여 개에 달하는 라틴어를 공부하는 것은 분명히 쉽지 않은 과정이다. 때문에 그토록 어려운 라틴어를 익히려 애쓰다보면 자연스레 사고가 체계화되고, 체계화되는 과정에서 공부에 적합한 두뇌를 갖출 수 있게 된다는 것이다. 실제로 서강대에서 했던 수업의 궁극적 목표 역시 라틴어 실력 향상이 아닌 라틴어에 흥미를 갖게 함으로써 체계적인 사고의 틀을 만들어주는 것이었다고 한다.

　그러한 목표에 따라 이 책은 라틴어의 어법이나 어휘보다는 라틴어의 언어적 기원 혹은 라틴어 문장 속에 녹아 있는 세계사, 또는 라틴어를 둘러싼 고대 로마의 사회구조에 집중하는 부분이 많다. 예를 들어 라틴어의 발음은 학계와 국가에 따라 크게 두 가지로 나뉘는데, 그 이면을 들여다보면 국가 간의 알력과 세계사의 흥망성쇠에 대한 단서를 파악하게 된다는 식이다.● 라틴어 단어를 살피면서 라틴어가 유럽어에 전반적으로 지대한 영향을 미쳤다는 것을 학습하고, 단어에 따라 특정 개념의 세계적인 변천사가 어떠했는지를 알아보는 것 역시 마찬

●　라틴어의 발음은 크게 두 가지로 나뉜다. 영국과 독일인들은 근대부터 주도권을 잡았기 때문에 로마 및 중세와의 차별성을 강조하기 위해 고전 발음을 고수한다. 반면에 라틴계(프랑스, 이탈리아, 스페인)는 자신들이 로마의 맥을 이어왔다고 생각하기에 로마 발음을 고수한다(본문 52쪽 참고).

가지이다. 그렇게 저자는 라틴어가 서양의 철학과 역사, 종교, 그리고 인문학에 이르기까지 얼마나 다양한 학문에 영향을 끼쳤는지, 학문과 학문이 알고 보면 얼마나 밀접한 관련이 있는지를 설명한다.

그런 저자의 설명을 따라가는 사이 우리는 언어가 문화와 역사에 큰 영향을 끼친다는 것, 어떤 단어를 발음하는 방법 하나에만도 수많은 요소가 결합되어 있다는 것을 알게 되고, 그 과정에서 모든 지식은 입체적으로 연결되어 있다는 사실을 깨닫게 된다. 라틴어 학습이 라틴어 하나로만 끝나지 않고 정치, 사회, 역사, 종교, 철학으로 꼬리에 꼬리를 물고 이어진다는 것을 배우게 된다. 무언가를 깊이 고민하고 생각하는 과정에서 관심사가 저절로 여러 분야로 확장되는 것을 직접 경험하게 된다. 저자는 책의 서두에서 라틴어 공부는 온갖 지식을 잘 분류해서 정리할 수 있는 튼튼한 책장을 갖게 되는 것이나 다름없다는 이야기를 하는데, 아마도 이러한 의미였을 것이다.

그래서인지 궁극적으로 '라틴어'에 관한 책이라기보다는 '공부'에 관한 책처럼 느껴지기도 한다. 저자는 책 전반에 걸쳐 공부의 중요성을 끊임없이 강조하는데, 28개에 달하는 매 챕터는 유명한 라틴어 문장으로 시작하여 해당 문장을 둘러싼 여러 철학적 담론을 논하다가도 결론은 언제나 공부를 해야 한다는 데 도달한다. 우리가 왜 공부를 해야 하는지, 어떤 것을 공부해야 하는지, 공부하는 동안 어떤 마음을 가져야 하는지 등.

생각해보니 그렇다. 많은 사람들이 공부의 중요성을 강조하며 거의 건강만큼이나 당위적인 가치로 생각하는 현실임에도, 정작 '왜' 공부를 해야 하는지를 이야기하는 사람은 이제껏 별로 없었던 것 같다. 『라틴어 수업』은 그런 점에 있어서 사람들에게 공부를 왜 해야 하는지를 생각하게 해주는 책이라할 수 있다. 여기서 말하는 공부란 단순히 영어 단어나 수학 공식을 외우는 것만을 지칭하지 않는다. 진지하게 학문을 고찰하고 사고하는 연습을 함으로써 어떤 통찰력을 기르는 모든행위를 지칭한다.

공부는 기본적으로 어려운 것이고, 고달픈 것이고, 괴로운 것이다. 우리는 무언가를 공부하는 사이 끊임없이 벽에 부딪힌다. 자신의 나약함과 게으름을 수도 없이 직면하고, 자신의 지적 능력의 한계를 깨닫고 좌절하기도 한다. 그렇게 공부의 과정에서 우리는 스스로에 대해 좀 더 많은 것을 알게 된다. 자신의 의지력은 어느 정도인지, 관심사는 어떠한지, 무엇에 능숙하고 무엇에 미숙한지, 어떤 것을 좋아하고 어떤 것을 싫어하는지, 어떤 유혹에 강하고 어떤 유혹에 약한지, 유혹의 순간에 어떻게 자기합리화를 하는지 등 말이다.

아마도 공부를 해야 하는 근본적인 이유는 아이러니하게도 이 때문일 것이다. 공부가 결코 쉽지 않다는 사실 때문에. 우리는 공부라는 행위를 통해 어렵고 고달프며 괴로운 것을참고 이겨내는 훈련을 하게 되고, 이를 통해 자기절제와 인내를 배우게 되고, 그러면서 스스로를 공동체에 보다 적합한 시민으로 기르게 된다. 한편으로는 공부하는 과정에서 여러 지식이 가지를 뻗어나가며 서로 연결되고 통합되는 경험을 하게 되고, 그 과정에서 자연스레 통찰력과 사고력을 기르게 된다. 그렇게 익힌 인내심과 자기제어 능력, 통찰력과 사고력은 세상을 바라보는 시야를 넓혀주며 살다가 맞닥뜨리게 되는 다양한 문제들을 해결할 수 있도록 도와준다.

공부를 해야 하는 이유는 이뿐만이 아니다. 우리는 흔히 뛰어난 업적을 이루어 유명세를 얻은 사람은 행복할 것이라 막연히 생각하는 경향이 있다. 현재의 자신이 행복하지 않은 것은 충분히 돈을 벌지 못했기 때문이라거나 충분한 성공을 거두지 못했기 때문이라고 생각하는 것과 비슷하다. 그러나 이는 사실이 아니다. 인간은 불완전한 존재이며 어떤 사람이든 결국 허무함을 느끼기 마련이다. 아무리 공부를 잘하든, 아무리 성공을 하든, 아무리 돈을 많이 벌든 결국 모든 사람은 인간으로 태어난 이상 비슷한 감정을 겪는다. 우리는 공부를 직접 하는 과정에서 이러한 진리를 비로소 깨우칠 수 있다. 인간은 큰 틀에서 다들 비슷하다는 것과, 생명은 유한하다는 것과, 영원한 만족이나 절대적인 행복은 없다는 것을 몸소 경험하게 되는 것이다.

그렇기에 이러한 공부의 속성을 파악한 사람은 아무리 공부해도 절대적 진리에는 도달할 수 없다는 것, 세간에서 이야기하는 성공이 절대적인 행복을 보장해주지 않는다는 것을 알게 되고, 인간이라는 하나의 종에 속한 자신, 그다지 대단할 것도 특별할 것도 없는 자신의 존재를 명확히 인지하게 되며, 그러한 자신과 세계의 관계를 파악하게 됨으로써 공리의 중요성을 인식하게 된다는 것이다. 그러면서 이타심과 공감능력을 기르는 동시에 남을 비교대상으로 삼아 헛된 번민에 시달리지 않고 과거보다 더 나아진 자신을 목표로 스스로를 갈고 닦음으로써 더 나은 사람으로 변모할 수 있다는 것이다.

그것을 깨닫게 되면 우리는 공부가 단순히 좋은 성적을 받아 좋은 대학에 가고 좋은 학점을 받아 좋은 회사에 취직하기 위한 것만이 아니라는 것을 알게 된다. 공부를 잘하면 '사회적인 성공의 기준'에 가까워질 가능성이 높고, 이 또한 결코 무시할 수 없는 요소이긴 하지만, 부수적인 효과일 뿐 결코 근본적인 목표는 될 수 없다는 사실을 알게 된다. 다른 무엇보다 우리는 '잘' 살기 위해, '제대로' 살기 위해 공부를 열심히 해야 한다는 것을 깨닫게 된다.

많은 사람들이 공감능력이나 이타심은 인간의 본성에 내재되어 있는 것이라 여기지만 이는 결코 저절로 생겨나는 것이 아니다. 괴로움을 참으며, 고통을 견디며, 하기 싫은 공부를 하는 과정에서야 아주 조금씩이나마 깨우칠 수 있는 것이다. 그렇기에 뭐가 되었건 '제대로' 공부하는 사람이 늘어날수록 세상은 보다 합리적으로 변한다는 생각이다. 공부는 결국 책에서 언급한 바와 같이 "성숙을 배워가는 좋은 과정"이기 때문이다.

물론 그러한 공부의 대상이 반드시 라틴어일 필요는 없다. 비록 저자는 라틴어야말로 공부에 가장 적합한 주제인 것처럼 말하고 있지만 사실은 세상의 모든 학문이 마찬가지다. 수학, 과학, 문학, 철학, 기타 등등. 다만 라틴어가 여타의 다른 과목과 다른 지점은 역시나 '있어 보이는' 부분이라고 할 수 있겠다. 유럽인들도 어려워서 쩔쩔 매며, 한국에는 제대로 할 줄 아는 사람이 거의 없는, 고급 교육을 받은 사람만이 구사할 수 있는 귀족 언어. 국가에 무슨 일이 일어나기만 하면 전 국민이 준전문가처럼 돌변하곤 하는, 평소에도 잘난 척하고 싶어서 밤새 공부하는 한국인에게는 정말이지 매력적일 수밖에 없는 학문이라는 생각이 뒤늦게 든다. 그러니 생소하고 어려운 라틴어를 다룬다는 책이 베스트셀러도 되고 그런 것일 테다.

이유야 뭐가 되었든 공부에 대해 이야기하는 책이 베스트셀러가 되는 일은 고무적인 현상이다. 있어 보이고 싶어서든 잘난 척하고 싶어서든 어쨌든 책을 읽고 공부를 하는 사람들이 늘어나는 것은 궁극적으로 모두를 위해 좋은 일이기 때문이다. 다만 앞서 언급했다시피 이 책을 읽는다고 라틴어를 저절로 구사하게 되는 것은 아니라는 점, 그렇기에 이 책을 읽는다고 '있어 보이게' 되지는 않는다는 점을 명확히 밝혀두는 바이다.

27

독서는
공부에 도움이
되는가

『공부머리 독서법』,
최승필, 책구루, 2018

첫째를 낳고 100일쯤 되었을 무렵이었다. 하루 종일 먹고, 자고, 싸기만 하던 아기가 조금씩 깨어 있는 시간이 길어지고, 눈도 맞추고 방긋방긋 웃기 시작했을 그 무렵. 육아 선배들은 100일이 지나면 천국이 온다고 했건만 아기가 덜 울고 덜 보채는 시기가 되었음에도 나는 천국을 누리기는커녕 다른 차원의 고민에 빠지고 말았다.

그도 그럴 것이 가만히 누워서 뭔가를 기대하는 듯한 아기의 눈을 보고 있으면 어떻게든 놀아줘야겠다는 압박감이 드는데, 도저히 뭘 어찌 해야 좋을지 몰랐기 때문이다. 이거 원 육아를 해봤어야 알지, 까꿍 놀이 하는 것도 한계가 있고. 결국 고민 끝에 생각해낸 방법은 가장 만만한 동화책을 읽어주는 것이었다. 그러나 신생아에게 무슨 책을 읽어줘야 할지 몰랐던 초보 엄마는 결국 동화책을 주문하기에 앞서 네이버에 검색을 하기에 이른다. '100일 아기 동화책 추천.' 그렇게 나온 결과값은 나의 상식을 벗어나는 것이었다.

간단하게 유명한 동화책 몇 권의 리스트를 입수할 수 있을 줄 알았던 나는, 키워드 관련 내용이 그야말로 어마어마한 것을 알고 깜짝 놀라고 말았다. 어려서 계몽사나 지경사 정도만 알고 자랐던지라 어린이책 시장이 그렇게 큰 줄 미처 몰랐다. 100일 아기부터 두 돌까지 이용할 수 있다는 전집의 종류만 하더라도 10여 가지가 넘는다는 것을 그때 처음 알았다. 선택할 수 있는 종류가 너무 많아 오히려 고민이었다.

결국 나는 수많은 '아기 전용 전집' 가운데 무엇이 가장 좋은지를 판단하기 위해 가열찬 조사를 시작했고, 그 과정에서 '책육아'라는 새로운 트렌드가 전집시장에 상당한 영향을 끼쳤음을 알게 되었다. 파워 블로거나 몇몇 유명인사들을 필두로 아이에게 아주 어린 시절부터 책을 읽히고 독서 습관을 함양하게 하는 육아법이 엄마들 사이에서 유행 중이라는 것 역시 알게 되었다. 어린이 전집만을 만들고 판매하는 전집 출판사만 수십 개가 넘는다는 것 또한 알게 되었다. 어린이책 시장은 그야말로 피 튀기는 전쟁 중이었다.

여기서 잠깐, '책육아'란 말 그대로 아이에게 책을 많이 읽히는 육아법을 말한다. 네이버 블로그를 운영하던 몇몇 블로거들이 아이에게 어떻게 책을 많이 읽게 했는지, 그렇게 책을 많이 읽은 아이가 얼마나 똑똑해졌는지, 특별한 사교육 없이도 아이가 얼마나 공부를 잘했는지, 자녀의 감수성이 얼마나 뛰어난지를 끊임없이 강조했고, 후에 그들의 블로그를 보거나 책을 읽거나 강연을 들은 엄마들이 자신의 아이 역시 그들의 아이처럼 되기를 원한 결과가 영유아 출판시장에도 영향을 미치고 있었던 것이다.

물론 당연한 이야기지만 모든 사람이 책육아에 긍정적인 반응을 보인 것은 아니었다. 나만 하더라도 어떻게 놀아줘야 할지 몰라 가장 손쉽게 찾아낸 해결책이 책이었을 뿐, 그를 통해 아이를 어떻게 해야겠다는 생각은 딱히 없었으며 그렇기에 어마어마한 시장 규모를 보고 일종의 거부감이 먼저 들었던 것은 사실이다. 실제로 책육아를 둘러싸고 비판과 옹호의 두 여론이 격렬하게 맞부딪히며 수많은 논쟁을 낳기도 했다.

아이에게 전집만 사준다고 다냐, 부모가 책을 읽지 않는데 아이가 책을 읽겠냐, 다 부모 욕심 아니냐, 아이에게 너무 어린 나이부터 책을 읽히는 것은 활자 중독에 빠지게 하고 오히려 잘못된 독서 습관을 기르게 하는 것 아니냐, 어린 아이에게 새벽 2~3시까지 책을 읽히는 것이 정상이냐, 사교육 시킬 돈 없는 사람들이 대안으로 선택하는 것 아니냐부터 시작해서, 사교육 아무리 시켜봤자 책 한 권 제대로 읽히지 못하면 무슨 소용이 있냐, 공부는 궁극적으로 독서력이다, 책을 많이 읽히면 공부하는 습관을 기르는 데 도움이 되고 사교육 없이도 공부를 잘하게 만들 수 있다, 나중에 시작하면 이미 늦고 아주 어린 나이부터 책을 접하게 해줘야 한다는 반론에 이르기까지 각양각색의 의견이 천차만별로 나뉘고 있었다.

그렇다면 진실은 어떨까. 책을 많이 읽으면 실제로 공부하는 데 도움이 될까? 정말로 책을 많이 읽으면 아이가 똑똑해질까? 사교육 없이도 공부를 잘하게 될 수 있을까? 과학적으로 증명된 사실이 있을까? 이런 의문을 가진 사람들에게 어쩌면 『공부머리 독서법』이 유의미한 힌트가 될지도 모르겠다.

2018년 출간된 최승필의 『공부머리 독서법』은 2019년을 휩쓴 베스트셀러 중 한 권이다. 예스24에서 2019년 상반기 가장 많이 팔린 책이었으며 교보문고 기준 2019년 전체 베스트셀러 16위를 차지하기도 했다. 제목에 '공부'라는 단어가 들어가서인지 학부모들에게 엄청난 관심을 받았고, 실제로 맘카페 등에 수시로 '간증'이 올라올 정도로 인기를 끌었다. 그렇다면 진짜로 독서가 공부에 도움이 되느냐 궁금해 할 사람들이 많을 텐데, 결론부터 말하자면 정답은 '맞다'이다. 『공부머리 독서법』에 따르면 책을 많이 읽으면 '공부머리'가 좋아지고, 결국 공부를 잘할 수 있다고 한다. 단, 책을 '제대로' 읽는 경우에 한해서.

사람들은 흔히 공부란 어떠한 지식을 학습하고 그것을 머릿속에 넣어 암기하는 것이라 여기지만 공부의 기본은 사실 사고력을 기르는 것이다. 어떤 사안이 주어졌을 때 그것에 대해 깊이 있는 사고를 할 수 있는 능력을 갖추는 것이 공부의 궁극적인 목표이자 본질이라고 할 수 있다. 결국 공부를 잘하려면 단편적인 지식을 단순히 암기하는 데서 그칠 것이 아니라 주어진 자료를 '해석'하는 훈련이 되어야 한다. 그렇기에 공부를 잘하는 문제는 단순히 수학 공식이나 영어 단어를 많이 외우는 것만으로는 해결되지 않는다. 보다 근본적인 차원에서 통찰력과 사고력이 동반될 때에만 성적 향상이 가능하다. 그리고 독서는 이에 도움이 된다. 특히나 어린 시절부터 몸에 익혀온 독서 습관은 우등생으로 가는 지름길이다.

왜냐하면 독서란 결국 활자 안에 제시된 정보를 종합하여 사고하는 행위이기 때문이다. 독자는 독서를 통해 정보와 정보를 연결하고 그 안의 흐름과 맥락을 파악하는 훈련을 하게 되며, 이렇게 길러낸 '사고력'은 공부에 도움이 되면서 성적으로 직결되는 결과를 낳는다. 특히나 우리나라에서 공부를 잘하는 대표적인 기준이라 할 수 있는 대입수학능력시험이란 단순히 누가 무슨 시를 지었는가, 이 영단어는 무슨 뜻인가, 몇 년도에 어디에서 무슨 일이 일어났는가 등의 지식을 얼마나 외우고 있는가를 테스트하기 위한 것이 아니라 주어진 자료를 바탕으로 해석해서 풀어내는 능력을 판단하는 시험이기에 더욱 그렇다.

매해 수능이 끝난 뒤 영어권 외국인들이 수능시험의 외국어영역 문제를 풀고서 너무 어렵다고 불평을 하는 것은 이러한 맥락이다. 한국인이라고 언어영역에서 무조건 만점을 받는 것이 아닌 것처럼, 원어민이라 하더라도 소위 말하는 '문해력'이 없으면 외국어 시험에서 정답을 맞힐 수 없다.

그렇다면 공부머리를 좋게 하기 위해서는 무조건 책을 많이 읽히는 것이 좋겠네요? 결국 책육아의 효과가 입증된 셈이네요? 하는 질문이 나올 수 있는데, 그게 꼭 그렇지만은 않다. 독서력은 책을 무조건 많이 읽는다고 저절로 길러지는 것이 아니다. 잘못된 책육아는 아이에게 책에 대한 거부감을 주입하거나 그릇된 독서법을 전파할 수 있다. 공부머리, 즉 문해력은 오로지 책을 '제대로' 읽는 경우에만 향상될 수 있다.

실제로 책에서는 잘못된 방법으로 독서를 하는 아이들에 대한 사례가 여럿 등장한다. 어떤 아이는 어른에게 칭찬을 받기 위한 목적으로 어려운 책을 골라 읽는데, 정작 책에서 말하는 중요한 요지는 거의 파악하지 못하는 모습을 보인다. 다른 아이는 무조건 책을 많이 읽으려는 성과에 집착하여 듬성듬성 읽은 결과 디테일을 거의 기억하고 있지 못하기도 한다. 이 아이들의 경우 비록 책은 많이 읽었으나 수박 겉핥기 하듯이, 눈으로만 대충, 즉 '제대로' 읽지 못했기에 아무런 효과를 보지 못한 경우라고 할 수 있다. 그러면 왜 이런 현상이 일어나는가. 왜 어떤 아이들은 책을 열심히 읽는데도 제대로 읽지 못하는가.

저자는 이 문제에 대해 우리나라의 독서교육 자체가 잘못되었기 때문이라 지적한다. 우리나라 교육과정은 독서를 강제할 뿐, 어떻게 읽는 것이 제대로 잘 읽는 것인지에 대해서는 가르치지 않는다. 재미있는 책을 소개해주는 사람은 거의 없으며, 쉽고 단순한 책부터 시작해서 책읽기의 즐거움을 익히게 하는 대신 고전처럼 아이들 수준을 뛰어넘는 어려운 책을 권장한다. 한편으로는 독서 자체를 일종의 의무나 과제처럼 부여한다. 그 결과 대부분의 아이들이 활자 읽기 자체를 버겁거나 지루한 행위로 인식하게 되고, 점점 더 책에서 멀어지게 되는 지금과 같은 결과가 생기는 것이다.

최근 수능에 비해 불공정하다는 비판을 받았던 학생부 종합전형 역시 마찬가지다. 대체 저런 걸 왜 만든 거냐며 불만을 토하는 목소리가 많았는데, 사실 교육부가 학생부 종합전형을 만든 최초의 의도는 나쁘지 않았다. 어려서부터 독서를 습관화하면 자연스레 문해력이 높아지고, 문해력이 높아질 경우 당연하게도 사고력과 통찰력이 향상되어 교과서를 훨씬 더 빠르고 쉽게 이해할 수 있게 된다. 그렇게 되면 수업시간 내 학과 공부를 모두 마치고, 남는 시간에는 자신의 관심사를 확장하는 대외활동을 할 수 있게 된다. 그 결과 종합적이고 전인적인 인재가 늘어나게 된다. 대략 이러한 논리를 바탕으로 아이들의 재능과 적성을 좀 더 다양하게 살리겠다는 야심찬 계획이었던 것이다.

다만 교육부가 간과한 지점은 한국에서는 독서교육 자체가 애초에 제대로 진행되지 않는다는 사실이었다. 아이들은 제대로 된 독서교육을 받아 공부머리를 길러 수업시간 안에 교과과정에 대한 효율적인 공부를 끝내고 남는 시간에 특기 적성을 개발하기보다는, 특기 적성을 개발하기 위한 또 다른 차원의 사교육을 받기 시작했다.

『공부머리 독서법』은 대략 이러한 내용들을 중심으로 독서와 공부머리와의 상관관계를 체계적으로 설명하는데 그 내용과 사례가 대단히 설득력 있고 구체적이다. 그렇기 때문에 이 책을 읽은 많은 부모들은 아마도 대부분 같은 결론에 도달하게 될 것이다. 아, 우리 아이에게도 앞으로 책을 읽혀야겠구

5장_ 책을 읽는 이유

나, 많이 읽혀야겠구나.

재미있는 점은 앞서 여러 번 강조했다시피 아이러니하게도 독서라는 것은 강제로 시키면 시킬수록 본래의 목적에서 더 멀어지게 된다는 사실이다. 스스로 재미를 느끼고 흥미를 느껴야 자발적인 독서가 가능해지고 그 안에서 기쁨을 찾고 점차 관심사가 확장되면서 본격적인 문해력을 기를 수 있다. 그것은 누가 옆에서 강제한다고 되는 것이 아니다. 누가 시키면 시킬수록 오히려 역효과를 불러일으키게 된다.

그런 측면에서 '강제적 독서모임'이나 '스파르타 독서모임' 콘셉트로 막말과 욕설을 하는 식의 독서법은 아무런 도움이 되지 않는다는 것을 다시 한번 말해두어야겠다. 수준에 맞지 않는 책을 공부를 잘하기 위해 억지로 읽는 것은 고문이나 다름없으며 자원 낭비, 시간 낭비에 읽는 이의 정신건강에도 좋지 않다. 독서에서 무엇보다 가장 중요한 것은 자발성과 재미다.

그렇다면 아이에게 책을 읽히려면 어떻게 해야 하나. 결국은 어린 시절부터 책과 친숙한 환경을 조성하고, 억지로 독서를 강요할 것이 아니라 부모가 먼저 나서서 책이 재미있는 것이라는 사실을 알려줘야 한다. 자기가 먼저 책을 즐겨 읽고 책이 얼마나 좋은 것인지, 재미있는 것인지를 증명해야 한다. 물론 이때 부모 역시 아이에게 영감을 줄 목적으로 어려운 책, 읽기 싫은 책을 억지로 읽어서는 안 된다. 그것은 앞서 말했다시피 자원 낭비, 시간 낭비에 정신적·육체적 고문이 될 수 있기 때문이다.

책마다 수준이 다른 것도 사실이고 개인마다 관심사가 다른 것도 사실이므로 결국은 읽고 싶은 책을 마음껏 읽게 만드는 것이야말로 독서교육의 핵심이라고 할 수 있겠다. 읽고 싶은 책을 마음껏 읽다보면 그 책의 본질을 파악하게 되고, 문해력을 기르게 되고, 그러다보면 책의 수준과 범위가 점차 확장될 테고, 그 과정에서 통찰력과 사고력을 기를 수 있을 테니 말이다.

그런 점에서 전반적으로 독서의 중요성을 강조하는 이 책의 궁극적인 목표가 결국은 '성적'과 '수능'이라는 지점은 많이 아쉽다고 해야겠다. 수단으로서의 독서는 별 효과가 없다고 하면서도, 이 책 역시 독서를 수단화하고 있는 것은 마찬가지이기 때문이다. 여러 번 설명했듯, 어떠한 목적의식을 바탕으로 하다보면 의무감이 생기기 마련이고, 의무감이 따르는 독서에서는 즐거움을 얻기 어렵고, 그러다보면 독서의 효과를 거두기 어렵다.

그러나 제대로 사고하는 인간이 많아질수록 세상이 더 나아진다고 믿는 사람의 입장에서, 그 목적이 수능이 되었든 성적이 되었든 이 책으로 말미암아 어쨌든 독서하는 인구가 늘어난다면 그 또한 다행이 아닌가 싶다. 모로 가도 서울만 가면 되는 것처럼, 비록 좋은 대학에 가기 위해 시작한 독서라도 그것을 통해 아이가 '성찰'하고 '사고'할 줄 아는 제대로 된 인간으로 자라날 가능성이 조금이라도 높아진다면 괜찮은 일이 아닌가 말이다.

28

그것은
자유가
아니다

『반일 종족주의』,
이영훈 외, 미래사, 2019

뉴라이트의 존재를 처음 알게 된 것은 대학생 때 교양수업을 수강하면서였다. 해당 강좌를 담당한 교수님이 '뉴라이트'라며 주변에서 수군거렸던 까닭이다. 뉴라이트란 뉴(New)와 라이트(Right)의 합성어로서 속칭 새로운 보수세력을 의미한다. 그렇게 뉴라이트의 존재를 알게 된 뒤 그들의 주장을 전해들은 나는 그만 깜짝 놀라고 말았는데, 왜냐하면 이들이 소위 '친일 사관'을 가지고 있었기 때문이다. 극우와 친일이라는 두 가지 가치가 병립된다는 것이 도통 이해가 가질 않았다.

　　흔히 극우라고 하면 대부분의 사람들은 민족주의적 성향을 떠올리기 마련이다. 나 역시 나치와 히틀러가 게르만 민족의 혈통이 우수하다고 주창했던 것처럼, 유럽에서 스킨헤드들이 동양인 및 여타의 인종을 멸시하고 테러를 가하는 것처럼, 본인의 민족을 최우선으로 여기고 거기에 속하지 않는 이방인은 멸시하는 것이 극우의 본질이라 생각했었다. 그렇기 때문에 한국인을 우선시해야 마땅할 한국의 극우가 어째서 한국이 아닌 일본에 대해 더 우호적인 사관을 가지고 있는지를 도무지 알 수 없었다. 실제로 프랑스나 독일 등의 유럽에서는 '애국심'이나 '민족성'을 강조하는 것을 대단히 우익적인 행동으로 받아들여 스포츠 경기가 아닌 이상 국기를 들고 다니거나 국가를 부르는 행위는 굉장히 비딱한 시선으로 바라본다고 한다.

　　그러나 시간이 조금 흐르고 나서 이 모든 것은 극우에 대한 나의 착각이었다는 것을 알게 되었다. 극우의 본질은 자신의 국가와 민족성을 무조건 강조하는 것이 아니었다. 극우의 본질은 강한 것에 복종하고 약한 것을 거부하고 멸시하는 데 있었다. 그렇기에 일제강점기를 거친 한국의 극우에게는 약한 조선이 강한 일본의 지배를 받는 것은 당연한 결과였다. 그들에게는 일제강점기에 일어난 일을 문제시하고 비판하는 민족주의적 시각이야말로 잘못된 것이었다.

이처럼 강자에게 굴하고 약자 위에 올라서는 극우의 사관을 가진 뉴라이트들은 일본을 숭배에 가깝게 칭송하며, 한국은 상대적으로 열등한 국가로 멸시하는 경향이 있다. 이들에 따르면 한국인은 태생부터가 게으르며, 어리석고 반지성적이기 짝이 없는 민족이다. 이러한 뉴라이트적 사관은 2019년의 베스트셀러 중 한 권인 『반일 종족주의』에 잘 나타나 있다.

2019년 7월 미래사에서 출간된 이 책은 출간과 동시에 일대 파란을 일으켰다. 등장한 지 며칠 만에 논쟁적인 소재를 다루었다는 이유로 논란을 불러오더니 물밀 듯이 팔려나가기 시작한 것이다. 책이 엄청난 판매고를 기록하자 언론 역시 주목을 하기 시작했고, 아이러니하게도 논란이 거듭될수록 책의 판매 부수는 상승을 거듭했다. 일종의 노이즈 마케팅 효과를 누린 셈인데, 결국 2019년 교보문고 기준 정치사회 분야 1위
●를 차지하기에 이른다. 그렇다면 도대체 어떤 책이기에 이토

● 　2019년 교보문고 기준 종합 베스트셀러에서는 21위를 기록했다.

록 격렬한 반응을 일으켰던 것일까. 무엇이 대중들로 하여금 이 책을 선택하게끔 했을까.

　이 책은 이승만학당의 교장으로 활동 중인 이영훈 씨를 비롯하여 6명의 저자가 공저한 것으로, 이승만TV에서 다루었던 강의록을 다시금 정리한 뒤 이우연 씨의 원고를 추가하여 펴낸 책이다. '대한민국 위기의 근원'이라는 야심만만한 부제를 달고 있는 이 책을 펼친 사람들은 우선 서문에서부터 놀라게 된다. 한국은 거짓말의 사회라고 호되게 비판하며 한국인은 태생부터가 어리석다고 우렁찬 일갈을 하고 있기 때문이다.

　그런데 이 한국인이 열등하다는 주장이 다소 우습다. 저자는 물질주의 문화는 거짓말과 매우 깊은 상관관계가 있다며, 유난히 물질주의 문화가 강한 한국인은 거짓말을 많이 하고 사회 전체에 신뢰가 부족하다고 주장한다. 그러면서 그 근거로 한국의 소송 건수가 일본의 1250배에 달한다는 것을 꼽는다. 하지만 소송이 단지 상대를 믿어서, 혹은 믿지 않아서 일어나는 일이던가? 소송 건수가 적다는 것만으로 신뢰도 높은 사회를 보장할 수 있는가? 신뢰도가 높다는 것이 선진사회의 유일한 증거인가? 그렇다면 한 해의 소송 건수가 세계 최고에 이르는 미국은 어떠한가?

　결국 처음부터 옳지 않은 비교였음을 알 수 있다. 애초에 한국이 유난히 물질주의적인 이유와 물질주의 문화가 거짓말에 관대하다는 주장부터가 이상하다. 만약 그렇다면 물질주의

문화를 배격하는 공산주의 국가에서는 거짓말이 존재하지 않아야 하는데 이런 궤변이 또 어디 있나.

그럼에도 불구하고 저자는 한국인의 정서에 녹아 있는 '태생적' 거짓말의 정서를 계속해서 파고들어간다. 한국의 역사에는 종족 단위의 집단으로 이루어진 샤머니즘이 깊이 녹아 있으며, 샤머니즘의 특성상 자기 집단을 보호하기 위해 타 집단을 음해하기 위한 거짓말이 장려되고, 거짓말이 마치 종족을 결속하는 토템처럼 역할을 한다고 주장한다. 샤머니즘으로 치면 아주 작은 마을에도 신사가 몇 개씩 있는 일본 또한 만만치 않을 텐데 그 점은 어떻게 설명할지 하는 부분은 일단 차치하고, 그동안 이 책의 제목이 왜 반일 민족주의가 아닌 반일 종족주의인지 궁금했는데 이제야 수수께끼가 풀렸다고 해야겠다.

역시나 한국인은 태생부터가 열등하다는 주장을 펼치기 위하여, 한국인은 그 자체로 하나의 집단이기에 차라리 종족이라 하는 것이 옳다는 이야기를 하기 위하여, 반일 민족주의가 아닌 반일 종족주의란 새로운 용어를 만들어낸 것이었다. 기본적으로는 게르만 민족이 유대인에 대해 했던 말, 유대인은 교활하고 게으르고 음흉하다는 류의 주장과 다를 바가 없다. 한국인은 태생적으로 샤머니즘에 취해 있는 반지성적이고 비합리적인 종족이기에 이유도 없이 일본을 음해하고 미워한다는 식이다.

이와 같이 저자는 한국인은 유전자부터 문제가 있다는 사실을 증명하기 위하여, 거짓말을 한국인의 대표 습성으로 끊임없이 소환한다. 재미있는 것은 한국인에 대해서는 뭐든지 집단으로 묶는 것과는 반대로 일본인의 행동은 뭐가 되었던 개별적으로 치부한다는 사실이다. 저자는 식민지 시절 조선인의 임금을 착취한 일본인, 조선인 여성을 성폭행하고 거짓 사탕발림으로 꼬드겨 위안소로 넘긴 중간업자, 탄광에서 위험한 업무는 모두 조선인에게 떠넘겼던 일본인 노동자들을 모두 예외적인 사례로 취급한다. 대부분의 일본인은 선량하고 합리적이었던 와중에 '일부' 일본인이 문제를 일으켰다는 식으로 말한다. 바로 앞에서 한국인은 전체가 집단이나 다름없다고 매도를 해놓고 바로 뒤에서 일본인의 잘못은 개개인의 오류라니, 그야말로 황당하기 그지없다.

　　물론 이러한 주장이 황당하기는 해도 딱히 새롭거나 놀랍지는 않다. 극우의 또 다른 특성 중 하나가 다름 아닌 '일반화의 오류'이기 때문이다. 강자 집단에 속한 이의 잘못은 개인의 잘못, 소수자와 마이너 집단에 속한 이의 잘못은 집단 전체의 잘못으로 치부하는 것은 대표적인 극우적 사고방식이다. 흑인이 잘못을 저지르면 흑인 전체의 잘못이 되지만, 백인이 잘못을 저지르면 그 백인 개인의 잘못이 되는 것과 마찬가지인 셈이다. 사실 극우뿐만이 아니라 대부분의 사람들이 자주 저지르는 실수이기도 하다. 물론 오늘날 현대의 한국은 더 이상 약소국이 아니며, 세계 기준으로 초선진국에 가깝다고 할 수 있지만, 어쨌든 일제강점기를 기준으로는 일본이 강자였고 조선이 약자의 입장이었기 때문에 이러한 논리가 적용된 것이다.

이렇게 이영훈을 비롯한 6명의 저자들은 일제강점기와 관련하여 기존과 정반대되는 논리를 펼쳐나간다. 이를테면 학도병과 위안부는 강제동원된 것이 아니라 자발적 지원이었으며, 일제강점기의 조선인들은 실질적으로 임금 등에서 큰 차별을 받은 적이 없다든지, 박정희 대통령이 일본과 맺은 체결은 굴욕외교가 아니었기에 일본은 한국에 더 이상 사죄할 내용이 없다는 식이다.

그런데 앞서 한국인이 거짓말을 잘한다는 주장에서도 드러나지만 이러한 주장의 논거가 하나같이 빈약하다. 책에서 가장 큰 비중을 할애하여 다루는 학도병과 위안부의 '자발성' 문제는 특히나 더 그렇다. 이들은 학도병은 출세의 기회였으며, 학도병이냐 공장이냐 하는 선택의 갈림길에서 택한 하나의 선택지에 불과할 따름으로 강제된 것이 아니라 주장한다. 학도병이 병영을 탈출한 것 역시 대개는 훈련의 고단함과 죽음의 공포가 원인이었기에 애국심과는 크게 관계가 없다고 말한다.

> 학도지원의 실태는 그것이 종래 알려진 것처럼 무조건 강제된 것이 아니었음을 이야기하고 있습니다. (…) 당시는 전시기였으며, 젊

은이들은 군대에 가든 공장에 가든 강요받은 분위기였습니다. 서명원은 어느 쪽이든 선택은 자기의 몫이었음을 회고하였던 것입니다."
(109쪽)

탈영 원인은 가혹한 사적 제재가 횡행하는 병영 생활의 부적응, 간부후보생 탈락의 비관, 참전에 따른 죽음의 공포 때문이었습니다. 학도지원병 탈영자의 정신세계는 충만한 민족의식이 아니라 적나라한 생존본능으로 채워져 있었습니다.(111쪽)

정말로 황당할 따름이다. 본인들부터가 당시의 학도병들이 "군대에 가든 공장에 가든 강요받은 분위기"에 놓여 있었다고 기술하고 있지 않은가. 어떻게 이것이 '자발적' 선택이 될 수 있는가. 이 논리에 따르면 현재 한국 남성들의 군입대 역시 자발적 선택이 될 것이다. 군대에 갈 것이냐, 병역거부로 감옥에 갈 것이냐 하는 갈림길에서 군대를 택했으므로.

이들은 학도병뿐만 아니라 위안부에 대해서도 동일한 논리를 적용한다. 좋은 곳에 취직시켜준다는 속임수가 동원되기도 했고, 여성들이 울면서 또는 매를 맞으면서 위안소에 끌려갔다는 것을 인정하면서도, 그 방식이 오밤중에 느닷없이 납치를 한다거나, 때려서 기절시킨 뒤 몰래 끌고 가지는 않았으므로 노예사냥은 아니라고 주장하는 식이다. 의사에 반하여 억지로 끌려가 하기 싫은 일을 하게 만든 것이 노예사냥이 아니라면 대체 뭐란 말인가.

> 주선업자들이 가난한 계층의 호주에게 약간의 전차금을 제시하고 취업승낙서를 받아 딸을 데리고 가는 과정이었습니다. 때론 좋은 곳에 취직시킨다는 감언이설의 속임수가 동원되기도 했습니다. 딸은 울면서 또는 매를 맞으면서 끌려갔습니다. 가난과 폭력이 지배하는 가정을 벗어나서 도시의 신생활로 향하는 설렘도 없지 않았습니다. 위안소로 향하는 행렬도 꼭 마찬가지였습니다. 그 사실이 50년 뒤 달라진 환경에서 정치적으로 구술될 때 엉뚱하게 노예사냥을 당했다는 식으로 풀어진 것입니다.(308쪽)

이들은 위안부 여성들이 의사에 반하여 위안소에서 일하게 된 사실은 인정하면서도, 그들에 대한 '물리적' 형태의 납치가 이루어지지는 않았다는 점, 일본군은 민간의 거물 주선업자에게 모집을 의뢰하여 위안소를 만들었을 뿐 직접적으로 여성들을 납치하거나 강제로 연행할 것을 지시한 적이 없으므로 위안부 문제에 책임이 거의 없다는 점, 위안부 문제 자체가 어차피 공창제라는 근본 개념에서는 크게 차이가 없고 그들의 숫자가 실제보다 과장되어 있다는 점 등을 이유로 위안부 문제가 지나치게 부풀려져 있으며 우리 국민을 미혹한다고 주장한다.

물론 터무니없는 이야기다. 비록 속임수를 써서 여성들을 위안소로 끌어들인 것은 민간업자들이라 할지라도, 호주제라는 가부장적 제도를 이용해 자신의 아내나 누이, 딸을 업자에게 넘긴 조선인 남성들 역시 책임에서 벗어나기 어려운 것이 사실이라 할지라도, 애당초 전쟁을 일으키고 전쟁의 군인들을 위해 위안소를 마련하고 위안부를 모집한 일본 정부의 책임이 사라지는 것은 아니다. 아무리 '팩트'가 다르다며 반박해본들 일본군 및 일본 정부가 조직적 성착취의 배후라는 사실은 변하지 않는다. 오히려 일본인 개개인보다 구조적으로 이런 문제를 조장한 정부의 책임이 훨씬 더 크다.

이들은 위안부들이나 공창제에 속했던 여성들, 혹은 기지촌에서 미군을 대상으로 위안부 역할을 한 여성들이나 그 본질에서는 크게 차이가 없었다고 이야기하며 위안부만 유독 문제 삼는 것은 한국의 잘못된 민족주의라 이야기한다. 물론 이 자체는 맞는 말이다. 실은 이 책이 해로운 이유가 이 때문이다. 터무니없는 주장의 논거로 중간중간 맞는 이야기를 섞어두었다는 점. 그리하여 전체 주장에 혼동을 일으킨다는 점.

나 역시 실상 위안부뿐만 아니라 공창제 혹은 기지촌에 속했던 여성이 모두 성착취 피해자라는 주장에 동의한다. 그렇기 때문에 본질적으로 모든 문제를 동일한 선상에서 논의하기를 희망한다. 일본군 위안부만이 '순결한 피해자'로 취급받는 것에 반대한다. 순결성이나 순수성의 여부가, 혹은 자발성의 여부가 성착취를 당했다는 사실에 영향을 끼쳐서는 안 된다고 생각한다. 그러나 이들은 위안부뿐 아니라 다른 성착취 문제도 동일하게 다루기 위하여 위와 같은 주장을 펼치는 것이 아니라, 일본군만 특별히 잘못한 것이 아니고 조선인 여성만 특별히 고통받은 것이 아니므로 이 문제는 이만 접어두자는 식으로 나오고 있다. 문제를 덮기 위해 위와 같은 논리를 꺼내들고 있는 것이다. 그야말로 얼토당토않은 결론이라고밖에 말할 수 없다.

이런 식으로 이들은 책 전체에 걸쳐 끊임없이 모순된 주장을 펼친다. 바로 직전에 "어머니나 오빠의 승낙 하에 주선업자에 끌려간 것"(322쪽)이라고 한 다음에 "어디까지나 그들의 선택과 의지에 따른 것"(325쪽)이라고 하는 식이다. 위안소나 군대를 이탈할 수 없었던 것은 사실이라면서도 계약의 문제였으므로 강제가 아니라고 주장하는 것 또한 마찬가지이다. 기본적으로 "술은 마셨으나 음주운전은 아니다"류의 주장과 큰 차이가 없다.

재미있는 사실은 이와 같이 모순된 근거를 들이대며 한국인들의 반일 정서가 비이성적이고 비합리적이고 어리석은 토테미즘이라고 주장하는 이분들께서, 본인들은 학자로서의 양심을 갖고 "과학적 사실" 아래 검증된 정보만 이야기한다는 이분들께서, 북한이나 중국에 대해서는 기이할 정도의 증오심을 표출한다는 사실이다. 그 증오심과 공포가 어찌나 강렬한지, 남북정상회담 당시 문재인 대통령이 김정은 위원장과 백

5장_책을 읽는 이유

두산 정상에 올라 같이 찍은 사진을 놓고 한국이 언젠가 북한에 침략당해 '빨갱이 천국'이 될 것이라 대단히 진지하고 심각한 걱정을 하고 있다.

2018년 9월 문재인 대통령은 북한의 3대 세습 통치자 김정은과 평양에서 정상회담을 하였습니다. (…) 벌써 남한 주민의 적지 않은 무리가 공공연히 백두혈통을 칭송하고 있습니다. 그들은 떼를 지어 백두산 밀영의 통나무집으로 참배차 몰려갈 것입니다. 그보다 훨씬 더 많은 사람은 공포에 질린 얼굴로 그 행렬에 동원될 것입니다.(149쪽)

오늘날 대다수 남한 주민들이 이 이야기를 들으면 황당해서 웃음을 터뜨릴지도 모르겠다.

책에서는 과거 쇄국정책이 진행되었던 시기부터 일본과의 관계가 근본적으로 잘못되었다면서 일본과의 개방 문제를 두고 "문 밖에 나가야 먹이를 구할 수 있다"고 이야기한다. 해당 논리에 따르면 북한에 대해서도 마찬가지가 되어야 하는 것 아닌가 싶다. 문을 꽁꽁 닫아걸고만 있으면 본인들이 그토록 두려워하고 증오하는 북한에 대해서든 중국에 대해서든 아무런 변화도 가져올 수 없고 어떠한 성과도 낼 수 없는 것 아닌가. 왜 일본에 대해서는 냉정하게 발동하는 '이성'이 북한과 중국 문제만 나오면 이토록 맥없이 무너지고 마는지 참으로 신기할 따름이다.

이들은 더 나아가서 왜 친일파 청산에는 그토록 열심이면서 친북파, 종북파 청산에는 힘을 안 쏟느냐고 분노하기도 하는데, 이것은 황당하고 어처구니없는 것을 넘어 분노하지 않을 수 없는 발언이다. 제주 4.3 사건, 광주 민주화운동과 같은 역사적 사건들을 모두 잊었나? 당시 얼마나 많은 사람들이 무고하게 '빨갱이'로 몰려 죽어나갔는지를 진정 모른단 말인가? 민주화운동을 하던 수많은 사람들이 '종북'으로 몰려 고문을 당하고 죽음에 이르고 그 후유증으로 평생을 시달린 것을 정녕 모르고 하는 이야기인가? '친일파 청산'에 대한 의견 자체가 갈릴 만한 부분이 있다는 것은 인정하지만, 역대 정부가 친일파 청산에만 유달리 적극적이었으며 친북과 친중은 거들떠도 보지 않았다는 주장에는 전혀 동의할 수 없다.

이들은 이와 같이 '사실'과 '사실에 의거한 잘못된 결론'을 교묘하게 뒤섞는 식으로 본질을 호도하며 독자의 혼란을 유발한다. 결국 이 책의 저자들 역시 자신들이 그토록 경멸하고 비판하는, '학자적 양심을 저버리고 종족주의에 굴복한 일부 지식인들'과 크게 다를 바 없는 것이다. 이 둘은 마치 거울쌍과 같은 존재라고 할 수 있다. 친일은 반일의 정확히 반대편에 있는 얼굴이다. 국내의 민족주의적 성향을 띤 반일 정서가 지나친 감이 있는 것은 나 역시 우려스럽게 생각하는 바이지만, 이 책을 읽어본 결과 그러한 '비이성', '반지성'적 면모는 뉴라이트의 친일 사관에서도 매우 똑같은 형태로 드러난다는 사실을 알 수 있었다.

그렇다면 이토록 허황된 책이 이렇게나 많이 팔린 이유는 무엇일까. 책이 출간된 이후 일베 등의 극우 사이트에서 수많은 '간증'이 이어졌다던데, 정말로 우리 사회가 우경화되고 있다는 증거일까. 나는 이 책이 많이 판매된 원인은 앞서 언급했다시피 결국은 노이즈 마케팅 덕이 컸다고 생각한다. 이 책에 달린 인터넷 평점을 보면 반응이 극과 극으로 나뉘는 것을 확인할 수 있다. 이는 일베와 이승만학당 등 극우 세력뿐 아니라 반일 정서를 가지거나 균형 잡힌 시각을 가진 '보통의 독자'들도 꽤나 많았다는 이야기다. 아마도 대부분의 독자는 이 책의 논리에 동의해서가 아니라 이토록 논란이 많은데 대체 무슨 말을 하는지 들어나보자는 차원에서 구입했을 것이다. 결국 호기심이 문제인 것이다.

물론 호기심으로 시작해서 책에 쓰인 내용을 실제로 믿어버리거나 책에서 제시하는 역사관에 동의하게 되면 그것은 그것대로 큰일일 것이다. 그러나 다행히도 그럴 일은 별로 없어 보인다. 대다수의 독자는 호기심에 못 이겨 이 책을 구입했다가 결국 지루하고 황당한 내용에 경악한 뒤 중간에 완독을 포기하고 치워두었을 확률이 높다. 10쇄가 넘도록 '약육강식'의 오타인 '양육강식'(137쪽)조차 수정되지 않은 것을 보면 말이다.

에필로그

○

누구나 한때는 초보였다

맥주를 좋아한다. 가끔씩 하루 일과를 마치고 집 안을 정리한 뒤 한 캔씩 마시는데, 갓 꺼낸 차가운 맥주를 따기 직전 마음이 그렇게 설렐 수가 없다. 그렇기에 당장 마시지는 않더라도 냉장고에 늘 몇 캔씩 쟁여놓는다. 요즘은 여러 프로모션을 통해 가격까지 저렴하니 참으로 만족스러운 나날이다. 그야말로 '작지만 확실한 행복.'

이런 이야기를 하면 사람들이 묻는다. 오, 맥주 좋아하시는구나. 어떤 맥주 좋아하세요? 그런데 이런 질문을 들을 때마다 할 말이 없다. 나도 내가 뭘 좋아하는지를 잘 모르기 때문이다. 아니, 맥주 좋아한다면서 자기가 뭘 좋아하는지 몰라? 하고 되물을 수도 있겠지만, 진짜로 잘 모른다. 에일이 어떻고 라거가 어떻고 흑맥주가 어떻고 하는 차이를 잘 모른다. 들어도 곧 잊어버린다.

그래서인지는 몰라도 장을 보러 갈 때마다 매번 진열대

앞에서 한참을 망설이게 된다. 체코, 독일, 일본, 미국, 영국 등지에서 날아온 신기하게 생긴 수입 맥주가 수십 종류 있는데, 종류에 관계없이 4캔, 때로는 6캔에 1만 원이라며 프로모션을 하는데 뭘 골라야 할지 모르겠는 것이다. 그러다보니 제비를 뽑는 심정으로 랜덤으로 집어드는 경우도 있고, 그냥 이름을 아는 것 위주로, 그러니까 유명한 순서대로 담을 때도 있다. SNS에서 핫한 신상을 시험 삼아 고르기도 한다.

　　재미있는 사실은 그렇게 진지하게 고민한 것이 무색하게도 집에 와서 마시는 맥주의 맛이 늘 비슷하다는 것이다. 그냥 '맥주' 이런 느낌. 물론 나에게도 혀가 있고 미각세포가 있으므로 종종 '더' 맛있게 느껴지는 맥주와 '덜' 맛있게 느껴지는 맥주가 있었지만, 눈을 감고 다시 마셔봤을 때 브랜드를 맞출 자신도 없으므로 어쩌면 그 또한 기분 탓은 아닐까 하는 생각을 하곤 했다.

　　그래서 그냥 아무거나 마셨다. 심지어는 남들이 맛이 없다고 하는 브랜드의 맥주도 항상 아무렇지 않게 마셔왔다. 속으로 '맛있기만 하구만 왜 맛없다고 난리지?' 이런 생각을 하면서 마셨다. 딱히 맥주뿐만이 아니라 평소부터 어지간히 맛이 없지 않는 한 적당히 먹고 마시고 다녔는데, 어쩌면 선천적으로 미각이 남들에 비해 조금 둔감했던 것인지도 모르겠다.

그런데 놀라운 일이 일어났다. 얼마 전 맛없기로 소문난, 하지만 나는 늘 별 생각 없이 마셨던 모 브랜드 맥주를 오랜만에 마셨는데, 놀랍게도 이전과는 다르게 너무나 맛이 없는 것이다. 맥주를 마실 때면 항상 남기지 않고 끝까지 마셨건만 그날은 결국 중간에 버리고 말았다. 대체 이 브랜드는 맛이 왜 이 따위로 바뀐 거야! 하고 분개하면서.

하지만 곰곰이 생각해보니 해당 브랜드의 맛이 변한 게 아니었다. 나의 입맛이 변한 것이었다. 혀에 있는 세포가 변형이 되거나 진화를 하거나 하진 않았을 테니 기존보다 미각이 조금 더 섬세해졌다고 표현하는 것이 정확할 것이다. 쓴맛, 단맛, 신맛, 농도 등을 이전보다 더 민감하게 느끼게 된 것이다.

어째서 느닷없이 이런 능력(?)을 획득하게 된 것일까 돌이켜보는데, 아무리 생각해봐도 4캔에 1만 원 프로모션 덕이 큰 것 같았다. 선택지가 넓어지면서 보다 다양한 제품을 선택하기 시작했고, 그리 많이 마신 것도 아니건만 조금씩 맛을 구분할 수 있게 된 것이다. 결국 내가 맥주의 맛을 잘 구분하지 못했던 것은 미각이 선천적으로 둔감해서도 아니었고, 실제로 맥주들의 맛이 거기서 거기인 것도 아니었고, 그냥 절대적 경험치가 부족했기 때문이었다.

누구나 자신만의 취향을 가질 수 있지만 그 취향이라는

에필로그

것은 결국 다양한 경험이 바탕이 된 뒤에야 제대로 구축될 수 있다. 그런 점에서 과거의 나는 말로는 맥주를 좋아한다고는 하지만 맥주에 대해 아무것도 몰랐던 셈이다. 맥주와 관련하여 아무런 취향도 갖추지 못했던 말하자면 '맥주 초보'였던 것. 물론 이렇게 말해도 여전히 맥주에 대해 잘 모른다. 이전보다 약간 나아졌을 뿐.

책에 대해서도 마찬가지이다. 나는 베스트셀러를 주로 읽는 사람들은 '독서 초보'라고 생각한다. 책을 읽기는 하되 자신만의 특별한 취향에 의거하여 선택한 것이 아니라, 서점에 갔다가 뭘 사야 할지 몰라 거기 전시된 베스트셀러 리스트를 보고 고르는 사람들이기 때문이다. 맥주를 사러 갔다가 수십 가지 제품 사이에서 뭘 골라야 할지 몰라 방황하다 결국 '어디선가 들어본', '유명한' 순서로 택하곤 했던 과거의 나처럼 말이다.

독서 초보들은 눈으로는 책을 읽으면서도 사실 책에 대해 잘 모른다. 책에 적힌 내용을 액면 그대로 받아들일 뿐 그 이면에 대해서는 모르는 경우가 많다. 무엇이 주제인지, 어떤 문제점을 갖고 있는지, 어떤 강점이 있는지, 어떤 한계가 있는지 등을 제대로 파악하지 못한다. 물론 간혹 '어렴풋이' 느끼는 경우는 있다. 이 역시 온갖 종류의 맥주를 마시면서 단순히

'맥주' 맛이라고 생각했던 과거의 나와 비슷하다.

다만 프롤로그에서 언급했던 셀럽 남성처럼 이런 독서 초보들을 향해 얄팍한 책만 읽는다거나, 지적 능력이 떨어진다거나, 취향이 나쁘다거나 등의 비난을 하는 것은 부당하다. 분명히 해두어야 할 지점은, 누구나 처음에는 초보일 수밖에 없다는 사실이다. 마음먹고 책 좀 읽어보겠다고 결심했는데 무슨 책이 좋은지는 알 길이 없고, 누가 알려주는 사람도 없고, 알려준다고 한들 딱히 본인 취향에 걸맞은 재미있는 책일지도 모르겠고. 그런 사람의 입장에서 결국 기댈 것은 '대중의 선택을 받은' 베스트셀러가 될 뿐이다.

나 또한 베스트셀러 위주로 읽던 시절이 있었다. 유치찬란한 문구가 가득한 감성 시집을 읽으며 눈물을 흘리던 시절이 있었고, 대중소설을 읽다가 너무 재미있어서 밤새 잠 못 든 적도 많았다. 나 자신에 대해 알고 싶지만 어떻게 알아야 할지 몰라서 인간의 유형을 몇 단계로 나누어 알려준다거나 FBI의 독심술 비법을 공개한다는 이상한 책을 사 보던 그런 시절이 있었다. 그때 누군가 나를 향해 취향이 나쁘다는 이야기를 했으면 어땠을까. 베스트셀러 따위 읽지 말고 톨스토이나 헤밍웨이 같은 고전을 읽으라고 했다면 어땠을까. 반발심만 들고 독서에 대한 흥미 자체를 상실하지 않았을까.

지금의 나는 고전을 좋아한다. 비록 베스트셀러에서 시작되었지만 열심히 읽다보니 과거에는 분명 몇 페이지 못 가 잠이 쏟아지던 책이 어느 틈에 재미있어지는 기적이 일어났다. 사실 기적이라기보다는 여러 분야의 책을 읽다보니 독서력이 높아지면서 일어난 자연스러운 결과라고 해야겠지만. '맥주'라고만 느껴지던 여러 종류의 맥주에서 다양한 맛을 느끼기 시작한 것처럼, 책에 대해서도 다양하게 접하는 사이 이전에는 보이지 않았던 많은 것들이 보이기 시작한 것이다.

결국 어떤 책이 좋은 책인지, 자신에게 무슨 책이 잘 맞는지, 자신의 취향이 어떤지를 파악하려면 많이 읽는 수밖에 없다. 자신이 좋아하는 책 위주로, 남들의 눈치를 보지 않고, 마음껏 말이다. 다만 조금 더 흥미를 넓힐 수 있는 방향으로 항상 문은 살짝 열어둔 채로.

그렇다고 무작정 많이 읽으라는 이야기를 하려는 것은 아니다. 책을 많이 읽다보면 독서력이 올라가기 마련이지만 그러기 위해서는 정말로 방대한 양의 독서를 해야 한다. 베스트셀러에서 시작하여 그 밖의 책들로까지 저절로 관심사가 확장되기까지는 아주 오랜 시간이 걸린다. 따라서 이들 '독서 초보'들이 조금 더 길을 잘 찾을 수 있도록, 더 효율적인 탐험을 할 수 있도록 어떤 가이드라인을 제시할 필요는 있다. 이 책 역시 그러한 목표를 갖고 썼다. 내가 읽은 좋은 책을 소개하고 싶었고, 읽고 별로였던 책은 읽지 말라는 이야기를 하고 싶었다. 동시에 책을 읽는 사람들이 늘어나 책에 대해 더 많은, 더 다양한 이야기를 하는 분위기가 조성되었으면 하는 바람도 있었다.

물론 프롤로그에서 이야기한 바 있듯, 독서는 그저 수많은 취미 생활 중 한 가지일 뿐이며 책만 많이 읽는다고 인생이 순식간에 뒤바뀌지는 않는다. 사실 맥주 맛을 아무것도 모르던 시절에도 이런저런 맥주를 잘만 마시며 지냈고, 베스트셀러를 즐겨 읽던 시절 역시 나름 즐겁게 잘 지냈다. 다만, 알면 알수록 선택지가 확장되고, 거기에서 얻는 즐거움이 더욱 늘어나는 것 또한 분명하다. 따라서 일단 책을 읽기로 결심하고 책의 세계를 찾아온 '독서 초보'들이 책의 세계가 무한하다는 사실을 깨닫고 그 안에서 좀 더 섬세한 만족을 찾을 수 있기를 바라는 마음이 있다.

아무래도 기존에 넘쳐나던 뻔하디 뻔한 '주례사 서평'들과 다르게 비평적인 시각으로 접근하려다보니 과도하게 비판의 목소리를 높이게 된 책들도 더러 있다. 어디까지나 책 자체에 대한 의견일 뿐 해당 책을 즐겁게 읽거나 호감을 가진 독자님들에 대한 것이 아니라는 사실을 다시 한번 말씀드린다. 세

에필로그

상에는 이런 생각을 가진 사람도 있다는 정도로 여겨주시고, 혹여나 상처를 받거나 불쾌감을 느낀 분들이 계시다면 부디 노여움을 풀어주십사 간곡히 부탁드린다.

그야말로 아무것도 없는 무명 저자를 믿고 선뜻 작업을 맡겨주신 바틀비의 정희용 대표님을 비롯하여 성심껏 편집을 맡아주신 박은희 편집장님, 가끔씩 올리는 부족한 글에 늘 정성 어린 코멘트를 해준 페이스북 친구분들께 감사하다는 말씀을 남기고 싶다. 그분들 덕분에 포기하지 않고 끝까지 해낼 수 있었던 것 같다.

또한 마감이 급할 때마다 아이들을 돌봐주신 양가의 부모님과 동생 부부, 바쁘고 정신없는 엄마를 사랑으로 대해준 아이들, 마지막으로 여러모로 부족한 아내를 늘 성심성의껏 도와주며 물심양면으로 사랑해주고 응원해준 남편에게 감사와 사랑의 인사를 전하고 싶다.

이 책을 끝까지 읽어주신 독자님들께도 감사하다는 말씀 드립니다.